都市智慧

曾德凤　著

中国文联出版社

图书在版编目（C I P）数据

都市智慧 / 曾德凤著. -- 北京 : 中国文联出版社,
2023.5
ISBN 978-7-5190-4981-2

Ⅰ. ①都… Ⅱ. ①曾… Ⅲ. ①散文集－中国－当代
Ⅳ. ①I267

中国国家版本馆CIP数据核字（2023）第020574号

著　　者　曾德凤
责任编辑　蒋爱民
责任校对　陈　雪
装帧设计　谭　锴

出版发行　中国文联出版社有限公司
社　　址　北京市朝阳区农展馆南里10号　　邮编　100125
电　　话　010-85923025（发行部）　010-85923066（编辑部）
经　　销　全国新华书店等
印　　刷　三河市龙大印装有限公司

开　　本　710毫米×1000毫米　1/16
印　　张　12.5
字　　数　320千字
版　　次　2023年5月第1版第1次印刷
定　　价　48.00元

第二辑 助企鹅一举成名

第三辑 都市智慧

目 录

第四辑　千万别名垂青史

第五辑　渴望被骂

自序

我的书房，号称快乐杂货铺。我在快乐杂货铺里码些嘻嘻哈哈的字，美其名曰“快乐散文”。

这本挑选出来的玩意儿，被隆重命名为《都市智慧》。集子中的文字，绝大部分占领过纸媒，有的好战分子还占领过多家知名纸媒。这是快乐杂货铺放出的第一只宠物狗狗，帮大家放松放松。

我码字小有收获:《现代人摧毁自己的五种手段》一文入选《大学语文》（清华大学出版社出版）；长篇纪实文学《中国，谁来夺诺贝尔奖》（中国青年出版社出版）被《书摘》《中外书摘》《读者》等知名刊物选载；发表散文作品千余篇，其中被《文摘报》《青年文摘》《意林》《中外文摘》《晚报文萃》《广州日报》等转载两百余篇。另有上十篇作品入选各种选集及中小学教辅书。

在我的杰作里，机智、幽默、风趣、诙谐、夸张等，成了主打元素，比比皆是。阅读中，绝不会审美疲劳，可能会得到持续不断的快感，直至最后一个标点。体验快乐风暴：看央视春晚小品，品快乐杂货铺文字！小说、电影、电视、曲艺中早就有以愉悦人为主要目的的品种，散文为什么不能呢？于是，我抓耳挠腮捣鼓“快乐散文”。如果读者阅读中快感短斤少两，那只能怪我码字功夫还比较地“三脚猫”，我将继续操练，并不惜血本猛撒调料。

制作“快乐散文”标签，似乎与我有一丁点关系，但这并不等于说快乐散文是我的发明。那样的话，便是贪天之功据为己有了。快乐散文古已有之，《史记》中的《滑稽列传》，柳宗元的《黔之驴》，林嗣环的《口技》等，便是史上快乐散文的样板房。柳宗元的宠物驴与宠物虎的作派，最是令人忍俊不禁。

快乐散文在追求快乐的同时，也应该防止其负面效应，那就是低俗化。娱乐要有，低俗则应该丢进垃圾桶，这才是正途。我也是时时这样教导自己的。

作者

2022年6月13日

第一辑　现代人摧毁自己的五种手段

现代人摧毁自己的五种手段

现代人特别是现代都市人的一项伟大的工作，就是挖空心思摧毁自己。这话初听起来，有些耸人听闻，但仔细一分析，读者朋友肯定会频频点头并成为我的铁杆粉丝。

摧毁自己的最辛辣的手段，就是把大脑闲置起来。我们进行一般的计算，一台小小的计算器便争先恐后为我们所包揽了。复杂一点的计算，有无所不能的电子计算机为我们忠实地效劳。我们如果要操作，电脑自动操作系统会为我们打理一切，别说操作汽车、操作飞机，你就是堂堂的宇航员，要操作宇宙飞船，自动操作系统动作起来也会游刃有余，你尽可以在太空或外太空睡一个平平稳稳的宇宙觉！

闲置大脑，对人类来说，舒服是舒服，快乐是快乐如神仙，但快乐神仙的背后，则是可怕的后果，那就是人类大脑有可能急剧地退化。若干年后，我们的大脑会不会与大猩猩相媲美，这是一个问题。很可能这个问题的答案是肯定的。到那时，我们具有了关爱动物的更为良好的条件，因为我们在智商上与动物打成了一片。但人类智商普遍提高到二百五，是否影响人类进步的步伐，就很难说了。也许吃祖宗饭，成了我们唯一的选择！危哉险哉！

摧毁自己的又一个手段，就是把腿闲置起来。老祖宗们在千百万年的进化过程中不断磨砺，把人类的腿磨砺得比钢浇铁铸还强大十分。但到了现代，我们藐视腿的强大的功能，最富裕的，把身子交给了专机；次富裕的，则把身子交给了马力强劲的奔驰等小轿车；不太富裕的，也咬紧牙关为现代人的面子而奋斗，把身子频频地交给出租车；那些实在没有能力把身子交给以上工具的人们，也对公共汽车青睐有加。徒步这种良好的人类行动方式，似乎被许多人忘到了九霄云外。

它的直接的后果是，由于腿没有得到应有的锻炼，人类的心脏也间接受到了伤害，一个个结实得像铅球一样的人的心脏，渐渐地成了豆腐渣。而由于腿的闲置，又带来了要命的肥胖症，肥胖症最大的危害，又对心脏施加疯狂的压力，使本来就不堪一击的心脏更加豆腐渣，一只蚊子撞上去，也有可能撞出一座油井来。

摧毁自己的另一个手段，就是把肠胃闲置起来。我们的祖先，遗传给我们的，是一个个无所不能的肠胃，就是石头，人类的肠胃也可以把它化解成面粉。什么草根树皮，就更不在话下了。而现代人的肠胃，就没有这些锻炼机会了。我们吃的是大米，而且，稍微粗糙一些的大米，见了就会大皱眉头。我们恨不得把大米都磨成粉，就像奶粉一样，泡一泡就咕咚咕咚从喉咙灌进去，根本就不需要劳动肠胃。肠胃如果嫌没有事做而进行什么操作，那纯粹是脱了裤子放屁，多此一举。菜也不是原来的菜了，自从有了高压锅之后，再硬的菜如牛肉什么的，也会像甫志高一样被炖成大软蛋。

久而久之，我们肠胃也变得脆弱起来，一有什么风吹草动，肠胃便不由自主地要起娇来，一根生猛的黄瓜就有可能把原来胜似万里长城的肠胃打得落花流水一泄如注。

摧毁自己的又一个手段，便是闲置发汗功能。挥汗如雨是老祖宗留给我们的重要的物质财富。而现代都市人却对这笔财富嗤之以鼻。我们逃离炎热，躲进空调房里。这还不满足，恨不得把春天绑架起来，一年四季伴随在自己身边。有人炎炎夏日里还直嫌空调的马力不够强大，恨不得把南极或者北极抱在怀里，才够冰够爽！

摧毁我们的发汗功能的一大恶果，就是人类变得像林妹妹一样弱不禁风。如果有发汗功能助威，我们一感染风寒什么的，出出汗便万事大吉了。而弱化了这个功能之后，汗便无法正常出来，我们遇上风寒什么的，再也潇洒不起来，需要成堆的药品为我们筑起一条条脆弱的防线。

还有一个摧毁自己的手段，就是闲置免疫系统。现代人滥用科学技术成果，一个过去年代里什么药也不需要吃的感冒，到了现代人手上，便如临大敌，一大堆抗生素一齐冲锋陷阵，吊针一打就是个把星期。有些宝宝级人物，使用的更是最新最炫级别的抗生素。药越贵越好，贵得如老虎的嘴巴，那才叫关爱下一代！感冒之外的各种各样的病，人们也都一样地奉药物为神明，你如果敢于有病不去医院料理，人家不把你看成神经病，那是你的运气好得气冲霄汉，其机会像买彩票中大奖一样难而又难！

闲置我们的免疫系统的直接后果，就是我们越来越成为了药物的奴隶，没有了药物，或者药物下慢了一点，都有可能酿成严重的后果。到后来，也许药物也无能为力了。生命在免疫系统萎缩的情况下，糟糕到一个感冒就有可能把我们置于死地。至于再大一点儿的病，若干若干年后完全有可能在人类之中摧枯拉朽。

我们确确实实是在摧毁自己。人类作为一个物种，能否悬崖勒马逃脱灭顶之灾，天知道！

夫妻战争

普通意义上的战争，是很讲究实力的。集中优势兵力，各个击破的军事理论，乃是一条颠扑不破的真理。

有一种战争，实力显得并不怎么重要，那就是夫妻之间的战争。

试想，如果遵从普通意义上的战争规律的话，那么，辣妹在得罪了贝克汉姆的情况下，有可能被他一脚从伦敦踢到东京。泰森的妻子也有可能被一拳打成相片。但事实上，她们根本没有享受过这种待遇。倒是拥有一双铁脚的贝克汉姆，常常被辣妹戏弄。不是吗，世界杯期间，辣妹突发奇想，给贝克汉姆设计了一个公鸡鸡冠头。贝克汉姆也不嫌此头俗不可耐，竟然在世界杯足球场上招摇过市。这与其说体现了贝克汉姆的温顺，不如说体现了辣妹的母大虫天性。

夫妻战争也有讲究实力的时候，比如说皇帝和他的妃子。如果哪个妃子敢于跟皇帝过不去的话，定然没有好果子吃。这里面只有美可敌国的杨玉环、赵飞燕等几个绝色女子是个例外。动物界中也有这样的例子。在狼群中，只有那只经过千百次血淋淋的打斗，成为绝对冠军的公狼，才有权利和狼群中的母狼共度春宵。这只头狼，就是这群狼中的皇帝，母狼统统是它的妃子。而那些斗败了的公狼，很快便自动失去某种能力，成为不需要生理阉割的狼太监。处于这种状况之下，一旦狼夫妻之间发生战争，胜利当然属于狼皇帝。

夫妻发生战争，常常呈现出胜者不胜，败者不败的格局。

一对夫妻，因一件小事发生了口角。男的因工作压力太大，情绪不好。女的当时也情绪波动。这样，战争很快升级，口角变成了摔东西。女的拿起一只杯子，摔在地上脆生生地响，男的也不示弱，提起热水瓶像摔炸弹一样“嘣”的一声摔得十分过瘾。于是女的再摔，男的再加码。一时间比赛着摔得热火朝天。最后，男的来了一个惊天动地的总结，他发疯一样抓起地上的哑铃，朝才买回来不久的大彩电猛砸过去。立即，一堆钱拼起来的家当寿终正寝。女的终于被镇住了，“哇”的一声哭了起来。男的看来是胜利了，但过后一冷静下来，立即便后悔莫及。妻子不肯饶恕他，他跪在地上求饶：以后再不做蠢事了。七折腾八折腾，方才得到老婆的有限原谅。你说在这场战争中，谁是胜者谁是败者？说不清楚。

夫妻战争，有时呈现出游戏化的倾向，俗话讲：“牛打架，角盘角，马打架，脚踩脚，两口人吵架爱快活。”

笔者见过这样一对夫妇，他们十天半个月要吵一架。而吵架之后，妻子必然痛哭流涕，而丈夫也必然抱着妻子，显出无限温柔的样子。那场面，令人十分感动。开始，有不明真相的邻居去劝架。探知了他们的战争套路后，再也没有人去充当电灯泡坏他们的好事了。

据报道，意大利原总理贝卢斯科尼写出情歌专辑，献给自己的妻子。贝卢斯科尼为何要这么自作多情呢，原来这里有一段原委：一次，贝卢斯科尼在公开场合自爆家丑，暗示妻子与自己的政敌、前威尼斯市长关系暧昧，令在场的记者瞠目。受了委屈的妻子一直无法原谅丈夫。贝卢斯科尼使尽浑身解数还是不能融化妻子心头的坚冰，于是想出了这一招。据说效果还不错，妻子已接近于《心太软》。

佛语云：两人相遇是修来的缘，百年修得同船渡，千年修得共枕眠。夫妻之间，最好无战事，如有，也只当是游戏，偶尔玩玩而已！

夫妻兵法

1. 暗度陈仓。作为男人，你对父母有赡养的义务，你对朋友，不说两肋插刀，也应该有帮助的意识。面对赡养和帮助，特别贤惠的妻子，当然会鼎力相助，但不少妻子，很难做到十全十美。这样，你便要留一手，如建立一个秘密小金库，在妻子乐意提供的赡养费数额不足时，暗中补贴一些，以尽一个孝子的责任；在妻子不愿你与需要扶植的朋友扯在一起时，暗中帮朋友一把。这样，既没有降低你做人的底线，又没有与妻子正面冲突，硝烟弥漫。如果不是这样，两件事儿都明目张胆大张旗鼓地去做，似乎显得更有男子汉气魄，正大光明得颇具英雄气概，但结果往往是家庭鸡飞狗跳，不得安宁。不过应切记，设秘密小金库，必须暗度陈仓，悄悄的干活儿，一旦地下活动暴露，你就坐在了火山口上。

2. 美人计。此计男女通用。当矛盾暴发了，且陷入了冷战，不可无所作为，应在情绪稳定后，把自己收拾收拾，使女人更女人，男人更男人，另外，脸色尽量和谐一些，杜绝苦大仇深。当初一个女人一个男人的结合，虽然也讲究心灵美，但最直接也最主要的，还是外貌的吸引。女为悦己者容，男也可以为悦己者容。当战争的一方看到另一方孔雀开屏了，多少委屈都会烟消云散，立即想到对方的好，情节可能惊天大逆转，从冷战直接进入如胶似漆的热战阶段。当然，如果有儿女，还得有点顾忌，少儿不宜的节目，最好在卧室里秘密上演。

3. 知己知彼，百战不殆。此计男女均可用。在夫妻战争中，导火索并不一定很重要，常常只是些鸡毛蒜皮。战争揭幕后，一定要冷静分析，不要打糊涂仗。如果只是你的臭袜子满天飞，或者地板拖得太马虎，或者没有及时洗碗，或者你走路时老弓着背，一副老气横秋出土文物的样子，让妻子在人前少了面子，等等等等，这些发火的由头找到了，立即整改：袜子恭恭敬敬地放到洗衣机里，地板拖得一尘不染，碗刷得拿照妖镜都照不出什么幺蛾子来，走路时，把背挺得如一只骄傲的老公鸡。如此，铸剑为犁，马放南山，世界从此太平。如果是妻子嫌丈夫没出息，如果战争原因是丈夫怀疑妻子红杏出墙什么的，而那完全是捕风捉影，那妻子就可以发出毒誓来：如红杏出墙，天打雷劈，并郑重向丈夫宣布，天底下的男人，只有丈夫最宝贝，彻底打消他的疑虑。有时男人就是一个大孩子，得哄着。

4. 戴高帽。此招男女兼容，都可以用。如果女的对公公婆婆不是很照顾，而丈夫又是一个大孝子，对此心急如焚，怎么办？反之，男的对岳父岳母不是很照顾，而妻子又是一个大孝女，对此心急如焚，怎么办？吵架是常规的反映形式。但那太没有技术含量了。最好的办法是给对方送一顶高帽子。如对方为公公婆婆或岳父岳母做了一件孝敬的事儿，你千万别错过了大好机会，应该立即一而再再而三地夸对方，说对方对自己的父母如何如何好，而且要扩大舆论传播的圈子，在对方的同事朋友中广而告之。这一可以激励对方，以后可能做得更好。就是做到了你浮夸的三两成，也很不错了。二能让那些本来没有做得更好的打算者，骑虎难下，碍于面子，只得在你设计的道路上越滑越远，做到你浮夸的三两成，即是胜利。如此，岂不妙哉？

5. 不战而屈人之兵。此计最适合女人使用。在夫妻战争中，女人常常处于不利的地位，论嗓门，没有男人大；论力气，没有男人牛；论耐力，也处于下风。而不少女人，对此视而不见，在与男人的纷争中，针尖对麦芒，硬碰硬，结果当然不会太理想。其实，女人有一样武器，常常可以出奇制胜，那就是眼泪。很多男人，别看他们硬如钢铁，一见到女人的眼泪，便立即成了软体动物，放下屠刀立地成佛。这可能是男人在人类的长期进化过程中形成的一种天性：负有对女性的保护义务。一见到女性的眼泪，马上自然而然地想到：不但不能保护女性，还与女性寸土必争，锱铢必较，太有损男子汉的形象了！亡羊补牢，未为迟也，立即偃旗息鼓，把妻子揽入怀中，像哄婴儿一样的个案，并不鲜见。还没有使用过此招的妻子们，不妨马上试试。这可是《孙子兵法》中的最高境界！如不见效，欢迎骂我是骗子。不过，挨骂的机会恐怕不多，除非你的男人是小人而不是君子！

宠妻

丈夫不但家全让妻子掌控，还添油加醋地说：“我这一百多斤也是你的。”妻子说：“那你不怕我把你卖了？”丈夫说：“卖不得。”妻子说：“为什么？”丈夫说：“眼下太瘦了，卖不起价，等养肥了再卖不迟。”

丈夫对妻子说：“宝贝，你负责貌美如花，我负责厨房搞呷。”妻子说：“女人下厨，不是司空见惯的事儿吗？”丈夫说：“厨房烟熏火燎的，不太适合女性，餐饮界男人称霸，就是最好的佐证。”

妻子用新买的护脸霜护脸。丈夫不高兴了，说：“这样的鬼东西，有什么涂的。”妻子说：“怎么，你怕我用钱了？”丈夫说：“不是的，要买就买最好的，别贪便宜。”妻子说：“我涂我的脸，你瞎说什么。”丈夫说：“你的脸是我的。”

丈夫生日，妻子送他一块搓衣板。丈夫怒了，说：“这块搓衣板齿儿太浅，跪起来不过瘾。”

上床睡觉时，丈夫心中忐忑，问妻子说：“你是不是哪里不舒服呀？”妻子说：“我好端端的，为什么咒我？”丈夫说：“你一天都没有骂我了！”妻子说：“你皮子痒呀，今天是我们的结婚纪念日，我忍着没有给你开荤呢。”丈夫“哦”了一声。几十年来，他听惯了妻子的数落声，几乎天天枕着数落入睡。妻子说：“你个鬼，胡思乱想。睡觉莫朝天睡，打鼾猪一样，害得我睡不着。”丈夫侧着躺下，秒睡，鼾声悠扬。

夫妻出游，妻子争着开车，平坦路段走神翻了车。两人互助狼狈地爬了出来。丈夫会责怪妻子吗？丈夫确认两人都是皮外伤，均无大碍后，请路人帮忙，一起在翻倒的轿车旁拍了个照。丈夫对惊魂未定的妻子说：“宝贝，与你经历的每一件事，都值得纪念！”

娶妻当娶母夜叉

现代人娶妻大多倾向于温柔一些的，其实从实用的角度考察，娶个母夜叉更实惠。

娶个母夜叉，等于免费雇了个保镖。你们若在长途汽车上遇上了用小刀逼着你拿出钱来的小偷，你不必乖乖地拿出钱来孝敬小偷，损失了钱还损失了男子汉的形象，因为你的妻子会挺身而出，大吼一声，一把抓住小偷的胳膊，把他的胳膊立马扭成麻花，小刀当然会咣当一声，应声落地。赢来的是全车人不由自主的喝彩。你们若从银行出来，遇上了劫匪，夺了你手上的钱袋，你不必吓得瑟瑟发抖，金钱与名声都付之东流，因为你的妻子会挺身而出，抢上一步，飞起一脚，把劫匪踢成一粒足球。旁人会惊讶得目瞪口呆，连 110 都会为之热烈鼓掌，你也夫凭妻贵连带成了英雄。

母夜叉妻子，能令你迅速改掉许多顽固劣迹。比如你改不了在气急的情况下脏话脱口而出的坏习惯，有了母夜叉妻子，想到她立下的说脏话便要罚跪搓衣板的法规，你自然而然，嘴巴像用洗涤剂彻底洗刷了一样，卫生得再也没有任何脏话出口。你原有不太讲卫生的习惯，早晨刷牙是形式主义，晚上刷牙干脆就罢免了，说话时一口气喷出来，能把蚊子熏成肺炎。有了母夜叉妻子，想到她可能在接吻时突然发飙，你会立马改掉这个坏习惯，恨不得早晚刷牙，都当成三峡大坝工程来认真对待。

你心灵比较脆弱，对自己应该承担的责任忧心忡忡，比如大到对父母的赡养，对子女的抚养教育，小到家中的油盐柴米，令人头痛。而母夜叉妻子对这一切，都视为家常便饭，三下五除二便一一轻松搞定。你乐得悠闲自在地坐在家长的位置上，只享受快乐而不必享受忧愁。

你遇上了具有流氓气质的恶邻，为一些鸡毛蒜皮时不时挑衅，弄得本分的你不但没有还手之力，连招架之功也尽失，只得忍气吞声以宁人息事，换来短暂的和平。但高压态势时时令你近乎窒息，你诚惶诚恐，生怕哪一天风暴又起！有了母夜叉妻子，你的悲惨境况立即便会得到彻底改观。恶邻是本·拉登，你的妻子就是奥巴马，整个一强悍的克星。恶邻若轻举妄动，后果会很严重。若讲文斗，母夜叉妻子会把他骂得狗血淋头；若讲武斗，母夜叉妻子会一掌把他扇到南极去伺候企鹅。

男人新武器

男人之于女人，是有很多武器的，这是旧话，我不想在此喋喋不休浪费读者朋友宝贵的时间。我要说的，是目下男人频频使用的新武器。

别墅。

这里讲的别墅，不是随便哪个乡下的别墅，有的乡下别墅，含金量并不高。近日有报道说，广东某乡下自建的别墅，成本仅五六百元一平方米。那样的别墅，一个男人就是拥有十座八座，女人也会不以为然。别墅珍贵的标志是：所在的城市越大越好；离市中心越近越好。当然也不能是闹市，应该是闹中取静，如在北京的五环以内，或者上海的浦东。一套别墅价值数千万元甚至上亿元。如果是天下第一别墅——美国的落水山庄，那就更不得了了，没有多少个亿，别想对它虎视眈眈！

一个男人如果拥有了一座高级别的别墅，那么，他在情场上，就如握有一枚激光制导导弹，他想打哪位顶级美女就打哪位顶级美女。对于女人来说，男人拥有了这样一套别墅，是男人身上一个不同凡响的标志性符号，被这样的男人打中，那是一种沁人心脾的失败。

豪车。

这里讲的车，不是一般意义上的车，如什么桑塔纳，什么捷达，什么红旗，而是大名鼎鼎的宝马、奔驰、保时捷之类。一台车等于一座流动的别墅。从某种意义上说，它比别墅具有更大的诱惑，因为它更具有装饰性，随时随地陪伴在男人的身边，就如男人身上一个巨大的华丽的饰品。有人甚至很专业地说：男人身边的车，时时散发出强烈的雄性气味。

威武雄壮的坐骑，能化腐朽为神奇。它能使五短身材的武大郎立即变得高大威猛；它能使相貌丑陋的男子立即变得仪表堂堂；它能使嘴尖皮厚腹中空的男子立即变得疑似满腹经纶。试想，一位男子载着一位美女在十里长安街上兜风，那街，是共和国第一街，那车，是雄风浩荡的车，对于一位女士来说，还有比这更刺激的感觉吗？就是开着这样的豪车到处乱窜，也能处处显示出老大的气概，不心旷神怡都不可能！那也难怪，许许多多女性，一辈子都没有机会与这样的车亲近一把，甚至做梦都不敢想。美女配香车！能与这样的车及其男人朝夕相处，美死了！

刷不爆的信用卡。

信用卡对于现代人来说，已不是什么稀罕物，各种各样的银行争相向老百姓尤其是市民献媚赠送信用卡，你要一千张都没有任何问题。问题是，许多信用卡都是聋子的耳朵，摆设，没有多少实质性的内容。而拥有千刷万刷刷不爆的信用卡，则是需要强大的财力作为支撑的。一千万行不行？一千万太少了，至少上亿，你的信用卡才有可能刷不爆！香港一富三代就是因为有永远也刷不爆的信用卡，轻而易举便把奥运冠军、顶级美女某某套住了。世人也没有对这一段姻缘说三道四，反而津津乐道于这一对男财女貌组合。

拥有千刷万刷刷不爆的信用卡，主要有两种情况，一种是如香港那位富三代一样，拥有一个好爷爷好爸爸。另一种就是像马云、张朝阳、丁磊等人一样，白手起家赤手空拳打出海阔天空。相比较而言，后者对女性更具吸引力，因为他们不仅拥有刷不爆的信用卡，而且，信用卡还在火箭一样升值。他们本人，就是一架高速运转的印钞机！

知道分子的桂冠。

俗话说，“腹有诗书气自华！”也就是说，人一旦拥有足够的知识，便自有他迷人的气质。现在是金钱坚挺的时代，知识的价值贬值了，但只是相对贬值而已，知识仍然是女性崇拜的玩意儿之一。当然，知识是分类别的，拥有较多专门知识的人，不但没有升值，从某种意义上说，反而贬值了，如博士在情场上并没有怎么受欢迎，就能说明这一点。

我这里所说的知识，是各种各样知识的综合。社会上新近出现的知道分子一词，与此最为靠近。所谓知道分子，就是无所不知的意思。一个无所不知的人，对于女性来说，应该是挺有趣的。现代社会处于知识爆炸的端口，信息是海量的，要想穷尽天下的知识，几乎不可能。要接近这个目标，都难于上青天，过目不忘是必备的条件。知道分子，就是能上青天者，他们的数量少而又少，几成地球上的稀有动物，可以与大熊猫争风吃醋。举例来说，知道分子不但知道太平洋底的原始生物是如何谈情说爱的，而且知道爱因斯坦那一头浓密的卷发里有没有神出鬼没的虱子。

这类知识，如果作为饭后的谈资，必然会使满桌人目瞪口呆自叹弗如！这样傲视群雄的戴着知道分子桂冠的男子，没有理由不成为女性尤其是漂亮女性的最爱！

你为何不善待至亲之人

生活中一种极为反常的现象，就是你能善待外人，却不善待至亲之人（如妻子、如丈夫、如父母）。你在外人面前彬彬有礼，不但如此，还恨不得在额头上刺上绅士或淑女二字。而在至亲之人面前，你却一下川剧一样变脸，变得毫无顾忌，任性无礼。成就这一反常景观的原因多多，下面我们就来解剖一下，看到底原因何在？

你在外面为仕途为名声等计，时时处处都得装，在领导面前装孙子，在同事面前装好人，在下属面前装大度，怎一个装字了得。回到家，你便受不了了，想把所有的面具统统卸下，轻松轻松，觉得该大声吼时便大声吼，想颐指气使时便颐指气使，仿佛自己再不是个无足轻重的小人物，而是秦始皇是希特勒，再不济，也是个一言九鼎的大人物或候补大人物。

不善待至亲之人的另一个原因，便是觉得至亲之人对自己知根知底，自己身上有多少头发有多少汗毛，对方都一清二楚，没有装的必要，装失去了意义。你骨子里是个什么胚子，就是个什么胚子，原生态地展示在对方的面前，反而更好。自己是一头狼，就没有必要披一张羊皮的。忸怩作态，那是脱了裤子放屁，多此一举。

还有，就是自己在外面受了气，便自然而然地回到家里，把至亲之人当成了出气筒。受了气没有出气的地方，那份憋屈，心里是够难受的了。如果硬要在外面找一个出气筒的话，后果可能很糟糕的，而把至亲之人当成出气筒，你觉得风险可能为零，于是，非常理智地选择了把至亲之人当成了出气筒。至亲之人当你的出气筒，当然是最适合不过的。问题是，偶尔当一当出气筒，那是没有什么的，而长久地做你的出气筒，对方不生气，老天爷看了都会生气的。

与之相关的，是对至亲之人的心理期望值太高，认为至亲之人，一定能无限度地包容自己，就是自己蛮不讲理得无以复加，对方都不会有异议的。你没有想到，对方也是人，对方也渴望你的体贴你的温柔，而不是你日复一日年复一年的任性无礼。一旦对方受不了了，对你的任性无礼有所不满，你便会立即生出这样的想法来："别人不理解我也就算了，怎么连你也不理解？越想越生气，越气越任性无礼。"

还有，自己与至亲之人，长期生活在一起，难免不会起一点摩擦。牙齿与舌头那样亲密无间，偶尔也有对抗呢。一点点摩擦没有什么可怕的，那是生活的常态，怕的是这种矛盾一步步地积累，从一粒虱子积累成了大象，最终有可能爆发海湾战争。而至亲之人之间，互相对对方的痛点一清二楚。一般情况下，双方在教养的管束之下，是不会轻易地去触对方的痛点的。但不能保证，吵架的双方都是绅士或者淑女，如果不是的话，一旦战争升级到爆炸的阶段，很多人便失去了理智，专挑对方的痛点进行攻击，恨不得每一句话，都是插进对方胸口的尖刀。至此，如果至亲之人与希特勒站在一起的话，你保证不会先去修理人神共愤的希特勒，而是一心一意去修理至亲之人的。多少夫妻在这样的战争中互相吞咽痛苦，其中反目成仇，各奔东西另立山头的也不在少数！

当下，不善待至亲之人的现象比比皆是，这是文明社会的锥心之痛！

别人有不喜欢你的权利

别人喜欢你，是能带来愉悦的，喜欢的人越多，愉悦的程度应该越高。如果全世界的人都喜欢你，你等同于大熊猫，那你恨不得到珠穆朗玛峰上高歌一曲。不过，你很可能爬不上珠峰，除非你减肥成鸡毛，让龙卷风把你刮上去。

喜欢别人都喜欢你是一回事，而能不能做到又是一回事。事实上，要让人人都喜欢你，那比李白爬蜀道还难十倍百倍，因为别人的精神状态由别人的大脑控制，而不是你所能控制的，别人不喜欢你，你奈他何？当然，如果你是超人，可以轻而易举地戏弄别人的思维，那又是另一回事。不过，超人现在还生活在科幻世界里，要把他请到现实世界里来，费老鼻子劲都难的，说不定到30世纪还是科幻。

别人不喜欢你，情形多种多样。有极端情形，如别人太坏，或者你太坏；有别人太偏执，或者你太偏执；等等。这些，我们在此不多谈。我们要谈的，是普普通通中规中矩的人中发生的别人不喜欢你的情形。在这类人中，别人不喜欢你，下面这些情形比较多。

譬如说，你太聪明，而别人则大脑杂草丛生，他们如果跟你厮混在一起，会显得比山顶洞人都不如的，他们会抛弃尊严高高兴兴做你的绿叶吗？你想得美呀。反之亦然。

譬如说，你长得太美太帅，而别人跟你比，一是天鹅一是麻雀，一是潘安一是加西莫多。你渴望的是选美大赛，别人渴望的是选丑大赛。远离你，他们才有起码的自信，否则，只有居心叵测地多喝几口矿泉水把自己呛死。反之亦然。

譬如说，你太富有，买个白宫、故宫什么的眼睛眨都不眨一下，而别人连买一套豪华点的商品房都吃力得近似挟泰山以超北海的。你的富有，使他们羞愧难当，那是他们的朴实，炉火三千丈，亦是情理之中的事儿。你期望他们喜欢你，与你心心相印，黄粱美梦吧，他们难道有自取其辱的嗜好不成？反之亦然。

譬如，你特别注重教养，一言一行，都像用印刷机印出来的一样，而别人则视教养为装模作样，很不以为然的，你们在一起的话，除了格格不入还是格格不入。你期望别人喜欢你，得先用孙悟空的金箍棒给对方的脑袋来那么几下才是，但那是触犯刑律的勾当，有可能会把牢底坐穿，不敢用的。

面对不喜欢你的人，不知你的态度如何？

一种是极端的态度，就是对抗，别人不理不睬你，你也不理不睬别人，针尖对麦芒，而不是和和气气地该打招呼时打招呼，该微笑时微笑，一副绅士派头。这种处理方式，似乎受损的不是别人而是自己，因为降低了自己的教养层次。

另一种处理的方式是从一个极端走到另一个极端，就是千方百计地讨好对方。那也没有必要，因为付出与收获很可能不成正比，别人不喜欢你的还是不喜欢你。

所谓“物以类聚，人以群分”是也。

最靠谱的做法，当是泰然处之。喜欢你的人自然会喜欢你，不喜欢你的人，适当争取争取还是有必要的，但没必要争取过当。要知道，别人有不喜欢你的权利。

别人有不喜欢你的权利，从个体的角度考量，你可能觉得遗憾，但从社会文明的角度考量，则是一件大大的好事，这是社会文明所必需的。人是应该有精神自由的，精神不自由，何谈社会文明？精神自由，亦是大师陈寅恪等所苦苦追求的。

套用一句名人名言：你不喜欢别人不喜欢你，但你誓死捍卫别人不喜欢你的权利！

不过，话又说回来，别人有不喜欢你的权利，那是一种有限的权利，如果由此演变为诽谤你什么的，那就撞红线了，你该怎么做便可以怎么做，只要在法律与道德的红线内行走便 OK 了。

众叛亲离老年病

你身上的各种零部件，年轻时曾忠心耿耿为你服务，但随着你渐渐老去，这些原来忠心耿耿的零部件，纷纷众叛亲离，成了可耻的甫志高。

你的大脑，年轻时曾思维敏捷，胜过电子计算机。而随着你的老去，它背叛了你，锈迹斑斑，鱼翅当粉丝吃，熊掌当猪脚吃，百元大钞当卫生纸，那已是大脑碍于情面，还没有彻底罢工罢了。也好，老年痴呆的你，少了奢侈的冲动，少了对财富疯狂的追逐。

你的眼睛，年轻时曾目光炯炯，看到年轻漂亮的女性，不用大脑指挥，眼球便会牛皮糖一样牢牢地粘上去，全身上下汹涌澎湃的男性荷尔蒙，让你躁动不安就如一只发情的公狗，抑或是一颗随时有可能爆炸的炸弹。而随着你的老去，眼睛背叛了你，老眼昏花，眼前走过的是美女还是老母猪，分辨率是一个圆圈。也好，从此以后，再也没有人指责你是登徒子是花心萝卜了。

你的耳朵，年轻时曾耳听八方，一根针或者一朵花掉到地上，在你的耳膜上也会引起轰轰烈烈的回响。而随着你的老去，耳朵也背叛了你，它疲惫不堪，一颗原子弹在耳边爆炸，也只会当是响了一只寻常的炮仗。也好，喧嚣的世界，对你来说，从此不再喧嚣，你获得了难得的宁静。

你的颈椎与腰椎，年轻时曾相当柔韧，要弯就弯，要屈就屈，没有半点怨言。而随着你的老去，颈椎、腰椎背叛了你，颈椎肆无忌惮地移位，腰椎间盘有恃无恐地突出，它们已日晒雨淋严重僵化，再也不是大丈夫能屈能伸。也好，从此，你不会再向人点头哈腰，做回一个堂堂正正的男子汉。

你的前列腺，曾任劳任怨分文不取为你优质服务了几十年。老年的你，钱袋没有膨大，而前列腺则背叛了你，义无反顾地膨大了。你成了安公公与李莲英的死党。也好，你这样的人多了，社会治安又多了一重保障。

你曾不知“三高”为何物。而随着你的老去，高血压、高血脂、高血糖就无比友好地缠上了你。你生活在冠心病、心肌梗塞、脑卒中的阴影中，惶恐不安。也好，为了降低风险，你自觉地把生活水平，从黄世仁级自动降到了杨白劳级，不吃肉不吃蛋不吃海鲜不吃一切高脂肪的食品，你的生活，从此环保得不得了，比绿色和平组织的成员还激进。你这样的人多了，乃地球之福。

你的骨头，年轻时曾铁骨铮铮，孙悟空的金箍棒，碰上了你的骨头，都会喊痛的。而随着你的老去，骨头也背叛了你，它已雄风不再，近似于一堆粉末儿。你轻轻地跳一下，抑或畅快地咳嗽一声，都有可能把身上的某一块骨头震碎的。也好，为了避祸，你开始变得一举手一投足都温文尔雅，貌似一个老绅士。

导致震颤麻痹的帕金森病，离年轻的你曾是那么的遥远。而随着你的老去，你没能侥幸逃出帕金森病的魔掌，你的神经系统背叛了你，从头到脚不由自主地放肆舞蹈。也好，曾为不会跳舞而懊恼的你，终于如愿以偿。至于这种被动的舞蹈，能不能增加快乐指数，不去想它了。老年痴呆的你，也可能会放弃思考的权利。

假如人人都绝顶聪明

聪明人和蠢人，共同组成了丰富多彩的世界，假如世上人人都绝顶聪明，这个世界又会是什么样子呢？笔者通过一系列非凡的研究，发现果然如此的话，这个世界便有可能像赵本山和他的徒弟小沈阳、宋小宝一样异常可乐！

如果人人都绝顶聪明，厕所便无人扫。

人人都绝顶聪明，那都有可能读了学士读硕士，读了硕士读博士，没有博士头衔的，除非是阿狗阿猫。让一个或者一群博士去从事扫厕所这一伟大的工作，不能不说是一件大煞风景的事儿！博士们如果不果断拒绝的话，那就显得对知识太不尊敬了！践踏什么也不能践踏知识呀！

博士不愿去扫厕所，但厕所还是要扫呀。谁也不去扫厕所的话，那厕所就有可能心态严重失衡，任由肮脏的东西肆无忌惮地往外冒。如果在一座都市里，所有的厕所都揭竿而起的话，那这座城市就会把地球都弄得臭气熏天，说不定连月球也会闻到地球飘过来的超越文明范围的气体！继而引发整个宇宙都群起而攻之，向地球提出强烈抗议。

此事也不是毫无办法。最简单的破解方法，就是把扫厕所者的待遇，提高到比著名高校的顶级教授还高耸入云，也即扫厕所比当总统脸上还光芒四射。愿意扫厕所的拔尖人才就会蜂拥而来。但此举也有一致命的缺陷，那就是有可能使好钢没有用在刀刃上，一流学者都去扫厕所了，顶多把厕所扫成一朵花，而推动社会进步的人则相对少了！

假如人人都绝顶聪明，大学或者研究所便会拥挤得一塌糊涂。

因为你有半斤，他也有八两，要人为地分出个上下高低来，难于上青天。用目前的方式来选择人才，十有八九会束手无策。因为你是李白，他便是杜甫；你是牛顿，他便是爱因斯坦；你是莎士比亚，他便是巴尔扎克；你是贝多芬，他便是柴可夫斯基；一切的一切，会令选才者眼花缭乱。最好的办法就是抓阄或者决斗。抓阄过于弱智，决斗又过于血腥，但为了勉勉强强选拔出人才来，也只好行此下下之策了！

假如人人都绝顶聪明，森林便会统统遭殃！

人人都才高八斗，出书这样的雅事，便顺理成章。一人出一本书，那是最小家子气的了，一人出一百本砖头一样的书，也不为过！出书这事儿孤立起来看，没有什么不好的。书出得多了，预示着文化的繁荣。但如果书出得呼呼生风，人人都著作等身，那纸张便会像长江、黄河一样汹涌澎湃涌进大大小小的印刷厂，造纸张所用的主要原材料是木头，但眨眼之间有可能不是木头了。到头来，树木葱茏的大兴安岭，只有变成火焰山一条路可走了！连大兴安岭都不保，其他的森林，要想幸免于难，除非钻入地洞或者逃到太空上去。可惜森林没有长脚也没有长翅膀！

此事也不是毫无办法，破解的办法是，禁止任何人出书，制造比焚书坑儒更惨无人道的浩劫。如果有谁狗胆包天敢于出书，罚他一辈子到大兴安岭看护森林！此令一出，保准危在旦夕的森林一律安然无恙！但知识的传承和发展会不会受到影响，就不敢说了！

假如人人都绝顶聪明，会人人自危。

因为这样的话，人人都是诸葛亮再世，而不会是稍逊一筹的司马懿，你肚子里有几根蛔虫，别人会看得一清二楚，别人肚子里有什么花花肠子，你也洞若观火。人人都精于算计，而且都势均力敌，每个人心中那份忐忑不安，会像瘟疫一样泛滥成灾。患神经衰弱甚至抑郁症的患者，会把医院的门槛踩得腐朽不堪。

破解这一弊端的办法也不是没有，那就是向所有人免费提供镇静剂，保准他们人人自危的症状会大大减轻。但镇静剂会不会引起对神经的永久性损害，造成大片大片的老年或者中年、青年痴呆人群，就很难说了！

假如人人都绝顶聪明，人的体形会发生剧变。

人们形容某些运动员，说他们四肢发达，头脑简单。而人们的头脑极度地发达了，那四肢则会萎缩，即人人都可能成为大脑发达，四肢简单的人。那在大街上一看，全是所谓的大头人，从审美的角度看，太有碍观瞻了！

破解此弊端的办法也不是没有，如可以强行规定，人们一天必须 23 小时从事体力活动，只能用1小时从事脑力活动。但人们在从事体力活动时会不会走神，偷偷地让大脑高速运行，则没有办法严格控制。听天由命吧！如果大头人的问题得不到有效控制，那各种各样的运动会，会不会难以为继，最终不得不无可奈何地取消，就很难说了！

一辈子太短，一夜太长

孔子面对滚滚东去的河水，感叹道："逝者如斯夫！"一旁的温庭筠调笑说："老孔，我送你梧桐树，三更雨，一叶叶，一声声，空阶滴到明，保准你就会闭起香嘴了。"

一辈子太短，一夜太长。

王维喜欢人闲桂花落的慢生活，李白则喜欢千里江陵一日还的快生活。

李白早晨出门还一头青丝，晚上归来时，便满头皑皑白雪。

苏轼更奇了，须臾打个盹便有木头别墅来伺候了。

西班牙超现实主义画家达利以破烂的钟表描摹时间，可时间没有烂，仍然健健康康地迈着精准的步子行走着，画家却可能腐朽了。

时间的足迹，是春的花秋的落叶冬的雪，是核桃一样的脸，是草丛中的土馒头，是气派的皇陵，是唐诗宋词元曲，是厚厚的历史读本。

深夜听邓丽君的歌，那里能寻到再难回去的青葱岁月！

时间买卖市场开业了。经济学家预测，这个市场会十分火爆。可他的预测错了，富人觉得为金钱打拼的日子很费神，不愿长远辛苦下去；非富人觉得日子过得清汤寡水，也不愿长远清苦下去。

平庸者兜售时间，对方一脸鄙夷地说："你那是垃圾时间，傻子才感兴趣，我要的是富豪的时间。"

啃老族说："少壮不努力，老大徒伤悲。"

"余生"成了年轻人的口头禅，在有资本调侃一下时间的时候调侃一把，也算一乐。假使婴儿一出子宫便说"余生请多关照"，那就更乐了。

论砸牛顿头的苹果

世界上有名人，也必定有名物。什么叫名物？古埃及金字塔、巍巍长城、古巴比伦的空中花园、拿破仑的军刀是也。名物中最牛的东西是什么，是不是以上所点的？那就不一定了，仁者见仁，智者见智！依笔者之见，史上最牛的名物，最应该是砸中牛顿脑袋的苹果。因了它老人家这无与伦比的一砸，立即触发了牛顿的超级灵感，万有引力从此解密，近代物理学也由此而轰轰烈烈地开始。

什么叫万有引力？不但地球对它周围的物体有吸引作用，而且任何两个物体之间都存在这种吸引作用。物体之间的这种吸引作用普遍存在于宇宙万物之间，称为万有引力。万有引力是由于物体具有质量而在物体之间产生的一种相互作用。它的大小和物体的质量以及两个物体之间的距离有关。物体的质量越大，它们之间的万有引力就越大；物体之间的距离越远，它们之间的万有引力就越小。

砸中牛顿脑袋的苹果，应该是苹果之王，也可以称作万物之王。按照人类普遍实行的论功行赏的行为准则，我们应该大大地重奖它。那么奖它什么为好呢？我们首先可以来虚的，就是奖桂冠。可以给它大元帅甚至天王地王的高帽子。也可以来实的，奖它金钱。奖多少呢？可以比照诺贝尔奖奖百万美金。但按它的贡献来衡量，就是奖一座金库，直至奖一条华尔街，也难以表达人类的感激之情。

这只苹果为什么要选中牛顿作为对象，而不选择其他人呢？那就是这只苹果的不同凡响之处了。它是在合适的时间，合适的地点，不折不扣地砸中了合适的人的脑袋。这是只比《红楼梦》中的通灵宝玉更有灵性的物件。如果它只是瞎子撞婆娘的乱砸一气，砸中的很可能是一个糨糊脑袋，那万有引力现在还可能是一座秦始皇陵墓。近代社会在万有引力基础上的突飞猛进，必然大打折扣！

我也渴望被这样的苹果砸中脑袋。因为我也想当牛顿，也想有万有引力一类流芳百世的发现，如十万有引力，百万有引力！不知我有没有这个好运气？所谓时势造英雄，机会成全英雄，说的就是这个道理。但就算苹果还是那只苹果，然而脑袋已不是那颗脑袋。能否成功，天晓得！不过我有充分的准备，砸一次不行，就砸十次百次，直至千千万万次，直至砸出牛顿般的灵感来为止。老实说，我也是心里打鼓的。因为我不但不能与牛顿同日而语，等同于世界独占鳌头的高手，我甚至在我们家，都是一个三流的角色，因为女儿比我有悟性，妻子比我会精打细算。我期望砸牛顿的苹果灵气非凡，化腐朽为神奇，把我砸得才华横溢。我就是当代的牛顿，十万有引力，百万有引力都是我不费吹灰之力的杰作，岂不美哉？

古人不是说：只要有恒心，铁杵磨成针吗？既然牛顿行，我相信我也行，牛顿有鼻子有眼，我也不缺鼻子缺眼，牛顿是人，他的基因与我的基因应该是如出一辙。我为什么就不能气沉丹田来一场生命的豪赌呢？也许励志的豪言壮语，是无可救药的罗曼蒂克。那么，就让我再前仆后继，重复千千万万痴情者的举动。俗语说，“一将功成万骨枯！”不做牛顿，做成就牛顿一类大师的一架白骨，也即舍身为科学造势，也具备同样的悲剧且悲壮的元素。管它是社会病还是社会的必需！现在，不是殉科学的人多了，而是殉科学的人越来越少，殉金钱的人越来越多。义无反顾地反一回潮流，也不枉被砸牛顿的苹果幸运地砸一回！如此，管它是悲剧还是喜剧，人生旅途中的风景，一样唯美如莫奈笔下的日出！

万一我不但没有能够成为牛顿第二，反而被砸成了傻瓜，我也无怨无悔。如果是，我就争取做卓别林，做憨豆，不能在科学上成为大众的精神领袖，做一个活宝，让地球人爆笑不止，不亦乐乎？

想做最牛倒霉蛋

就一般规律而言，人们都愿意做幸运者而不愿做倒霉蛋。但我逆潮流而动，朝思暮想，渴望做最牛倒霉蛋，集天下倒霉之大成。

譬如说，我去买股票，买一只跌一只，不抛出去的话，天天都跌停板，直至跌成鸡毛蒜皮。而我没有买的股票，则纷纷飘红。而更匪夷所思的是，我的股票一抛出，马上就从臭狗屎变成了香饽饽，涨得可爱极了。

譬如说，我长年累月买彩票，虔诚地一买数十年，功课从未中断，然而，连一根猪毛都没有中到。更令人痛心疾首的是，有一次到投注站买彩票，随手写下一组号码，投注员一看，正是上一期中大奖的号码。天啦，千万大奖，早一点投注，可就发了。真是老天无眼。

譬如说，住宅电梯突然坏了，等了几十分钟，也不见有人来修，于是一咬牙，拖着老弱病残的身体，从一楼慢腾腾地爬到三十楼自己的家门口，中间气喘吁吁地休息了好几次。可这时，电梯突然又好了，就在我面前优哉游哉地打开了电梯门。

譬如说，我在打扫卫生时，一不小心，便被老鼠夹夹住了手指，痛得杀猪一样嚎叫。原来这老鼠夹还是我三年前下的，三年来，从没有夹住过一只老鼠，我把此事早忘了，直至自己成了一只《诗经》上描写过的硕鼠。

譬如说，我耗尽了平生积蓄，到国外一游，从未出过事的航空公司的飞机，在空中突然熄火了，吓得我魂飞魄散。好在飞机在撞向地球的最后一刻，发动机又恢复了正常，不然，我就天葬了，免去了火葬费。下了飞机，屋漏又逢连夜雨，该国地震了，之前，该国从未听说过有什么地震。于是哪里也不敢去了，灰溜溜立即打道回府。

又譬如说，有这样一则故事：有一位摩托车发烧友，把心爱的摩托车推进起居室，用抹布蘸汽油擦洗。擦完后，骑上摩托车，决定启动引擎。不幸的是，摩托车正挂着挡，引擎启动后，摩托车撞碎玻璃大门冲到了院子里。妻子听到巨响后跑了出来，发现他躺在地上，身上被碎玻璃划得遍体鳞伤。她立即拨打“120”，两名医护人员把这个倒霉蛋送到急救室。在医院缝了几十针后，回到家里，妻子安顿他睡下，自己则清扫起居室里的垃圾，还把擦车剩下的汽油倒进了马桶。不久他醒了，点了一支烟，来到卫生间，把烟蒂丢进了马桶，随即响起了爆炸声，原来汽油倒进马桶后没有放水冲掉。这个倒霉蛋被炸出了卫生间。妻子听到巨大的爆炸声和丈夫的惨叫声后，冲去一看，发现丈夫躺在地上。妻子再次拨打了急救电话。还是那两名医护人员来了。他们用担架抬着那个倒霉蛋正往外走，一人问他妻子，他是怎么受伤的，妻子如实相告。他们大笑不已，结果把担架掉在了地上，又把这个倒霉蛋的锁骨摔断了。这个倒霉蛋，最好就是我。

我为何热衷于做最牛倒霉蛋？莫非大脑挨了一少林老拳？不是的。我的热衷，带有拯救社会的崇高目的。当下，生活节奏越来越快，诸如赚钱、升迁、出名等机会也大大增加，这样一来，带来的相对失望，也不可避免地越来越多，于是，患焦虑症、抑郁症的人越来越多，严重影响了社会和谐。鄙人想树一个倒霉蛋的新标杆，成为所有认为自己倒霉的人的参照物，使他们与我一对照，彻底地小巫见大巫，于是，由认为自己倒霉飞跃到认为自己一点也不倒霉，甚至认为自己是时代的幸运儿也莫可知。如此，焦虑症、抑郁症日益萎缩，岂不妙哉？

当然，我也不是纯粹的高尚者，高尚的背后，也有自己的小九九，那就是，我也终于出名了，除掉倒霉蛋几个刺眼的字儿，老子也是一个方面的天下第一了。这年头，人们望出名望疯了，只要能出名，什么下三烂的手段都在所不惜。鄙人也不可能免俗的。出了名，自有它的好处，恐怕连范跑跑都难以例外，至少可以出几本畅销书赚它一把！

越优秀越自卑

按许多人的理解，自卑应该是不优秀者的专利，但事实并不完全是这样，有时，甚至是越优秀越自卑。为何会出现这种现象呢？

一个是越优秀者，眼界越宽，他们越能感觉到山外有山，天外有天。如《三国演义》里，曹操之外有周瑜，周瑜之外有诸葛亮，诸葛亮之外有庞统，比自己更有能耐的人多了去了。说不定一介市井，便是自己的滑铁卢。而不像某些不优秀者，鼠目寸光，井底之蛙，有一点知识有一点小聪明，便得瑟得不得了了，恨不得统统拿出来炫耀，好像天底下除了自己，别人都是大猩猩小猩猩似的。

再有是越优秀者，越有雄心壮志，越觉得自己还不够优秀。自己是赵子龙了，觉得这还不够，能像韩信一样统兵多多益善就好了。自己是韩信了，觉得还不够，不能力拔山兮气盖世。自己是楚霸王了，觉得还不够，能像秦始皇一样一统天下方好。做不到后者，便是莫大的遗憾。而不像某些不优秀者，胸无大志，不但平凡得不得了，还振振有词地宣称平凡是福，为自己的不优秀寻找甜蜜的理由。细细考究起来，满大街多是这样的人。

还有，便是大千世界，知识无止境，再学富五车的人，都可能有知识的盲点。有时，这些知识的盲点，还可能给自己带来耻辱。因之越优秀的人有可能越惶恐。说一个故事吧。

有一天，苏东坡去看望宰相王安石，恰好王安石出去了。苏东坡在王安石的书桌上看到了一首咏菊诗的草稿，才写了开头两句：“西风昨夜过园林，吹落黄花满地金。”苏东坡想：菊花最耐寒，怎么会被秋风吹落呢？说西风“吹落黄花满地金”，错了。他提笔续诗两句：“秋花不比春花落，说与诗人仔细吟。”而后走人。王安石回来后看了这两句诗，微微一笑。他有意把苏东坡贬为黄州团练副使。到了九月重阳，这一天大风刚停，苏东坡邀好友到后园赏菊，只见菊花纷纷落瓣，满地铺金。这时他想起给王安石续诗的往事，才知错了，悔死了自己的无知与鲁莽。

西方学者研究越优秀越自卑的现象有独到之处，洋心理学家把这种现象归纳为“骗子综合征”。所谓“骗子综合征”，指的是一直无法相信个体成功是自身努力或自身技能过硬的结果。他们担心自己会在某一刻被揭穿，被人发现自己是骗子。骗子综合征患者或知识渊博，或技能过硬，但他们就是无法相信这些，即便所有的证据都在证明着他们自身的优秀。他们有自我能力否定倾向，即从内心里否定自我能力，莫名其妙地趋向于自卑。

洋心理学家研究发现，70% 的优秀人士或多或少都有过这样的病症。

凭借影片《这个杀手不太冷》玛蒂达一角而走红全球的好莱坞著名女星娜塔莉·波特曼，在哈佛大学的演讲中表示：12 岁便成名的她，也曾怀疑自己的实力根本配不上那份名声。

聪明如爱因斯坦者，也曾表现出过这样的症状。在爱因斯坦逝世的前几年，他多次向自己的朋友吐露心声说：“我一生的工作被夸大了，这让我感觉极其不自在。我总觉得自己有骗子的嫌疑。”

纸的天壤之别

纸的命运也像人的命运一样，常常是同纸不同命，命运有时甚至有天壤之别。

一张纸，可以是坚挺的钞票，人见人爱，有些人还对它爱得死去活来。民谚云：“人为财死，鸟为食亡。”丈量着财富多寡的钞票，当然是如韩信点兵，多多益善了。这个世界上，不爱钞票的人，恐怕打起灯笼也难找，白痴也不例外。白痴可以不认得爹娘，不认得兄弟姐妹，但若将钞票在他们眼前晃一晃，他们一双痴呆的眼睛，立即便会难得地光芒四射了。

而同一质地的纸，也可以不是大受欢迎的钞票，而是普通的报纸、书本，人们瞧上一眼，便弃之如敝屣了。如果那是平庸的报纸或者书本，很可能人们连瞧一眼的兴趣也没有，一出来，便立即被丢弃了。

更有不幸的纸，承载了电线杆上的牛皮癣广告，遭人唾弃。人们之所以没有把口水吐到牛皮癣广告上，那是不愿以暴制暴，坏了自己的绅士风度。

有人可能说，做钞票与做牛皮癣广告的纸，质量还是有很大的差别的，不能怨天尤人。你只有那么大的能耐，就别指望能有天大的担当了。此话貌似有道理，实际上是谬论。因为事实上，做钞票的纸未必比做牛皮癣广告的纸更贵族。据报道，做美元的纸，就是纸中的贫雇农。他老人家是用再生纸也即是回收的废品加工纸做的。美国人不仅不嫌此事荒唐，还大张旗鼓地标榜，以示环保。

同样的纸，有的价值连城，如王羲之的《兰亭集序》，历朝历代都是镇国之宝，人人都欲夺而宝之。每一笔书法的后面，都是刀光剑影。

而有些纸，则平庸得就如同路边的野草。它们承载的，可能只是一些无名小商人的豆腐酒数，离镇家之宝都相差十万八千里，用来揩屁股，还嫌脏了屁股。

有些纸特别命好，成了爱因斯坦相对论的载体，相对论可是世界科学史上的巅峰之作，拥有无与伦比的魅力。这样的纸，也母凭子贵，光耀千秋。

而更多的纸，没有这样的幸运。它们默默无闻地老死江湖。同质不同命，让纸们也感叹唏嘘！像一个人，生在帝皇家，就贵为皇子公主，享尽荣华富贵，而生在杨白劳家，就只有卖苦力卖血汗的可能了。

有的纸刊登的是划时代的伟大文献，如美国杰斐逊的《独立宣言》。这样的纸，因他承载的内容特别不同凡响而一同伟大起来。

而有的纸则截然相反，刊登的是划时代的大毒草，如希特勒的《我的奋斗》。这本书毒汁四射，后来，演变成了第二次世界大战，导致了数千万人死于非命。这是我们还能闻到没有散尽的硝烟味的世纪大灾难！这纸上的每一个字，都充满了血腥味。这样的纸不被人诅咒，那是不可能的。

如果要纸们自己选择的话，谁也不会选择大毒草，而会一拥而上，选择伟大的文献的。可惜，没有它们选择的余地。等待它们的，只有被选择。老天不公，当是最大的不公，但又有什么办法呢？只有听凭命运的摆布！

纸犹如此，人何以堪？！

我们越来越贱

我们的嘴巴，是用东坡肉用满汉全席用八大菜系精心培养起来的，一直以来是进化得越来越刁。不想到了当下，却来了一个一百八十度的大逆转，趋向于越来越贱而不是越来越刁。具体表现为：过去我们用来喂猪的红薯、红薯叶，连猪吃多了都嫌弃的，而在我们今天的餐桌上，却成了坐上宾，与鱼翅燕窝称兄道弟。那些杂粮，如玉米、高粱，同样毫无悬念地受宠。荞麦粉当然也受宠啦，而且，最受宠的不是口感相对较好的甜荞麦粉而是苦荞麦粉。更令人可笑的是，昔日与无米下锅者为伍的野菜，也成了我们的最爱。估计再过若干年，草根、树皮有可能欢乐地涌入人们的餐桌。若不加以制止，大兴安岭危在旦夕。最令人担心的还是银彬一类国宝级稀有物种，要加紧保护才是，不然，吃掉一棵银杉树皮，毁掉一棵银杉树，等于销毁了一老板箱百元大钞，那损失就惊心动魄了。

一直以来，流汗劳作意味着便能赚取一定的报酬。而对现代都市人来说，这个观念也发生了惊天大逆转。今天，人们常常是花大把大把的钱去流汗，如进桑拿室如进健身俱乐部。越是像老牛拉破车汗出如雨越是感觉像三伏天吃了冰激凌，爽逼了。钱嘛，只当是甩出去的一把垃圾。

现代都市人对打折商品趋之若鹜。哪里打八折，哪里便可能有骚动。哪里打对折，哪里就可能沸腾起来。若是三两折，则有可能汹涌澎湃。给人的感觉，都市人多是一些爱小利之徒。其实，商家打折，多数只是一个噱头而已，意在引诱你胡乱花钱，你花大把大把的钱买回一堆并不很需要的东西，损失不可谓不小。更有那无良的商家，暗中把商品狠狠地提价，然后打折，打折后的商品，比没提价之前的商品还贵，亏老鼻子了！

现代人对演艺明星，也崇拜了很长一段时间了。其实，中国一直以来，对艺人，都不是特别恭敬的，他们被称为“戏子”，社会地位特低，低到了脚板底下。那显然也有些过头了，艺人也是人，他们也应该得到人们的起码的尊重才是。但像现代人一样，千千万万人疯狂追星，这恐怕也有点自贱了。

我们的美女，也越来越贱。一辆宝马车，便可以轻而易举地买下她们的青春。俗语说“宁肯在宝马车里哭，不愿在自行车后座上笑”，便是例证。这跟大甩卖又有什么区别？古代的杨玉环，还知道待价而沽呢？她吃一顿荔枝的钱，说不定就够买一辆宝马车了。要知道，那荔枝可是快马加鞭，从数千里之外的海南日夜飞奔运到了长安的，一颗荔枝，堪比一个金元宝。当然，那也过了，但李隆基愿意，又有什么办法呢？

一段时间以来，中国游客在欧洲不文明的举动、不受欢迎的新闻，不绝于耳。我们虽然确有些不文明的举动，让欧洲所谓的文明人抓住了辫子，但也不要无限地放大呀。花一捆一捆的票子，送上门去让欧洲所谓的文明人轻视，这也太作践自己了。有那个钱，还不如花到非洲大陆去，非洲的穷朋友们可欢迎我们了。我们就是他们的财神。至于我们那点小缺点，他们完全可以忽略不计。当大爷的感觉，比被作践，不爽都不可能。

有哲人和稀泥说：存在即合理。说我们越来越贱，宜一笑置之，不必太严肃太认真的，那伤肝，没有补助的。

成就你的优越感

我这人有个天大的优点，就是喜欢成就别人的优越感。

你如果毕业于北大、清华，我就铁定毕业于名不见经传的三流大学。我若毕业于哈佛或者耶鲁，那是存心给你添堵。那完全不符合我的性格，我是决不会那样，做让你不爽的事的。你如果没有上北大、清华的命，只上了个三流大学，那我也水落船低，只上个烂专科，或者爽快一点，干脆就像韩寒一样，懒到只上个高中便万事大吉了，不但不会使你跌入尴尬的境地，还会使你仍然有感受优越的巨大的空间。

你如果智商不同寻常，连爱因斯坦都要礼让你三分，我就铁定是个智商平平的家伙，应付日常生活还马马虎虎，若要想有什么智慧的火花闪现，那纯粹是痴心妄想。你若智商平平，那我一定不会还是智商平平，与你平起平坐，那对你来说，是难以忍受的。我会很自觉地降低我的智商。降一点点，降到与某总统一样，智商在普通人之下一二十，那还没有到位，与你的距离没有显著拉开。我会成就你，把我的智商降到猴子的水平。当然不是顶级猴子，如孙悟空。孙悟空的智商，在猴子中还是很牛逼的。我愿为猴子中最劣等的那一类，如任人玩弄的杂耍的猴子。为了你爽，我不怕别人把我当猴耍的。

你娶的妻子是西施一类，那么，我不敢与你一争高低，我就是野心再大，也只敢娶一个略有姿色的女子为妻。如果我娶了西施而你只娶了个略有姿色的女子为妻，你会气得吐血的。那样引得你肝火熊熊燃烧的事，完全不是我的作派，我是无论如何都干不出来的。如果你桃花运欠佳，只娶了个姿色平平的女子为妻，那我也只得陪你，娶一个丑女为妻了。再退一步，如果你不幸娶了个丑女为妻，那我也只得陪你，娶个丑女中最出类拔萃的为妻。具体丑到什么程度，可用几个字来说明，那就是连色狼都想自卫。有我垫底，你就是娶了丑妻，还是照样有优越感的。

讲了娶妻，再来聊聊住房。你如果住的是豪华别墅，我是不敢与你争风吃醋，也拼命往豪华别墅里挤的，我当然只能住普通的平房。你看我的目光，藐视的，而不是平视的。你的优越感绝对会油然而生。你如果只住了普通的平房，我就住又窄又破的房子，使你仍然有优越感。我甚至可以还下贱一些，住贫民窟里的棚户房，夏天无时无刻不在蒸桑拿，冬天人跟冰棍没有多少区别。下雨天则承受了超过需要成千上万倍的雨露，房子里藏了一个洞庭湖。你与我一比，会比得心花怒放的。

你如果孩子上的是全市最好的幼儿园，那我的孩子顶多上的是一般般的街道幼儿园。你的孩子上的是一般般的街道幼儿园，那我的孩子肯定会被所有幼儿园拒之门外，只得由爷爷奶奶放野牛一样地看着。你的孩子在学校里成绩优异得一塌糊涂，那我的孩子也就每门功课能勉勉强强及格而已。你的孩子成绩不理想，只是个中等水平，那我的孩子就只好做一个捣蛋鬼，成绩每况愈下倒数第一了。

不仅在大的方面我会毫不犹豫地成就你的优秀感，在一些细小的方面，我也特别注意成就你的优越感的。如你买了一件衬衫，100 块钱，我买同样的衬衫，决不会精明地砍价砍到 90 元的。就是他标价 100 元，我都会冒着被怀疑为正宗精神病人的严重风险，硬塞给他 110 元。

社会上有太多热衷于比较的人，他们因在比较中落于下风而郁郁寡欢，有些，还幸运地晋升为抑郁症，不时上演跳楼秀，给社会制造惊恐。倘若有更多的人像我一样乐于成就他人的优越感，这一社会病或许会轻得多。但要轻于鸿毛，似乎不太可能。

安慰天使

倾诉者：我的钱捉襟见肘，想买个汽车，无异于痴心妄想，顶多能买个电动车兜兜风，感觉人生挺失败的。

安慰天使：我与你比，感觉你简直幸福死了。我哪里敢想买电动车，连买个单车都心有余而力不足，只好天天开动爹妈给的两条腿。

倾诉者：我的容貌比加西莫多好不到哪里去，美女见了我不嗤之以鼻，那是她们还残存一点人道主义。

安慰天使：我与你比，感觉你简直幸福死了。我的容貌连与大猩猩为伍，大猩猩都觉得是对它们莫大的侮辱。美女们见了我，恨不得把眼睛用胶水粘起来。

倾诉者：我的健康每况愈下，不是胃溃疡就是肝溃疡、肺溃疡，看见别人一个个活蹦乱跳没灾没病的，羡慕死了。我为什么就这样倒霉呢？

安慰天使：我与你比，感觉你简直幸福死了。我白血病、癌症、艾滋病这些凶神恶煞的疾病没有申请都不请自来，害得我把医生折腾得要死。

倾诉者：我未老先衰，三十岁便没花一分钱整容费顺利地一脸皱纹了，孩子特别礼貌地提拔我为老大爷，弄得我好不尴尬！

安慰天使：我与你比，感觉你简直幸福死了。我扎扎实实患有衰老症，三岁就有抬头纹，七岁开始满头飞雪，十岁便进入风烛残年。我这一辈子，才开笔便要打句号了。

倾诉者：我除了大鱼大肉，没有吃过什么美食。什么鱼翅燕窝，什么熊掌鲍鱼，见都没有见过，白活在这世上了。

安慰天使：我与你比，感觉你简直幸福死了。我靠捡菜市场里丢弃的烂菜叶充饥，不但与吃高档狗粮的宠物狗不可同日而语，与乡下的土狗子相比，都惭愧得不行。现在乡下的土狗子也跟着生活水平提高了，想啃钟爱的骨头，有的是供应。我穷得打屁不出，哪敢跟它们斗富呀！像你这样大鱼大肉伺候，那简直是神仙过的日子了！

倾诉者：我没有闲钱过旅游瘾，游过的几大洲不是欧洲也不是美洲、非洲、大洋洲，而是附近的株洲、郴州，遗憾之至。

安慰天使：我与你比，感觉你简直幸福死了。你游过的几大洲虽然没有出省，但也不错了。像我，老死山林，最远的地方，只到过乡政府，唯一一次坐车，坐的是二狗子开的拖拉机，把我的五脏六腑都要颠出来了。这辈子如果还能到县城逛一逛，我死也瞑目了！

倾诉者：我学历歉收，一张专科文凭，还是电大的，受够了白眼。我恨自己脑子怎么这么笨，如能弄个北大、清华的文凭，那多风光呀！

安慰天使：我与你比，感觉你简直幸福死了。你好歹还有一张专科文凭，而我呢？只有一张小学一年级的文凭。我本来不想这么谦虚，但费了九牛二虎之力，也没能升入二年级，我连 1 加 1 等于 2 这样的算术都算不清，硬是常常认为 1 加 1 等于 3 或者等于 4。我如果有你那样的一张专科文凭，会高兴得蹿到珠穆朗玛峰上飙歌一曲了。

倾诉者：我的老婆是悍妇，我被她修理得如同一只可怜的小山羊。如果我胆敢反抗，没有立即被残酷镇压，那是她想玩猫捉老鼠的游戏，故意放我一马，火候到了再彻底地收拾我。我一天也受不了了！

安慰天使：我与你比，感觉你简直幸福死了。你天天有老婆守着你。我呢？天下的雌性高等动物，没有一只对我慈悲为怀。我如果不幸活上一千年，毫无疑义的便是千年寡人！要是没有法规与伦理的管制，我是能碰到老母猪当貂蝉的。你知足吧！你若发宝气，硬要休了妻子，那让她来修理我好了，我正求之不得呢！

尊重不尊重我的人

对不尊重我的人，将采取何种应对方式？是以牙还牙还是漠视鄙视？以牙还牙漠视鄙视不是不可以，但那都是寻常人寻常耍的把戏，老掉牙了，对喜欢新鲜的我来说，不够刺激。我的策略与寻常人大相径庭，那就是不但不为难不尊重我的人，还以德报怨，以满腔热情，充分尊重不尊重我的人。为何？且看我的高论。

不尊重我的人，也许是嫌我的财富远远不及他，他居高临下，很自然地露出鄙夷来。这也有可能刺激我，让我在商场上手撕口咬，将来有可能把李嘉诚比得落花流水。

不尊重我的人，也许是嫌我的颜值远远不及他，这也有可能刺激我，让我另辟蹊径强大自己，混得比某某还轰轰烈烈，让以西施为首的四大美女都恨生不逢时，以没有机会嫁给我而抱憾终身。某某式的丑，因了有强大的商业大脑做坚强后盾，在四大美女看来，那是一种独特的旷世之美，不但符合地球人的标准，而且也符合外星人的标准。情人眼里还真出潘安了！

尊重不尊重我的人，那人也许会被我感化，瓦解对我的敌意，甚至有可能化敌为友，不但从此尊重我，还很可能成为我的铁杆粉丝，与我狼狈为奸。这比以牙还牙的方式后果美妙千万倍。以牙还牙，纵使他不是我的掘墓人、刽子手，也会是我的绊脚石或者陷阱。

不尊重我的人，也有可能是那类因为各种各样的不顺而对社会怀有敌意的人。我的尊重，有可能拨动他的感动神经，使他对这个社会减少一份敌意。于他本人，是一种救赎，于社会，又多了一份和谐。极而言之，他原本很有可能是那个想把长江、黄河喝干，制造东方撒哈拉沙漠的人。如此，我又在不经意间，挽救了万里神州。

尊重不尊重我的人，又是一种特别健康的生活方式，是极品养生。如果不这样，生气那是绝对免不了的，一生气，不免伤肝伤脑伤心，有可能硬了肝爆了脑血管梗了心。那个不吃嗟来之食的人是怎么死的？饿可能是死的原因之一，但更重要的原因，可能还是那一股闷气憋死了他，那可是不折不扣的毒瓦斯。而我有了尊重不尊重我的人的先进理念，对不尊重我的人，肯定能心怀博大似太平洋，做到心平气和，波澜不惊，想尝尝生气的滋味都没有任何机会。有些机会，没有更好。

尊重不尊重我的人，还有一重最大的福利，那就是能在无形之中，提升自己的教养指数。教养这个东西，是个稀缺物，如果能被周围的人确认为有教养，那比得一枚奥运金牌还令人心旷神怡的。若被冠名为无教养，那可比当面抽自己一记耳光还严重。不过，这种冠名，一般都会背着当事人在黑暗中实施，那些无教养的人，也可能包括我，是可能没有机会挨一记重重的耳光的。那其实更可悲。

尊重不尊重我的人，好处铺天盖地，多得如比尔·盖茨手里捏着的美钞。我若不这样一意孤行，那可能是大脑操作系统一再忘记升级换代，接近于一堆破铜烂铁了。

傻瓜才遗憾

你有实力，但没有为自己装备动辄数万甚至数十万一套的服装，与时尚之都巴黎的奢华之风背道而驰，这算不算人生的一大遗憾呢？你觉得不算。为何？因为数万数十万一套的服装，与几百千元一套的服装，其实使用价值差别不大，只加进了一点点时髦而已。这一点点时髦，便使得价格飙升数十倍上百倍，真是比赵本山还能忽悠。你没有轻易地被忽悠，应该高兴才是，傻瓜才遗憾呢！

你没有吃过燕窝没有吃过鹿茸，这算不算人生的一大遗憾呢？你觉得也不算。燕窝也是一种忽悠，那是岩燕吐出的唾液凝结而成的东西，不干不净不说，光那一股腥味就够你受的了。鹿茸也是一种危险的食品，你如果本来就身强力壮的话，鹿茸的功效就是补得你鼻血双流，而不是你所期望的容光焕发。这些东西，实在是食品中的垃圾，不知何故，反而成了美食？不吃这些东西，少了的是折磨而不是享受。

没有在欧洲的著名古堡住上一晚，没有在故宫养心殿的龙床上滚一滚过过瘾，是不是一种遗憾呢？这也不值得遗憾，因为，如果你那样做了，从此住最高档的别墅睡再豪华的床，也会觉得小气得不得了，索然无味。古堡、龙床，把你的幸福感活生生一股脑儿全吞了下去，剩下的都是烦恼。

你没有考上著名的大学，算不算遗憾？初看起来，这也是一个硬邦邦的遗憾，但仔细一思索，觉得也没有什么好遗憾的，兴许还是一种幸运。因为你进了北大、清华一类名校，如果不成才，别人便会自然而然地在你的背后戳你的脊梁骨。近年来关于状元鲜有成大才者的调查报道，便是一颗爆炸力惊人的新闻原子弹。你非名校出生，没有成才，别人没有兴趣指指点点，成大才了，则口口相传加媒体推波助澜，皆大欢喜。

没有成为大作家，后不后悔？不后悔。为什么？因为如果是大作家的话，一旦年岁不饶人，江郎才尽，那个痛苦，波涛滚滚。那个天才作家海明威，就是为此用猎枪把自己的牙巴骨打成了纷纷扬扬的碎片的。你不是大作家，没有这个精神负担，就是老到痴呆了，也无所谓的，倒是因祸得福，少了许多烦恼。

你没有成为大富翁，后悔不后悔？也不后悔。如果你富得可以用美元烧火做饭的话，那赚取钞票对你来说，便绝对地寡味了。因为钞票乃人们最喜爱的东西，连赚取钞票都寡味了，你还去喜欢什么？你不是大富翁，赚钱的快乐还在，值得庆幸。

你体弱多病，恐不是长寿之人，这算不算人生的一大遗憾呢？也不。如果在老态龙钟之前便作别这个世界，至少有两大好处：一是不必忍受铺天盖地的老年病如老年痴呆如中风的折磨；二是你在别人的印象中，永远年轻，帅哥一个，而不是一个颤颤巍巍的糟老头，一如谭嗣同一如蔡锷，英武得令人妒火中烧。

有些事儿，看似令人羡慕，但有得必有失，细心想来，便释然，不遗憾的。不是吗？

家中精兵简政

大多数都市人，虽然远离了贫困，但没有几个钱袋子直追马云，想买别墅就买别墅，甚至想买落水山庄都不在话下，房子宽敞不到哪里去。让房子更宽敞些，成了不少都市人强烈的愿望。但望望不太牛气的钱袋，许多人又只得叹息一声暂时作罢。好了，你们的机会来了，因为本老汉挖空心思，找到了使房子瞬间变宽的灵丹妙药。我的灵丹妙药不是愚笨地使房子膨胀若干甚至一倍两倍，那是不可能的，我又不是孙悟空。我的灵丹妙药是贯彻一种收拾房子的理念，使房子空间宽敞许多。其精髓是：精兵简政，立即丢掉家中所有不必要的东西。

那些曾换过房子的资深都市人，首先，应瞄准霸占房间最多空间的闲置的旧衣柜、旧书柜、旧沙发、旧凳子、旧缝纫机什么的。这些老掉牙的物件，已多年不用，也完全可以不用，躺在那里睡大觉。好在他们不打呼噜。这些应该马上扫地出门才是。

资深都市人其次应该优先考虑丢掉的是旧棉被。现在稍为殷实一点的人家，很少用棉被了，床上垫的是席梦思，盖的是太空棉被、鸭绒被一类的。但有很多人家，还左一床右一床地把棉被塞在衣柜里，衣柜里容不下了，便往房子角落里堆，堆得喜玛拉雅山一样，很是壮观。这些也应该马上扫地出门。

都市人衣服也大有精兵简政的空间。许多人家，衣服不但胀破了衣柜，而且，肆无忌惮地霸占着床头的衣架，霸占着墙上、门后的挂衣钩，把卧室挤占成了鸟窝。如果这些衣服都是必需的，那也没有办法，人要衣装呀。问题是，大多数的衣服，都是不必要的。过气的衣服，一打一打的。有的二三十年前的根本就穿不出去的老衣服，还唧唧哦哦地与主人腻在一起。我的建议是：毫不留情地把不必要的衣服立即丢进垃圾箱。不嫌麻烦的，可以将还能穿的衣服捐出去。

都市人鞋子也是要精兵简政的。一些人家，不但鞋柜塞得满满的，地上也是一地的鞋。要都是必要的鞋，也没有什么可说的。实际是，大多数的鞋都不是必要的。一个女人二三十双鞋甚至更多，而可以打入冷宫的鞋占六七成以上。我的主张，不但要扔，而且要果断地快扔，垃圾桶才是它们最好的归宿。

都市人厨房也可以精兵简政。有些家庭，厨房拥挤得一塌糊涂。其实，锅碗盆瓢等必备的用具，没有必要用一套备份一套的。那些一年难得用上一两次，不用也可的东西，更不必吝惜。敢于对厨房大扫除，厨房自然便宽敞了。

还有，一些读书人，把书放纵得横行无忌，不但书柜里书满为患，而且，书房的窗台、书桌甚至地板上，都成了书的占领区。走进书房，好不压抑。如果把那些资料性的书绝大部分丢掉，书房便会很自然地从河马瘦成老虎，如果再把另一些非经典的书丢掉，那书房立马便会成功瘦身为猴子。

读者朋友若肯吃我的灵丹妙药，家中彻底实行精兵简政，房子空间绝对会感觉宽敞起来的。不但会宽敞，而且会宽敞许多。

考虑到可能会有若干若干人思想不通，我这里再啰唆几句，开导开导他们。对家中精兵简政犹犹豫豫的人，大多是舍不得。舍不得可以理解，因为人们还没有从穷怕了的阴影中完全走出来。但若算算账，便会通的。账可以这样算：都市房价如鳄鱼之嘴，动不动万把几万块钱一平方米。腾出来一平方米房子，与不精兵简政而多买一平方米房子，感觉差不多。也就是说，腾空一平方米房子，约等于多买一平方米房子，也即凭空捞回来万把几万块钱。这相对于囤积一些不必要的东西，太划算了。有人可能会说，厨房必备的东西只一套，万一有什么坏了怎么办？这事儿很简单，另一套存超市。现在都市买东西方便死了，存家里是脱了裤子放屁，多此一举。有人可能会说，书不能简。那些多如牛毛的资料书，是可以简的。因为绝大部分资料可以迅速百度出来，等于我们把资料存在网上了。网上的资料不但查找迅捷，而且，更为全面。另外，那些非经典的书，不但不能充实你，还有可能垃圾你的脑袋，是最应该舍弃的。

苹果定律与吃剩饭菜

有一个丈夫，老抱怨说老婆让他没完没了地吃烂苹果。怎么回事呢？原来，他们家为了省些钱，常一箱一箱地买苹果回家。这个消费策略本没有什么错。错就错在这家的老婆消费方式走上了歧路，她总是发现某些苹果有点烂了，便迫不及待地拿出来削去坏的给丈夫吃。她觉得，烂的不赶快吃便更烂了，彻底浪费了。如此，丈夫总在吃烂苹果，直至一箱苹果全部消灭。这种消费观念是有严重问题的，正确的消费方式，应该是只吃好苹果，且赶快吃，使烂苹果减少到最低程度。出现了烂苹果，坚决扔掉。这样，你扔掉的只是少数几个坏苹果，吃的是绝大部分好苹果，很划算的。如此，丈夫就没有理由再抱怨了。

这个事例，与西方社会学家发现的苹果定律暗合。该定律称：如果一堆苹果，有好有坏，你就应该先吃好的，把坏的扔掉。如果你先吃坏的，好的也会变坏，你将永远也吃不到好的。人生亦如此。

类似的现象，比比皆是。

有人几乎天天都吃剩饭菜。香喷喷的饭，一旦变成了剩饭，离香喷喷便有了北京到南京的距离。而那些菜，吃新鲜的是美味佳肴，而晋升成了剩菜之后，身价便飞流直下三千尺。热衷于吃剩饭菜，有一小部分人是源于对食物的敬畏之心，“谁知盘中餐，粒粒片片皆辛苦”。而更多的人，是出于节俭的目的。积土成山，积水成渊的道理，这些人理解得十二分透彻。认为吃剩饭菜可以吃出个马云来的，估计也不乏其人。其实，这些人大半辈子的节俭，省下的并没有多少，刻薄一点说，仅仅一餐而已。因为如果倒掉了第一餐的剩饭菜，没有了剩饭菜的干扰，下一餐也可能不会剩下什么来了，不会再干扰下下一餐了，下下一餐也就不会干扰下下下一餐了。

天天吃剩饭菜，是家庭管理混乱，省下的只是一个节俭的虚名而已。如果只是自己麻醉一下自己，换个高兴，那也没有坏到哪里去。坏事的是，剩饭菜除了口感差这个污点外，医学研究表明，剩菜中的盐，会变成亚硝酸盐，那可是致癌物。很多人不知不觉地倒在了自己为自己掘的坟墓里。这要算经济账的话，也会算得心惊肉跳，一辈子省的，还不够一次放疗、化疗费！

有一老汉，虽然还没有取得老年痴呆的资格，但有时也离老年痴呆近在咫尺了，常犯类似老吃烂苹果和剩饭菜的毛病。举例来说吧：三年前，女儿为他买了一只正当时的最先进的电饭煲，可他的那只十年前买的老掉牙的电饭煲特别地劳模，七老八十了也没有一点问题没有一点想退休的迹象。他舍不得，一直坚持在用老而又老的旧电饭煲，那只新电饭煲被雪藏了三年了，看老电饭煲那股不服老的劲儿，新电饭煲还得再等下去。那只新电饭煲在日新月异的技术面前，已显老态，再等上数年，很可能老态龙钟，远远落后电饭煲新时代了。待它接班时，无疑又是一个落后分子，等同于一个旧电饭煲。新电饭煲与旧电饭煲比，无论在做饭的口感与操作的方便性等方面，都更优秀。他已错过了一轮，看来，他不改变观念，还得错下去。当然，他自己是不会觉得错了。就是觉得，也是觉得省了。

有一个段子，讥笑的是类似的事：某日，一人到朋友家去串门，发现天寒地冻的大冬天里，朋友洗澡时竟没有开热水器。他问朋友，为什么不开热水器？朋友告诉他，家里有几盒感冒药，再不用马上就要过期了。

如果本老汉在这里讲述的老吃烂苹果和剩饭菜之类事儿，是在猎奇，以博人一笑，那也就笑一笑便罢了。问题是，这是一种很普遍的生活现象，许多人都在日复一日重复地做着老吃烂苹果和剩饭菜之类的事，更可悲的是并没有意识到这多不明智。愿我的喋喋不休，能唤醒一些梦中人。

同事金科玉律

同事求你办事怎么办？如果是轻而易举的事，当然是一口答应，痛痛快快地办了，让对方觉得特别有面子。如果是棘手的事，你下意识里是想拒绝的，但也千万别轻易拒绝。因为一拒绝，对方会觉得特没面子，脸有可能一下子垮下来。心思不怎么重的，在心里骂一骂你也就过去了；心思重的，有可能恨从心底起，从此与你有了三八线。最恰当的办法，是以大无畏的英雄气概，克服一切艰难险阻，把同事交办的事当圣旨一样办得完美无缺。就是舍身炸碉堡、用胸膛奋力堵枪眼也在所不辞。如果还没有到如此严重的程度，那是你的运气好！

同事向你借钱怎么办？借的钱不多的话，你当然钱包一掏便立即满足了他。如果他狮子大开口，要借的钱庞大得足以让你目瞪口呆，你也最好别拒绝。你就是砸锅卖铁，也应该满足同事。你可能会想，“我没钱，告诉他便得了，何必打肿脸充胖子？”不行的，他向你借钱，说明他认定你是有钱的，你不是黄世仁也是黄世仁了，只能哑巴吃黄连。

不遗余力贬损自己。俗话说：“出头的椽子先烂”，“枪打出头鸟”。如果你的能力出众，千万不要趾高气扬。那样，会招来铺天盖地的嫉恨，结果可能会很惨的。你逃避灾难的最好的办法，就是千方百计地贬损自己。比如说，你出版了一部精彩的小说，同事回避不过，不得不提起了，你应该抢先说，胡编乱造的，骗几个稿费而已。比如说，你搞了一个很好的商业策划，一定要坚称，那不过是雕虫小技，别人去搞，可能会搞得更好。比如说，你的科技论文上了国际著名期刊，你一定要坚称，纯粹是碰运气，别人投稿，一样会中的，仿佛发一篇著名期刊的论文，像吃几个蛋饺一样不费吹灰之力。这样，那些富有嫉妒心的同事，便不会那么尴尬，不会背地里存心诽谤你。

多给同事戴高帽。给上司戴高帽，那是俗称的拍马屁，那很可能触犯了你的道德底线，君子不为。但给同事戴高帽，没有道德禁忌的。现代社会，许许多多人都患了表扬饥渴症，把别人的肯定看得重于泰山。如果你能不失时机地给同事戴上一顶顶高帽，他们会感激涕零的。你可以夸同事能干，夸同事工作扎实，夸同事有魄力，夸同事文章漂亮，夸同事技术一流，夸同事是做科研的上等材料，等等。如果是女同事，还要不忘夸她是美女，快老掉牙的，也可以送她一顶资深美女的高帽。还有，千万不要忘了给同事的子女戴高帽，夸他们的子女聪明伶俐。至于他们的子女是不是蠢得做猪叫，不要去考证，那比直接给他们戴高帽更能让他们浑身舒坦。社会上应运而生的心理咨询师，个个都是杰出的高帽制造商。他们把无数的高帽，源源不断地卖给了无数心理失衡者。这从一个方面说明，给同事戴高帽，不仅能极大地改善与同事的关系，而且，也是为社会的和谐在做贡献。如此，何乐而不为？

过分谨慎惹烦恼

谨慎是千百年来广受赞美的一种性格特征。但聪明到智商二百五的本老汉无比深刻地觉悟到，谨慎也是一把双刃剑，用得不好，有时会带来无尽的烦恼。我就想淋漓痛快地骂一句——“狗日的谨慎！”既然开骂，必然是有其不得已之处。欲知原委，且听下面分解。

本老汉新时期之初参加高考，那时节，是先填志愿，后公布分数。我的分数高出全国重点大学录取分数线一大截，是我所在的市（县级）的文科状元，填个顶级名校，好像一点儿也不异想天开。但当时，怕落选的我高度地谨慎，摸着石头过河，第一志愿填了一个很一般的全国重点大学，第二志愿更是江河日下。分数出来后，若找到特别硬的关系，据说是可以改志愿的，但我怕麻烦更怕失塌，一犹豫，便失去最后的机会了。因此，没有哪所顶级名校横刀夺爱，像老鹰抓小鸡一样把我掳了去，我后来毫无悬念地上了那所一般的重点大学。这一念之差，让我用一辈子来后悔，代价不可谓不惨重。有时烦得成色十足时，恨不得背叛人类，一头扎进太平洋，与鱼们狼狈为奸。因为据说，鱼的记忆力只有 7 秒，一转眼，以前的任何不愉快，都烟消云散，羚羊挂角，无迹可循。

再说一件“狗日的谨慎”。深圳股市刚刚兴起时，我的一位眼光敏锐的好朋友便捷足先登，紧跟了上去。他在狠狠地赚了几把后，没有忘记提携我这个朋友，多次酒足饭饱之后，均劝我也到股市里去湿一湿鞋子。而一生谨慎的我，总是害怕丢到股市里的钱，到时打了水漂，迟迟不敢下水。朋友恨铁不成钢，以极大的耐心继续规劝我，我却坚定地油盐不进。我中谨慎的毒太深了，简直深不见底，就是联合国秘书长来做我的工作，都可能无功而返。一路牛市的股市，被我活生生错过了。后来，股市陷于震荡，我就更不敢蹚这趟浑水了。这一意孤行的代价，也不可谓不庞大。朋友用上亿元的钞票，在我们之间砌成了一条巨大的鸿沟。一边是富得流油的他，一边是比什么只优越了点点的我。

说了炒股，再说说刻骨铭心的炒房。本世纪初，我女儿在北京读书，有在北京工作的意图。要在北京扎稳脚跟，买房是必不可省的一步。刚好，我的一位熟人有一套 60 来平方米的房子要出售，知道我们想买房，狠心优惠了一把，说 50 万元便可成交。房子在三环以内，不足万元一平方米，确实够优惠了。而我虽然觉得划得来，但那时要一下拿出 50 万元钱来，还是很困难的。我没有想到要像杨子荣一样，越是艰险越向前，而是前怕狼后怕虎，担心向朋友借借不到这么多，向银行借到时还不起，等等，没有立即成交。之后，北京房价一路飙升，我就更不想向熟人提这桩事了，错过了这段好因缘。如果我当时当机立断的话，仅此一项买卖，赚上的就不是百万而是数百万了。我残酷地扼杀了一个百万富翁。

想很郁闷地骂“狗日的谨慎”的，远不止本老汉一人，社会上多的是了。为了提起读者朋友的阅读兴趣，还是举一个大名鼎鼎的名人的例子吧。

三国时期，诸葛亮因错用马谡而失掉战略要地街亭，魏将司马懿乘势引 15 万大军烟尘滚滚向诸葛亮所在的西城扑来。当时，诸葛亮身边只有 2500 名士兵，对付 15 万大军，打汤都少了。狡猾狡猾的诸葛亮急中生智，叫士兵把四个城门打开，每个城门派 20 名士兵扮成百姓模样，洒水扫街。他自己则领着两个小书童，带上一把琴，到城上望敌楼前凭栏坐下，燃起香，慢慢弹起琴来。谨慎的司马懿见这般情景，恐有埋伏，率兵速速退去。后知道了这乃是一空城计，差点吐血吐成了黄河长江！他狂骂“狗日的谨慎”，最是顺理成章。假如设个咒骂大奖，状元桂冠砸中他老人家的头，也莫可知。

死不认错为哪般

许多国人有一个显著特点，那就是死不认错。当然，如果你用关夫子的青龙偃月刀架在他的脖子上，说如果错了不认错，死了死了的，那他有可能回头是岸。但这是一个讲人权的和谐社会，不可能如此血腥操作的。

有学者研究，认为死不认错出于一种本能，就如手指烫了，瞬间会缩回一样，这是一种条件反射，是一种回避自我否定的本能。许多人会觉得，承认错误，相当于承认自己在某这方面的问题或不足。这样的承认多了，人便会感到沮丧，很容易陷入抑郁的。本能地否认自己的错误，对维护心态平衡，是一剂良药。

死不认错的另一个原因，是面子观念。许多国人的面子观念特别旺盛，旺盛得发紫。认错在他们看来，是一件非常非常没有面子的事儿。就是从南极错到了北极，从南京错到了北京，明明知道错得一塌糊涂，也大义凛然，英勇地决不认错。有人针对这一现象编了个笑话说，某人说狗是两条腿。旁人质疑说，狗明明是四条腿，为什么说狗是两条腿？此人强词夺理说，狗前边的那两条不是腿，那是狗的爪子，后边的两条才叫腿。这个笑话很有意思。

特别不自信的人，是死不认错队伍里的中坚力量。他们忍受不了没完没了认错带来的心理上的打击，面对每一个错误，首先想到的便是怎么进行辩解，辩赢一个算一个，辩赢半个算半个。这种积极的进攻型的心态，使他们在为自己的错误辩解时达到了异常顽强的程度，十分地可敬。

有个叫阿伦森的洋心理学家对为错误辩解的行为作了一个精彩的解释，他认为那是“认知失调”的原因。他说：“当我们陷入错误时，就会产生一种紧张感，为了克服这种由认知失调引起的紧张，人们常常寻找理由否认自己的错误，甚至把错误的认知用来当成证明自己是对的的证据。”

原来洋人中也能找到死不认错的死党，只不过，他们的队伍弱一些，没有我们的队伍如此雄壮！到底是泱泱大国，死不认错的文化底蕴肯定深厚很多，不是洋人能比拼的！

死不认错与人的个人素质成正相关关系，也就是说，素质高的人，较容易认错一些，素质低的人，更可能死不认错。素质高的人遭受的挫败会少很多，且知晓死不认错不是一种绅士行为，从某种意义上说，反而有损自己的形象，因之自我否定的耐受程度比较高。而素质很低的人，遭受的挫败会多很多，本来就很压抑，且很可能对什么绅士行为不绅士行为，对有损或不有损自我形象，鲜有考虑或根本就没有考虑的能力，因之对自我否定的耐受程度非常之低，要他们不死不认错，是有点难为他们了。

死不认错太流行，不是没有缘由的。一个重要的原因，便是社会的宽容度特别有限，认错的成本那可是相当地高。你有错认错，别人有可能给你打上没知识的烙印。你有错认错，别人有可能给你打上没能力的烙印。你有错认错，别人有可能给你打上道德有问题的烙印，动不动就进行道德审判，让你难以翻身。你有错认错，别人有可能给你打上窝囊的烙印……凡此种种，形成了死不认错肥沃的土壤。

变沮丧为快乐

沮丧就是沮丧，怎么能变为快乐？是不是脑子变成了火焰山，胡思乱想？说可以变沮丧为快乐，自然有它的道理。我动用的是老祖宗老子的智慧！老子的祸福论，常常搞得人晕头转向，但你能说老子是信口雌黄吗？下面，就来具体分析生活中一些有趣的现象，为奇谈怪论作一些高屋建瓴的解读。

娶丑妻的快乐。

爱美是人的天性，许许多多的人都想抱得美人归。所谓“人在花下眠，纵死也英雄”，就是中国文化对这一现象最肆无忌惮的写照。那些不爱江山爱美人的帝王一类的人物，更是把这一现象演示到了极致！那个迷辛普森夫人迷得连王位也弃之如敝屣的英王爱德华八世；那个日夜守着杨贵妃连觉也顾不上睡的唐明皇；那个猎艳猎到与妓女李师师偷鸡摸狗的宋徽宗，就是典型的例子！从中也可以看出，娶美女有时成本是昂贵的。

现代人娶美女，成本不一定高得吓人，但相对于丑女而言，娶美女的成本也还是咬牙切齿的。首先是她的投资成本明显高于丑女，有些还高得令人瞠目结舌。因为美女资源总是短缺，在哪里都是抢手货，竞争一激烈，哄抬物价不可避免，于是美女成了可与黄金媲美的硬通货，谁有钱谁就是上帝，谁穷光蛋谁就灰溜溜地夹着尾巴败下阵来！其次美女的运行和维护成本也明显高于丑女。她们要涂脂抹粉；她们要着时装；她们热衷于逛商场逛电影院。美女还因追求者如云，红杏出墙的危险时时存在，令你寝食不安，等等等等，好像不弄得你倾家荡产心惊肉跳，就显得美女们没本事似的！

而娶一个丑女，除了上述这些缺点一概没有，让你如释重负外，丑女还有种种妙处。丑女无法拴住你的眼睛，就会千方百计在厨房里摩拳擦掌放肆打拼，想办法用美食拴住你的嘴巴和胃，让你的嘴巴和胃受宠若惊得到帝王般的待遇。丑女们外在形象有些亏损，她们便避短扬长，苦练内功，以她们的贤惠，让你们热泪盈眶拜倒在她们的石榴裙下！如此说来，沮丧于娶丑女的朋友，不但不应该沮丧，而且应该快乐才是！

体弱多病的快乐。

别人生龙活虎，而你病恹恹的。别人可以在三伏天进行日光浴，大呼痛快，而你在太阳下稍一亮相，就有可能融化；别人几件衣服就打发了寒风凛冽的冬天，你用棉被层层包裹还瑟瑟发抖；你不心情沮丧抱怨老天欠公平，那是不可能的。

但你若仔细分析，便会发现，体弱多病也有体弱多病的快乐。俗话说，久病成良医！你知道自己有病，便会处处注意保养，不该做的坚决不做，不该吃的坚决不吃，不该玩的坚决不玩，并会及时修补健康漏洞，病便能有效地得到遏制。

而太健康的人，平时往往麻痹大意，不知危险一步步逼近，以致最终酿成严重的后果，有时还是无可挽回的后果。社会上长寿的反而常常是那些体弱多病的人，就是证明。

有一种说法，从来不患感冒的人，比常患感冒的人，患癌症的可能性要大得多。因为患感冒的人，身体中调动起了一种机能，这种机能，能有效地抑制癌细胞！这真是因祸得福！

无车的快乐。

社会越来越发达，有小车者越来越多。有车的好处当然不少，最主要的，是人的活动半径大大扩大，同时，生活也方便了许多。车使现代人的生活质量，得到了有力的提升。但车毕竟是一种奢侈品，目下买不起车的人也不少。于是嫉妒、沮丧便不可避免。

其实无车也有无车的快乐。有车的人，两条腿常常被闲置了起来，这一闲置，初看起来是享受，但仔细一分析，问题来了，最大的问题，便是自己剥夺了自己不少锻炼的机会，久而久之，一些富贵病接踵而来。而没有车的人，常常安步当车，不但锻炼了腿，而且心脏也得到了锻炼，患心脑血管病的机会大大减少。无车者真是有福了！

容易遗忘的快乐。

过目不忘当然是一件令人骄傲的事，比如读书，有人潜心苦读，记得这里忘了那里，而有人不费吹灰之力，便把要记的一股脑儿牢牢记住了，简直太痛快了！

但记性好的人，也有记性好的人的无尽的苦恼，就是一些不愉快的事，永无休止地来打搅你，使你不知不觉沉浸在低落的情绪之中，使你焦虑使你抑郁，甚至酿成精神分裂症。

而容易遗忘的人，就永远也不会有这种苦恼。时间成了最好的疗伤者，过了一段时间之后，苦恼统统忘在了脑后。他们相对而言乐观得多。这种乐观的心态，是任何金钱所买不到的。比之于记忆不佳之失，所得更有价值。所以你根本就不必沮丧，不必羡慕记忆好的人。

买不起名牌的快乐。

穿名牌戴名牌玩名牌，自然有其中的乐趣，它能使一个人的感觉良好许多。说白了，也就是虚荣心得到了某种程度的满足。

名牌其实只是个名，就是来头大，而实质性的内容，并没有好到哪里去，有些还比不上非名牌。几千几万元一套的皮尔卡丹，未必就比几十元一套的皮尔不卡丹吃苦耐劳！几万几十万一块的钻石名表，未必就能把一天二十四小时变成二十五小时？说得挖苦一点，热衷于一掷千金武装名牌的，其实是被名牌忽悠了。

而买不起名牌，就没有被名牌忽悠的可能。就是想被名牌忽悠，也没有机会呀！这样一想，买不起名牌的人，应该从沮丧中解脱了。与名牌鸡犬相闻，老死不相往来，则是滚滚红尘中的又一种自在活法！

第二辑　助企鹅一举成名

助企鹅一举成名

企鹅作为群体，在地球上还是有一定知名度的，但就个体来说，则养在深闺人未识。谁也不记得哪一只企鹅有何惊天动地之举，就是佐证。这是为什么呢？这是因为群体的数目太强大，而出类拔萃者始终为零。今天，我就来做一回好事者，助某企鹅一臂之力，使之一举成名天下知。

我的核心策划是：让一只雌性企鹅到撒哈拉大沙漠旅行。

为什么重雌性企鹅而舍雄性企鹅呢？这没有什么不可告人的秘密，主要是雌性企鹅比之于雄性企鹅，更能吸引眼球！这是人类的基本法则，动物亦然！

这种旅行，在一般人看来，肯定是一次名副其实的死亡旅行。因为企鹅是典型的极地寒带动物，在冰天雪地里，如鱼得水，但在可以与火焰山相媲美的燃烧的沙漠里，每一分钟都可能度日如年。一不小心，自己便有可能成为一只货真价实香喷喷的烤企鹅，比全聚德的烤鸭烤得还透彻。

危险是危险，但只有这样史无前例，才有可能激起空前的关注，不亚于航天飞机半空中爆炸在地球上引起的震动。

正因为行动艰苦卓绝，我在选择企鹅时，必定经过严格的体格检查，在南极多如牛毛的企鹅中，选择一只霹雳娇娃或者花木兰式的女企鹅。同时，对她的意志力进行残酷的测试，不是极端优秀者，决不可能中标。

当然，光有这些还不行，还要进行有力的后勤保障工作。与企鹅同行的，不仅要有浩浩荡荡的医疗队，随时准备进行抢救。而且，要有一辆大型的超豪华的冷冻车随行，如果企鹅女士实在受不了了，可以临时躲进冷冻车去享受一下，等缓过神来之后，再继续在沙漠里艰苦卓绝。庞大的保姆队伍，也是必须的。

这种极端活动，肯定会引起空前轰动，全世界的媒体会蜂拥而来。但我不会像姜太公一样，愿者上钩，那样太过消极，可能会遗漏一些媒体。我要做到尽善尽美，把全世界的媒体一网打尽。为了达到这个目的，我自然会组织人员在喜马拉雅山和埃菲尔铁塔上同时竖起冲天大标语，告知企鹅女士即将进行的惊天动地的撒哈拉大沙漠的死亡之旅。

我不会聪明到自己掏腰包来为企鹅女士准备这一切。这样爆炸性的活动，愿意出钱出风头的富翁有的是，世界巨富 w 先生就与我一拍即合，活动的一切费用，统统由 w 先生放血。除此之外，他还需给我一笔天文数字的赞助。我也不会聪明到向记者们行贿。这样的新闻题材，百年难遇，我反而要向所有参与报道的媒体收取高昂的报道费，就如奥运会出让转播权一样。这可谓一箭双雕，既狠狠地帮助了企鹅女士，又疯狂地扩张了自己的腰包。索马里海盗见了我，都会纳头便拜，一口一个“大哥”叫得人心烦！

我想了一想，光是死亡之旅，吸引力还没有提拔到无以复加的地步，必须再撒一些味精之类的东西，才算正宗的无以复加。

撒什么呢？我首先想到的是打煽情牌。企鹅女士在大沙漠里轰轰烈烈，肯定会有各种各样的不适应，有时，可能还是致命的不适应。那么，我就把这些统统放大，以赚取全世界亚马逊河一样滚滚而来的同情之泪！譬如说，企鹅女士在烈火一样的沙地里行走，她那在冰天雪地里娇嫩了一辈子的脚掌，有可能烫起一个个巨大的水泡。我就通过电视镜头，把水泡随时随地放大。管它此地无银三百两不三百两！

我还想到了打另一张致命的妙牌，那就是绯闻牌。我会编一个脍炙人口的故事，把企鹅女士提拔为企鹅国的王妃，而且是一个类似于戴安娜王妃的企鹅世界里的第一绯闻大家。她不堪国王或者王储的背叛，愤而出走。她的高贵让世界为之倾倒！她的故事让地球人津津乐道。幻想着能做个护花使者的男士，多如过江之鲫。不但如此，我还要暗地里悄悄发布一个惊天动地的绯闻，即企鹅女士在这次残酷的死亡旅行中，仍然天生丽质难自弃，与此次行动的赞助商、世界巨富 w 先生擦出了火花。让全世界的男士嫉妒得如一枚枚炸弹！

如此，这只企鹅不比戴安娜王妃更广为人知，除非“山无陵，江水为竭，冬雷震震，夏雨雪！”

老死江湖的鱼

你见过老死江湖的鱼吗？没有，因绝大多数鱼在老死江湖之前很久很久，便英勇无畏地在人或其他兽类的嘴巴和肚皮中找到了理想的归属。有那么一条错过了慷慨赴死的机会很快就要老死江湖的鱼，后悔不迭。他的后悔，比呼天抢地更催人泪下。

这条鱼，本来是有机会争得荣誉的。比如说，在国宴上招待奥巴马或者普京什么的。他们吃了他无比美味的肉，会对主办国怀有更加美好的印象，对主办国变得更加友好。他本来是有机会成为某位大科学家如爱因斯坦或者牛顿的早餐的，那样，他又间接地为人类的科学事业做出了不可磨灭的贡献。他本来还有机会成为某位妙龄女郎的美食的，贡献虽然小了些，但那种不可言状的愉悦，会令他回味一辈子。

他埋怨自己为什么要下意识地躲避渔人的网和鱼钩，贪生怕死一如大叛徒甫志高，真是太没有出息了！现在可好了，他将要老死，想主动进入渔人的网或咬住渔人的铁钩，也没有移步的力气了！就是他下定决心，排除万难，主动进入渔人的网或咬住渔人的铁钩，渔人也会毫不犹豫地把他抛到九霄云外。因为他骨瘦如柴，已没有任何实用价值了，连乞丐见了，都会嗤之以鼻！看来，他只有黄泉路一条路可走了。他有机会接受的，不是巨大的荣誉，而是一束束怜悯的目光！那目光，在他看来不是安慰，而是一把把刀子，直刺他的敏感的神经。对于一个曾经不乏英雄情结的鱼来说，他欲哭无泪！

还有，这条错过了慷慨赴死大好机会的鱼，进入暮年之后，饱受老年病的折磨，亦痛苦不堪。他的颈椎，长满了大大小小的骨刺，刺猬一般，时时刻刻都如万箭穿心！他恨不得把颈椎从脖子上取下来，放到铁匠铺里重新打造一番，以换来焕然一新一身轻松，从此不再受颈椎病的照顾，但这只是痴心妄想而已。他走起路来很帕金森，不是直步也不是猫步，而是像用茅台酒浇灌出来的一株摇摆度惊人的植物，立场再也坚定不起来！他老掉牙了，吃起饭来，像要把碗里的饭一粒粒数个一清二楚。他老眼昏花，一条美人鱼从他的身边游过，他还以为过去的是加西莫多，没有对他身上的荷尔蒙水平产生丝毫波浪。他已经很木乃伊了！要是他抓住机会慷慨赴死的话，这一切，就无从发生了。

这条将要老死江湖的鱼，还有一重后悔，就是害了晚辈。他的晚辈，对他一辈子积攒起来的积蓄虎视眈眈，恨不得把他身上的每一片鳞片都变成美元、欧元。甚至想从他的老骨头里榨出人民币来。因了他，晚辈中频频出现好吃懒做的不肖子孙！如果他当初果断地慷慨赴死，留给晚辈的，就是一顿励志大餐，而非其他，兴许会吃得晚辈们热血沸腾。可惜机会不再，呜呼哀哉！

挑剔钓饵的鱼

作为一条在江湖上混的鱼，一生中是必须不时与钓饵打交道的。鱼在与钓饵打交道时，是大大的输家。一条蚯蚓，一只小虫，一个掺了劣质香料的小饭团或者小面团，便轻而易举地结果了一条生机勃勃的鱼，后果惨不忍睹。先是被锋利的刀五马分尸，而后，便是下油锅，接着便是沸水煮，再而后，端上桌，被锋利的牙齿啃，吞进了人的肚子里。每一张嘴巴，都是我们同胞的坟场，每一颗牙，便是一块惨白的墓碑。这是一笔笔严重失衡的交易，微不足道的钓饵，千篇一律，千年不变，放之四海而皆准的公平交易原则，被践踏成了稀泥。

我作为一条鱼，蔑视这侮辱鱼的轻如鸿毛的钓饵，为同胞们愤愤不平。

不过，我又想过来，觉得那是别的鱼心甘情愿的事，我管也管不着的，只能善意地呼吁呼吁，提醒提醒愚不可及的同胞。至于他们能不能醒悟，那就很难说了。我怀疑他们的脑容量太少，大脑的思维能力有限，不能像我一样缜密地思考。我虽然也是鱼类，大脑容量显然也丰富不到哪里去，但我是鱼中的异类，脑容量虽然与别的鱼相差无几，但脑细胞却有巨大的差别，我是鱼类中的莎士比亚、黑格尔，脑子聪明得一鹤冲天。我思前想后，觉得呼吁是必要的，但言教不如身教，我的示范也许更能给同胞们以莫大的启迪。

我觉得，配得上我的钓饵，首推美女。帝辛倒在了妲己的石榴裙下，李隆基倒在了杨贵妃的石榴裙下，我难道不能倒在某某美女的石榴裙下吗？当然，那要是成色十足的美女，是西施级别的，那种后面看想犯罪，侧面看想撤退，正面看想自卫的伪美女，我是连瞧一下都感到疲倦的。美女配英雄，是婚配市场上的铁律，我倒在美女的石榴裙下，再怎么也是一英雄，一点也不丢人的。

宝石也是我所喜欢的，当然不是一般的宝石，而是那种视钞票如粪土的猫眼蓝宝石。英国女王王冠上的那颗最大最著名的宝石，是我的最爱。如果有谁能把那样的宝石用作钓饵的话，我会毫不犹豫慷慨咬钩的。此时，我的心中，只有水浒英雄该出手时就出手的豪迈，绝对地义无反顾。

类似地，如果有人用《清明上河图》《食鱼帖》《向日葵》《日出印象》一类的顶级书画作品做钓饵的话，我也会饿狼扑食的。我觉得这样牺牲，物有所值，千刀万剐也算不了什么。再次一点的钓饵，便是人参、燕窝、鹿茸、冬虫夏草之类的了。这种钓饵虽然对我也有一点点吸引力，但下不下口，我老实说是很犹豫的，因为其档次不高，咬它们，有失我的身份。

关于钓饵，我就说到这里，够精辟的了。再多说就有把读者当傻瓜的嫌疑了。需要补充几句的是，如果没有特别的钓饵，垂钓的人特别特别的话，那也还有商量的余地，譬如姜子牙，譬如柳宗元。姜子牙在渭水上用直钩钓鱼，钓的是周天子；柳宗元独钓寒江雪，钓的是一腔凄美！我如果被他们钓上，那也是鱼生之大幸！我会因跟对了人而名垂青史！名垂青史，下油锅这点考验又算得了什么？别看我是鱼，我也是有强烈的成本意识的。说我是一条与时俱进的鱼，我不但不怒，还很受用的！

不知有多少鱼会因之而受到启发，看清垂钓者贪婪的嘴脸，蔑视吝啬的钓饵，聪明地复制我？

鱼缸鱼的智慧

最常见的养鱼鱼缸，是长数尺宽尺余或数尺的玻璃鱼缸。再大的鱼缸，就比较少见了，因为鱼缸是放在房子里的，大了一般房子容不下。鱼缸鱼命中注定，就只能享受有限的空间。想那太平洋里的鱼，真正是海阔凭鱼跃，就是有火箭的速度，在其间纵横驰骋也不碍半点事的。那江河池塘里的鱼，拥有的空间也是很宽裕的。鱼缸鱼要是热衷于攀比的话，那便只有在絮被上碰死了。值得欣慰的是，鱼缸鱼有它的智慧，能以咫尺当天涯。空间小，可以来来回回地游，可以转无数个圈游，游出大海一样的感觉来。环境就是这么个环境，无休止地纠结而不能自拔，那叫笨。鱼缸鱼的作派，如能被更多的蚂蚁一样的都市人感悟到，那急速上升的精神疾病的患病率，当一泻千里。

鱼缸鱼面临的最大危险，不是更大更凶猛的鱼如鲨鱼的攻击。小小的鱼缸，是容不下大鲨鱼的，连小鲨鱼也容不下的，再者，就是容得下，养鱼人也不会蠢到或者残忍到把鲨鱼放到鱼缸里，把鱼缸里其他的鱼一转眼统统吃掉的。鱼缸鱼也不会面临打渔人把它们捞起来当美食的危险。养鱼人不是打渔人而是它们的铁杆保护人，护儿女一样。这么说，鱼缸鱼就没有什么危险了吗？不是的。鱼缸鱼躲过了鱼们惯常的危险，但却面临着特有的危险，那就是吃过多的投食可能撑死。有经验的养鱼者，一般是不会过度投食的，但不少初次养鱼者或者小孩，就没有这个经验了。绝大多数鱼缸鱼，在它们的一生中，很可能碰上这样的考验。一般来说，它们都能安全地度过这个危险。是鱼鱼相告，使它们集体获得了贪吃可能丧命的道理，还是它们在吃饱了后下意识地察觉到再吃可能被撑死，不得而知。如此，鱼缸鱼很少有放开肚皮饱餐而一命乌呼的。但也不排除极少数智商出了麻烦的鱼，做了饱食之鬼。

鱼缸鱼还面临着一个问题，那就是容不得它们越长越大。如果有那么一条鱼缸鱼，疯长到了小小的鱼缸是可忍孰不可忍的地步，再留下它，其他的鱼就有可能遭殃，甚至鱼缸有可能分崩离析，那它的死期肯定到了。好在鱼缸鱼好像都懂得这个道理，绝大多数鱼缸鱼的形体，都恰到好处地生长到最佳状态便戛然而止，就是生活条件再优越不过，它们也不再鲁莽地长个儿。这其中可能是鱼们感觉到了生存的危险而自觉地节食，也可能是鱼缸鱼为了适应特殊的环境，基因发生了突变，促长基因被明智地关了禁闭。

人们买鱼缸养鱼，目的一般都是为了欣赏。读者朋友若仔细观察，便会发现一个有趣的现象，那就是所有鱼缸里的鱼，都游姿优雅，极难见到面目可憎的。这也可能当成是观赏鱼天生就是具有观赏性。但本老汉更趋向于认为，那也是鱼缸鱼的一种生存智慧。养你是用来观赏的，没有观赏价值，那要你又有何用？如此，你的大限也就为期不远了。鱼缸鱼是深深地懂得这个道理的。它们所以都姿态优雅地呈现在观赏者的面前，赏心悦目。它们不是一时优雅，而是任何时刻都是一派优雅地展现着自己，一如T型台上的衣模，一如车展上的车模，那一份楚楚动人的美丽，令人叹为观止！有人可能认为这是一种邀宠。这样理解，鱼们也不会站出来反驳的，因为它们虽然聪明，但还没有聪明到掌握了人类的语言，能有效地抵挡迎面泼来的脏水的地步。美丽无罪，就是邀宠也绝不过分，那是优质资本的优秀运作而已。而我更愿意理解为那是鱼缸鱼的敬业。只有敬业，才能得到应有的尊重，只有充分地敬业，才能得到充分的尊重。这个道理鱼们懂。人们在它们身上得到了独特的美感，不怜爱有加，那恐怕是冷血动物了。碰上这样冷血的人的机会，跟中大奖好有一比。

我最想做大熊猫

我已厌倦了披着这张人皮。我最想做的，是大熊猫！最想做大熊猫，当然有非常强的目的性，那就是甩掉披着人皮的种种苦恼！

做大熊猫，能甩掉被忽视的苦恼。

作为一个人，我这辈子是彻底地被忽视了。我就是站在珠穆朗玛峰上，像帕瓦罗蒂一样高歌，全世界的人会立即变成聋子瞎子，风平浪静一点反响也没有。我就是变成爆炸的原子弹在地球的耳边巨响，地球连为我哆嗦一下的兴趣也没有。

我走在大街上，男人们嫌我一点特色也没有，宁肯把目光投向小狗小猫，也不愿让目光在我的身上打一个滚。女人们更是对我嗤之以鼻，就是投来一丝两丝目光，那也充满批判精神，把我当成了和谐社会的垃圾。

现代资讯已发达到无孔不入，但我却难以享受到资讯高度发达的阳光。我连 0.1 次在荧屏上扬眉吐气的机会也没有，只能充当永远的看客。当然，这是免费的看客。如果当看客还要出钱的话，我会从杨贵妃的头上扯一根充满贵族气质的头发，到华清池去轰轰烈烈地上吊。生前受尽了窝囊气，死也要争回一点面子，稍微被人重视一点！

扯远了！

如果我做了大熊猫，被人忽视的苦恼就会一扫而光。我落户一座城市，绝不亚于一位总统到来的轰动效应。而总统的轰动效应只是一阵风，我的轰动效应却经久不衰。总统只能征服部分人的心，而我却能征服所有人的心。我浑身上下每一个毛孔散发出来的天才的魅力，连三岁小孩也能因我而乐不可支。

我一举手一投足，都是吸引眼球的功夫，甚至我挺着大肚皮晒太阳，把不雅的器官暴露在光天化日之下的流氓举动，也被无数的粉丝（其中不乏我平时看一眼都不敢的美女）追捧，看得他们笑逐颜开，还有可能成为他们茶余饭后有趣的谈资。

我在国内有如此高的待遇，到了国外，更是风光无限，待遇高得无以复加！我就是中心的中心，我就是镇国之宝。

做大熊猫，能甩掉为票子发愁的苦恼。

做为一个寻常都市人，我头顶着三座大山。哪三座大山？就是子女的教育费及买房费、医药费。

供子女上到大学，自己一身捡芝麻捡来的一点银两，早已消耗殆尽。如果子女要出国留学，则只有把裤带捆强盗一样勒紧。

买房也是一项要命的开支。房子把票子鄙视得如卫生纸。我唯一的办法就是疯狂举债。恨不得身上的每一根汗毛，都可以当韭菜一样割下来拿到市场上去卖个好价钱！

如果运气特别不好，遇上了什么可怕的病魔，那就更倒霉了。说不定会绝望地希望把自己的皮剥下来，当虎皮豹皮一样到特牛的拍卖行拍卖，以对付劫匪一样的高昂医疗费！

我如果做了大熊猫，这一切都不是问题了。我完全不必为区区几个钱而脑壳愁起钵子大。我的孩子一出生，就会被当宝贝一样供养起来。它的教育，也完全是理想社会的模式，有最好的教师为它无尝打理一切。

房子嘛，那就更不要说了，住的是免费的空调房，比香格里拉的总统套房还舒适！

我如果偶尔打了一个惊天动地的喷嚏，消息传开，全城人都会提心吊胆，把沉重的爱心潮水一样泼在我的身上。我如果真的病了，享受的是不可能低于总统级别的待遇，且完全是公费医疗。我想行贿，送几杯咖啡为日夜操劳的医生解解乏，他们可能勃然大怒，责怪我侮辱了仆人高尚的人格！

除了这些之外，我还可以出卖玉照使用权。我的玉照是全世界最受欢迎的，比梅西风头更劲！我就是狮子大开口，打劫亿万美金，都没有半点问题。世界上为我而癫狂的商人比比皆是！到时我愁的不是没有钱，而是汹涌澎湃滚滚而来的金钱，是用汽车还是用火车拖更合适！

做大熊猫，能甩掉速朽的苦恼。

什么永垂不朽，什么名垂千古，这些伟人们可能享受的待遇，我等平民百姓望尘莫及。我等消失了，对这个地球来说，跟一只蚊子的寿终正寝没有任何两样！速朽是我等唯一的出路。如果心比天高的话，只会成为一个唉声叹气的孤魂野鬼！

如果做了大熊猫，命运就会彻底改观。我不仅生前声名远播，死后还绝对有可能被制成标本，继续供人们欣赏，真正的永垂不朽！我还有可能在市志或者省志上留下一笔。如果运气好的话，在国志上留下一笔，也是有可能的。

奇招降伏外星虫

1. 外星虫入侵地球

意外灾害骤然而至，成集团军成集团军的外星虫排山倒海地入侵地球。

这些外星虫，可了不得，它们类似于地球上的蝗虫，但体魄全部是健将级的，牙齿可以与老虎或者鳄鱼相媲美，约等于微型匕首。它们所到之处，原始森林覆盖的山头全部成了和尚的脑袋。外星虫们尖利的牙齿，不但吃树叶，连树枝树干也吃得津津有味，地上的灌木和草皮也绝不肯放过。一些小型动物，也成了它们嘴下的牺牲品。千百只外星虫一拥而上，动物顷刻便灰飞烟灭，连骨头也没有留下半根。骨头在它们的嘴里，就如油条一样柔软可口。只是人还没有被它们疯狂攻击，可能是外星人还没有向它们发出指令，让它们攻击人。也许下一个目标，就是人了！

2. 地球人应对乏术惊慌失措

地球人急了，全世界一片惊慌。一些国家先是例行公事，使用普通杀虫剂对付这些不速之客，但等于向它们送味美思或可口可乐。无奈之下，纷纷搬出已禁止使用的高毒高残留一类农药如甲胺磷等，但依然如送矿泉水。这些外星不速之客，可不像地球虫那么容易对付。有些地方，便使出了用机枪扫用炸弹炸的无奈之举。这虽然有一定的效果，但效率不是很高，英勇牺牲的外星虫数量十分有限，而它们的繁殖速度，却相当惊人，一天可以生产若干代，所以，外星虫数量迅速庞大，对人类造成了实实在在的巨大威胁。于是，西方某国总统一怒之下，准备动用原子弹，只是在幕僚们的苦苦劝说下，才没有立即使用核弹，但以后使不使用，还很难说。暂不使用核弹，是考虑到核弹虽有巨大的杀伤力，但破坏力也太明显，地球可能经不起这一补。

3. 中国奇招降魔虫

就在全世界惶惶不可终日之际，在东方的文明古国中国出现了一个惊人的现象，这就是遍地外星虫餐馆。这些餐馆在很短的时间内出现并迅速泛滥。外星虫餐馆的烹饪方式应有尽有，煎、炸、炒、炖……花样百出，香飘万里。更为奇怪的是，外星虫餐馆门庭若市，食客络绎不绝。有人肚子吃成了喜马拉雅山，还不肯立地成佛；有人彻底打破了三餐制的桎梏，把喉咙当成了下水道，一碗一碗的外星虫佳肴，没日没夜往里面倾倒；连刚刚出生的婴儿，本来只吃奶水的，也被大人要挟到餐馆，大嚼外星虫佳肴。开始时，外星虫应有尽有，但过了一段时间之后，就有些供不应求了。再后来，就有些断档的味道了。最后，绝大多数外星虫餐馆在没有原料的情况下，只好忍痛割爱，改做其他生意。中国的外星虫灾害，就在十多亿副牙齿的攻击下，彻底平息。

4. 奇招缘于权威鼓动

这到底是怎么一回事？原来，在众多外星虫餐馆雨后春笋般冒出来之前，全国所有电视上，均出现了一位神秘的科学家，他以不容置疑的口气，大谈食用外星虫的好处。比如说，男人吃了外星虫，绝对雄赳赳气昂昂；女人吃了外星虫，绝对今年二十，明年十八；老人吃了外星虫，寿比老乌龟；小孩吃了外星虫，个子绝对超过姚明；没病的吃了外星虫，一个个铜墙铁壁；有病的吃了外星虫，一个个脱胎换骨胜过刘翔。聪明人吃了外星虫，智商立即蹿得比爱因斯坦还高，蠢宝吃了外星虫，智商也会彻底解放，达到博士级的水平；想减肥的胖子吃了外星虫，可以立即如孙悟空；想增肥的瘦子吃了外星虫，立即如日本相扑运动员；想变美的丑人吃了外星虫，立即就林志玲；想一尝丑人滋味的美人吃了外星虫，立即便加西莫多！神秘科学家不但这么讲，还引经据典，拿出一个又一个权威的科学数据来。讲得中国十多亿人个个点头如捣蒜。而后，餐馆林立并超高价收购外星虫；而后，食客如云；而后，十多亿人全民皆兵，怀着贪婪的发财梦，英勇无比地捉拿外星虫。

5. 全世界东施效颦

中国的这一立竿见影的革命行动，顷刻轰动了全世界。于是革命大规模输出，全世界群起而效仿之。折腾了好大一阵令地球人毛骨悚然的外星虫，渐渐销声匿迹！

6. 寻找策划者

有好事者如挖洞寻蛇打的揭露水门事件的美联社记者，兴奋得如喝了酒的大猩猩，认定此事必有金矿，发誓要把策划这一拯救人类行动的幕后阴谋家揪出来狠狠地表彰一通。阴谋家大隐隐于市，但最后还是被赤裸裸提将出来示众。原来，阴谋策划者就是鄙人！此举经中外媒体一齐化妆，成了史上最轰动的创意！

7. 拒领诺贝尔奖

瑞典诺贝尔奖评奖委员会的大员们屁股上长了疮，再也坐不住了。他们决定授予我诺贝尔最牛创意奖，一而再再而三地电请我前往斯德哥尔摩领奖。可我自岿然不动。不是我不对诺贝尔奖垂涎三千丈，而是另有隐情。

8. 隐情揭秘

我的隐情只有我自己清楚，那就是，我请出的神秘科学家、科学家演讲内容等，全是他妈的扯蛋！我如果领了奖，一旦穿帮，不但我个人会名臭全国，名臭全球，庄严的诺贝尔奖也会因我而蒙受耻辱！你看，我简直高尚得耸入云霄！

动物最大的墓穴在哪里

动物最大的墓穴在哪里？有多大？答案可能五花八门。若要我说，动物最大的墓穴其实并不大，不过两寸见方，就位于人的头部，它就是人的嘴巴。

说人的嘴巴是动物最大的墓穴，并不是耸人听闻，而是有事实作为依据的。

人的嘴巴是一个黑洞。天上飞的，地上跑的，水里游的，土里钻的，无一不可入嘴。

动物在近代遭遇的灭顶之灾，可以说大多是嘴巴惹的祸。

北美旅鸽的灭绝，就是一个鲜明的例证。

旅鸽的数量曾占美国陆地鸟类数量的40%，最多时达50亿只，它们在空中飞翔时的景象，可用遮天蔽日来形容。欧洲人踏上北美大陆后，对旅鸽大开杀戒，以食其肉。仅执密安州一季就捕获了7590万只。狂捕滥杀，旅鸽哪有不岌岌可危的道理。1914年9月1日，最后一只叫“玛莎”的雌性旅鸽，在一家动物园永远地闭上了绝望的眼睛。

一位动物学家在喀麦隆丛林里，见到了触目惊心的一幕：成百上千只猴子的尸体像木材一样，码在载重卡车上，被运到其他地方。肌肉发达的猴子腿在沿途就被熏烤加工成半成品。剩下的颜色鲜红的猴肉，则摆在露天市场里出售，交易颇为红火。不仅仅是在喀麦隆，非洲许多国家，包括几内亚、加蓬、刚果民主共和国、加纳、象牙海岸等国，商业捕猎正在使这些地区的猴子迅速消失。有人惊呼，非洲的猴子快被吃光了！

不仅仅是猴子，其他灵长类动物也难逃厄运。在喀麦隆东部，猎人每年猎杀800只大猩猩，20世纪，非洲地区的猩猩数量已经减少了95%。

有人担心，用不了几年时间，非洲热带雨林中的大多数灵长类动物，难逃彻底灭绝的命运。

比之于洋人，堂堂中华民族一点也不逊色。

在浩瀚的某湖芦苇荡里，贪得无厌的人们布好了机关或者毒药，只等从遥远的西伯利亚飞来度冬的小白额雁前来中计。这种世界濒危鸟类美丽是美丽，但其肉不一定就那么味道好极了，然而大约物以稀为贵吧，仍有无数丑陋的大嘴巴在盯着那玩意儿。于是，许多娇小玲珑的小白额雁中计，缓缓地闭上了哀怨的小眼睛。这些大嘴巴是容不下美丽的存在的。

出洋相出到外国去的也不在少数，有些洋相还出得特别有水平。

有关刊物披露了这样一件事：有一对中国夫妇，在悉尼多年一直没有怀孕，他们觉得奇怪，因为两人身体都很好。他们找悉尼的西医、中医都看了，也查不出一个结果来。最后，还是一位细心的老医生问了一句：“你们在悉尼平时吃些什么？”

夫妇俩刚开始还有些吞吞吐吐，老医生穷追不舍，方才说了一段隐私：他们的住地附近有一座公园，平时他们常常到公园里捕捉些鸽子来改善生活。老医生听完后恍然大悟。原来悉尼鸽子受到很好的保护，男欢女爱，繁殖太快，于是当局长期给鸽子喂避孕药，以平衡其发展。那对长期偷吃含有避孕药的鸽子肉的夫妇，哪能怀孕呢？

在地质年代，鸟类每三百年灭绝一种，兽类平均每 8000 年灭绝一种，而人类进入工业社会以来，由于人类中心主义的膨胀和狩猎工具越来越先进，地球物种的灭绝速度已经超出自然灭绝速度的 1000 倍，地球上有 5000 余种动物已经消失。有人调侃说，要是达尔文还活着，他今天可能不是忙于研究物种起源，而是忙于撰写物种灭绝的讣告了。

说人类的嘴巴是动物最大的墓穴，根据不可说不充分。

生物多样性的减少，必将恶化人类生存环境，甚至严重威胁人类的生存和发展。为了子孙后代，请在人类的嘴巴上多拉几道铁丝网！

动物之错

大象啊大象，你那两条白白的长长的大牙插在头上，看起来够威武的。一些动物见庞大的你顶着青龙偃月刀一样威风凛凛的大牙排山倒海而来，没有不作鸟兽散的。但从骨子里看，你错就错在长了一副无与伦比的牙。人们拿你的牙制成奢侈的牙雕、筷子、骰子、台球、钢琴键、麻将、扣子等饰品与用具，以此炫富。你成全了顶级奢侈品。为此，贪婪的人们大肆地捕杀你。从冷兵器时代的利刀到热兵器时代的子弹，都亮着恐怖的眼睛紧紧地盯着你。你从同党遍布地球，到濒临灭绝，走的是一条无比悲催之路。如果你没有那青龙偃月刀一样威风凛凛的大白牙，下场铁定不会这么惨的。

老虎啊老虎，你曾是山林之王，一声咆哮万山寂静。人类能与你一决高低的只有武松等少数几个蛮子。武松能赢你，全靠那十八碗酒，侥幸而已。酒是最古老的兴奋剂，胜之不武。你吃人就如人吃鸡腿一样轻松。从表面上看，人类要征服你是很难的。但你最后却被人类打败了。败得找遍万水千山，也难以找到你的一个同伙。大象的濒危，坏事在那副象牙上，你老虎的濒危，坏事在哪里？要我说，坏事就坏事在骨头上。何也？因为你的骨头对于人类来说，太有用了。据《本草纲目》记载，你的骨头具有极好的追风定痛的功效，能治历节风痛，四肢拘挛等顽症。为此，人们疯狂地猎杀你。一个人单打独斗难以赢你，他们便耍流氓手段，成群结队对付你。你只有乌江边上的项羽一样徒叹奈何！假使你没有一身骄傲的骨头，而是一身分文不值的贱骨头，那说不定便能远祸全身了。你要恨就恨那些研究出你骨头价值的医家。当然，最要恨的应该是集药学之大成的李时珍了。如果他有心保护你的话，在《本草纲目》里把你的骨头贬得毫无价值，甚至耸人听闻地造谣说你的骨头毒如砒霜，那你便不会死无葬身之地了。可恨他不但没有在《本草纲目》中这样做，还推波助澜说你的骨治病如何如何，进一步加剧了你的悲惨。他简直就是罪魁祸首大魔头。

熊啊熊，你混到现在接近断子绝孙的境地，又是错在哪里呢？你的错不在牙也不在骨，而是脚掌。好吃的古代人，便把你的掌列入了八珍之一。楚成王临死之前不忘你的掌，他咂嘴咂舌说："俟其熟而食之，虽死不恨！"孟子垂涎欲滴地说："鱼，我所欲也；熊掌，亦我所欲也。二者不可得兼，舍鱼而取熊掌者也。"亚圣这一番邪恶的鼓动，使你更加遭殃。千千万万人张开血盆大口，欲嚼你鲜美无比的掌。如果你的掌不但不鲜美无比，而且臭不可闻的话，说不定能自我保全的。人们还没有精明到把臭不可闻的东西当美味佳肴。

鹿啊鹿，你几近绝迹，也是犯了大错的。你错就错在头上的嫩嫩的角上。那嫩嫩的角人类号称鹿茸，谓之古今第一补药。还是那个可恶的李时珍，在《本草纲目》中称鹿茸善于补肾壮阳、生精益血、补髓健骨。这可了不得。没病而希望身体更强健的人，渴望鹿茸锦上添花。那些久病体弱的人，更把鹿茸看成了大救星，恨不得用鹿茸炒来做菜吃。只是因为鹿茸贵得令人翻白眼才罢了。你的灾难因之而不可避免。假如没有那倒霉的角，人还会认得你鹿是老几穷追猛打吗？有时，优势即劣势，鹿角是也！

假使动物主宰人类

假使有一天，动物主宰了人类，也就是说，动物成了人类的主人，动物首先想到要对人类采取的行动，可能是什么呢？

熊可能首先想到要对人类采取的行动，是活取人胆汁，因为不少的熊被人活取熊胆汁（名贵药材）这一极端利己的行为弄得痛苦不堪，他们在成了人的主人之后，也想让狠心的人类尝尝生不如死的滋味，为遭受巨大不幸的熊们出一口鸟气。至于人被割开肚皮把一根硬生生的管子直插进胆囊会不会呼天抢地地号叫，他们将不予考虑，或者就当成美妙的音乐来听，因为他们的仇恨太深了，我佛慈悲，宽容无边，他们一时还难以做到。

猪可能首先想到的要对人类采取的行动，是拼命地往人的嘴里灌瘦肉精。若人剧烈反抗，不惜用高压水龙头万分霸道地灌。让每一只人都成为史泰龙，身上除了肌肉还是肌肉。但这不是真正的肌肉，而是不折不扣的伪肌肉。人在瘦肉精的折磨下，逐渐发生四肢震颤无力，心肌肥大心力衰竭。猪并不是从来就如此歹毒，而是人把他们害苦了，他们如今有了报复的机会，下意识地采取了行动，也即人类常挂在嘴边的以牙还牙。

鸡可能首先想到的是给每一只人都打上大剂量的青霉素。这也只是“以其人之道，还治其人之身”。现在人经营的大规模养殖场，给每一只鸡打足够的青霉素，那是家常便饭，而不这样做，倒是奇了怪了。人在做这一切的时候，考虑的只是让鸡在饲养期间不生病，以创造更多的利润，根本没有考虑到广大鸡们的感受。除了打针的痛苦之外，青霉素对身心的摧残，也是显而易见的。这也不能说不是人作恶的报应。

老虎可能首先想到要对人类采取的行动，是把每一只人的牙齿统统拔掉。起因还是向人学习的。据报道，一些动物园为了让老虎出镜又无伤害人之虑，不顾老虎是不是痛不欲生，用大铁钳把老虎的牙齿统统拔玉米粒一样拔掉。老虎首先想到要让人类体验一下这一狠招的效果，也在情理之中。人说，“己所不欲，勿施于人”。既然人可以口是心非蛇蝎心肠，那么，就怪不得老虎乐于施惠于人了。

以上所讲几例，均是动物欲报复肉体的痛苦。还有比这更进一步的，那就是动物欲报复心灵的痛苦。

猪主宰人类之后，首先想到的也可能是逼着一只只人从十米高台上跳水。恐高不恐高，他们删除考虑。更有那报复心熊熊燃烧的猪，可能会让某些人从珠穆朗玛峰上往下跳，至于人是不是被吓破了胆，跳下去是死是活，他们还没有来得及细想。此事的起因，是一些脑子特别灵泛的养猪大户，为了制造猪的新卖点，多赚些票子，不惜把猪赶上高台，逼着猪往下跳，美其名曰跳水猪。更有那奇葩养猪户，不是让猪从高台上往下跳，而是逼着猪从桥上直往河里跳。至于那猪是否可能被吓出冠心病来，他们全然不去领会。冷血如此，期望猪们不报复，那未免太奢侈了。

猴子翻身后，可能首先想到的是像从前人驯猴一样驯人，他们让人举左手，人就不敢举右手，他们要人说二加三等于六，人就不敢说二加三等于五，他们要让人走路时甩同边手，人也不敢不从，否则，鞭子就是硬道理。这也是广大耍猴人驯猴的翻版，类似于请君入瓮。

老鹰可能首先想到的是熬人。在解释熬人之前，先解释一下现代人是如何熬鹰的。熬鹰，是驯鹰的一种方式，即一连几天不让猎鹰睡觉，也不给喂食喂水，使它困乏再困乏，最后屈服于人。熬鹰，是一次对鹰的心灵的彻底戕害，高傲的鹰经一番徒劳的挣扎后，最终会因饥渴、疲劳、恐惧而无奈屈服，成为猎人逐兔叼雀的驯服工具。鹰依样画葫芦，把这一套行之有效的人类文明，慷慨地还给人类。

什么动物摧残人的心灵，狗屁话。当初人驯猪、驯猴、驯鹰时，为什么人类不大声疾呼予以制止？好一群自私的东西。所幸你我也是其中光荣的一员。

动物若要报复到位的话，那不仅仅是肉体及心灵的伤害，而是整个把人类灭了。办法是现成的，简单至极且有效至极，那就是像人类消灭老虎一样，声言虎骨是一味不可多得的良药，虎骨便浩浩荡荡川流不息进了人的嘴里，老虎便渐渐销声匿迹了。动物若要居心叵测地造谣说人骨是一味不可多得的良药的话，那人类就不仅仅是被动物主宰受皮肉与心灵之苦，而是面临灭顶之灾了。若干年后，人类便会成为冷冰冰的历史。老汉我在想，也许动物还没有像某些人一样丧尽天良，他们还残存一些绅士风度，愿意给人以改过自新的机会。如果我们人类能在被动物主宰之前改过自新，或许我们就不会被动物主宰了，因为动物们会认为，劳神费心地主宰人类，多此一举！

动物嘲笑人

大象：人类流行称霸，什么称霸世界，称霸拳坛等等，五花八门。好像自己强大，是天生用来称霸的，否则，便是暴殄天物。我怀疑不少人是天底下最好斗的，不斗便像鸦片鬼一样，浑身上下提不起劲来。如果我也这样一脑壳称霸雄心的话，绝对天下无敌，但我耻于这样做。称霸有什么意思？把自己的快乐建立在他人的屈辱之上，太不绅士了！

老虎：不少人的一个软肋，便是喜欢不择手段地囤积财富，如贪官，动辄贪腐上亿元。我对此，鄙视都觉得用语太冷漠了。为什么人就不能向我学习学习？我是森林之王，本事可谓大大的有，囤积财富易如反掌，但我绝不会不择手段地囤积财富，那太可耻了。不但不会不择手段，就是正常的手段，也难得出手。贪官的胃，又不是太平洋，别人只能吃几两饭几盘菜，他们也只能吃几两饭几盘菜，囤积那么多财富干什么？难道财富能增加自己进火化炉的分量？

豹子：假如人有我的百米冲刺的水平，早已脱离了正常的生活轨迹，到田径场上贩卖去了。人为什么那么热衷于名利？皆因名利能带来滚滚而来的钞票。不过，这只是人的作派，在我，是不会这么俗不可耐的。我只在肚子饿了的情况下追逐猎物时才偶尔用一用百米冲刺的本事，不会挖空心思用来牟利的。我等如果有野心的话，那奥运会百米赛道的起点上，蹲的就不会是人而全是我等堂堂的豹子了，连博尔特都只得到旁边凉快去。这么说，博尔特能拿金牌拿到手软，全是我等的恩典，豹恩浩荡。

猪：当下的人，被“三高”（高血压、高血脂、高血糖）折磨得不行。这是一种老朽病。哪像我等，在朝气蓬勃时，便英雄一样慷慨赴死，成为人们餐桌上的美味，绝不会受“三高”侮辱的。

狗：我是最懂得感恩的，主人给我饭吃给我骨头啃，我便用忠诚报答主人，可谓死心塌地。不像人，懂得感恩的人越来越少，感恩成了稀缺物质。说这些人狗都不如，他们可能会生气的。其实，这是一句大实话。不爱听的话，人就拿出本事来，在感恩上超过我等。

狐狸：我是天然的美人胚子，一辈子不洗脸，更不用说施粉黛了，照样美得人嫉妒得不行。哪像雌性人，一个个恨不得在脸上砌上一堵厚厚的脂粉墙，仿佛没有砌上一堵墙，就无脸见人一样。也即是说，美人大多也就一脂粉美人。雌性人若都学我，那时尚之都巴黎的化妆品产业，便会风雨飘摇的。可惜雌性人没有我万分之一的底气，不敢学的。若学我的话，那地球上的美女便会成为濒危品种，只有考虑到火星去进口美女了。

老虎怕什么

老虎怕狐狸。害怕指数：☆

老虎怕狐狸，并不是狐狸有与老虎正面对抗的资本，而是狐狸特别狡猾，一不小心，便有可能掉入狐狸精心设置的陷阱。狐假虎威便是一个刻骨铭心的个案。说的是：老虎寻找各种野兽当饭吃，抓到了一只狐狸。狐狸说："您不敢吃我！上帝派遣我来做各种野兽的首领，现在你吃掉我，是违背上帝的命令。你认为我的话不诚实，我在你前面行走，你跟随在我后面，观看各种野兽看见我有敢不逃跑的吗？"老虎将信将疑，就和它一起走。野兽看见它们都逃跑了。老虎不知道野兽是害怕自己而逃跑的，认为它们是害怕狐狸。可怜的老虎被狐狸彻底愚弄了，对狐狸的首领之说深信不疑，使狐狸得以从容逃脱。这事儿，成了奚落老虎的经典段子。老虎从此对狐狸小心翼翼，生恐再次落入陷阱。

老虎怕初生之犊。害怕指数：☆☆

俗话说，初生之犊不怕虎。初生之犊即小牛，它没有见过世面，对老虎的威风凛凛一点也不知情，所以见着了老虎，与之对峙，也无所畏怕，无知者无畏嘛！而老虎就不同了，它与小牛对峙，便有以大欺小之嫌，道义上便自然而然处于了下风，还没有过招，心先虚了。小牛也是牛，牛力气也是有的，加之没有什么畏惧之心，进攻起来，两只牛角，也不乏犀利的杀伤力。老虎若心不在焉，或者分心严重，是有可能吃亏的，说不定厚厚的虎皮，有可能被牛角挑出一个防空洞来。那太恐怖了。此乃老虎顾虑所在。

老虎怕狗。害怕指数：☆☆☆

老虎怕狗，用一句俗语来概括，就是"虎落平阳遭犬欺"。虎的用武之地在深山老林，依仗深山老林，老虎才能充分施展它之所长，一声怒吼而百兽禁音，那简直爽呆了！而到了平地上，没有了依托，老虎便失去了大部分的威风，充其量也不过是一大型猫科动物而已。这时，遇上一只或三几只狗，拼杀起来还不在话下，若遇到更多闻讯而来的狗（狗是有团队精神的），譬如说数十只狗或者更多，黑压压一片，黑云压城城欲摧，那再威武的老虎，也只能像当年力拔山兮气盖世的楚霸王一样，落得个可悲的下场了。当然，老虎不可能产生自刎的智慧，但结局本质上应该是相似的，铺天盖地的狗一狗一嘴虎毛，老虎立即便成秃虎了，可看性强到会让百兽统统笑掉大牙。狗们是不会讲以多欺少，胜之不武的。想到此，老虎很可能战栗不已！

老虎怕裁缝。害怕指数：☆☆☆☆

老虎怕裁缝，并不是说裁缝有万夫不当之勇，老虎根本不是他的对手，恰恰相反，裁缝往往除了在自己的本职工作中表现出色之外，单纯论力气，他甚至手无缚鸡之力。那为什么老虎还怕他呢？老虎怕他，主要是裁缝缝制虎皮。老虎一想到自己遭遇了不测，还要让裁缝一针针一线线在自己的皮上钻来钻去，仿佛万箭穿心。每一针，都可能换来山回谷应的怒吼的，只可惜虎成了一张虎皮，便再也没有能力维护自己的尊严了！

老虎怕中医。害怕指数：☆☆☆☆☆

老虎怕中医，并不是中医深懂所有的国粹，武功盖世，一掌就可以把老虎拍成肉饼。而是因为中医常常在处方中把虎骨当筹码，为人治病。治病救人，本是个积德的行为，但中医一方面积德，一方面却相当缺德。为什么这么说呢？老虎都牺牲了，本应该入土为安才是，不但不让它入土为安，连它的骨头也不肯放过，冷漠地教唆人们把虎骨放到大药锅里拼命地熬，而后制成虎骨酒、虎骨膏等。好在老虎此时已没有了痛感，不然，何以忍受？宁可千刀万剐也不愿如此的。听说现在不让这么做了，老虎很高兴。

山中有老虎　猴子称霸王

俗话说：“山中无老虎，猴子称霸王。”其实，山中有老虎，猴子亦是可以称霸王的。猴子如果与老虎硬碰硬地单打独斗，那要赢老虎，简直是异想天开，但如果在与老虎的对抗中，动脑子想办法，有的是机会战胜老虎。

在动物界，比老虎更凶猛的动物是什么？是狮子。那就不惜血本聘用狮子做自己的左膀右臂。老虎见了猴子身旁有威风凛凛的狮子，就不敢放肆了，不知不觉俯首称臣。有不知天高地厚的老虎，硬要一决高下的话，那狮子可不是吃素的，它那比老虎更像匕首的牙齿，就很可能成为老虎的墓碑。类似的例子，人类也有。楚汉相争中，对打仗狗屁不通的刘邦能得天下，是因为他有张良的谋略，萧何的内助，韩信的善战；卖草鞋的刘备能笑傲江湖独霸一方，是因为三顾茅庐请得忽悠大王诸葛亮。

如果万一找不到可聘用的狮子，或者虽然找到了，但狮子因种种原因不肯出手管闲事，纵使一航空母舰的黄金也不动心，那也可退而求其次，聘用一批凶猛仅次于老虎的豹子以及狼、大象等组成的所向披靡的团队，照样可以让老虎乖乖地低下高傲的头颅，不低头，则有性命之虞。

除了聘用强者武装自己的招数外，还有不少的招数可以选用。如选用最有利于自己而最不利于老虎的战场，即人类所津津乐道的地利。选什么呢？当然应该选最利于猴子跳跃而最不利于老虎猛扑的场所。这样的场所，长满藤蔓的原始森林最具备。那就在这种环境下与老虎一决雌雄吧。在这里，猴子可以不停地上蹿下跳，而老虎一猛扑，定然会被一根根粗大的藤蔓拦住，就是有浑身的功夫，也是白搭。局势于是逆转，猴子如入无人之境，可以把老虎戏弄于股掌之上。最后，老虎当精疲力竭，瘫倒在地。猴子可以不慌不忙地上去，轻松地一刀结果了曾经不可一世的老虎。如果猴子慈悲的话，也可以放老虎一条生路。不过，长了记性的老虎，从此有可能嬉皮笑脸不敢再怎么对猴子不恭的了。

猴子还可以玩一个改变游戏规则的把戏，力压老虎的。老虎不是森林之王吗？那猴子就可以在再次选森林之王时，暗地里说服众动物，不再以凶猛度作为选森林之王的主要标准，而以跳跃攀缘能力作为选择新的森林之王的唯一标准。这在所有动物中，猴子是最擅长的，等于是为猴子量身定制的。若如此，猴子做森林之王，那是坛子里摸乌龟，手到擒拿的事。不过，要说服众动物一致同意改变游戏规则，不是一件易事。但只要有恒心，铁杵磨成针。先当然用三寸不烂之舌等常规手段，常规手段不怎么见效的话，逼上梁山不择手段也是一选。不过，还是在规则的框架内游走比较合适，否则，被对方抓住了辫子，也许有麻烦。

还有，运气足够好的话，猴子有可能遇到一只老年甚至中年痴呆虎，那就有不战而胜的红利。想想看，一只痴呆虎，是没有敌人还是朋友之分辨能力的，猴子只要略施小计，就会把老虎哄得团团转。猴子只使用百分之一的智商，就可能置老虎于死地。当然，这样的老虎，已不值得作为敌人，那样，有损猴子的尊严，把老虎打倒而后昂首阔步离去也就罢了。打倒了老虎的胜利外加一个绅士的封号，利润不是更多吗？

猪的尊严

我是猪，我曾长时期地享有相当的尊严，任何体面的宴席，必须有我到场并唱主角，否则，想体面是一件相当困难的事。我是富裕的象征，代表皇家气派至极的酒池肉林，就是一个极端的例证。因之在人们的心目中，我的地位无可取代。古往今来，我都是餐桌上的王者！

但近年来，我却跌进了是非窝，尊严蒙上了浓重的阴影。祸根是一些利欲熏心者，很邪门地炮制了瘦肉精猪和泔水猪、垃圾猪等。

所谓瘦肉精猪，是把激素瘦肉精添加在猪饲料中，使猪的肥肉明显减少，瘦肉增加，为养殖户带来更大的利润。人吃了含有较多瘦肉精的猪肉，会出现肌肉震颤、心慌、战栗、头痛、恶心、呕吐等不良反应，高血压、心脏病、甲亢等患者吃了，其危险性更为严重，并可诱发恶性肿瘤。

泔水猪是指专门用餐馆中的餐饮剩余物泔水喂养出来的猪。泔水中存有大量的细菌，可在猪体内存活繁殖，再通过食物链侵染人体，将会对人体的健康造成莫大的危害，最常见的易发狂犬病、肺结核、肝炎、沙门氏菌、大肠杆菌等多种传染性疾病。

垃圾猪是指专门在垃圾场放养，靠啃食生活废弃物而长大的猪。垃圾猪除了肉质差，肉味淡之外，因其从垃圾中摄入大量有害物质，猪肉已受到不同程度的污染，食用后亦会对人体产生严重危害。

此现象虽属个别，但一粒老鼠屎坏了整锅汤。鉴于此，我已如临深渊，有时到了人们一见我便忐忑不安，把我当杀手的可悲境地，我哪还尊严得起来？

其实，我也是受害者，痛苦溢于言表。

饲养者在让我吃激素或者泔水、垃圾时，我必须承受肉体的痛苦。激素这幺蛾子，进入我的体内，大肆破坏身体平衡，把我的神经系统搞得风声鹤唳。泔水或者垃圾，比之于正统的猪食，相差十万八千里，泔水的那股威力无比的臭气，比原子弹还有过之而无不及；垃圾的气味，也堪比毒瓦斯，一股凶猛的臭气扑过来，成吉思汗横扫欧洲的蒙古大军也会溃不成军。

面对这些比砒霜还坏的玩意儿，我能吃出幸福感来吗？绝对不可能。绝望感倒是油然而生，生不如死的感觉十二分地强烈。

还有比这更痛苦的，那就是一种负罪感。因为我的做派，不管主观意图如何，客观上造成了千千万万人的恐慌甚至不幸，人们谈我色变！而我与人类语言隔膜，至今没有任何人懂猪的语言，所以，我百口莫辩，就是跳到黄河也洗不清。

天哪！我上辈子到底造了什么孽，这辈子不但让我受尽肉体的折磨，而且受尽精神的折磨！我的心在流血，流得如长江、黄河，流的是无穷无尽的悲哀。

我不能就这样任人宰割！我要用猪的智慧，找回自己的尊严。我已经想出了聪明绝顶的三招，来对付无良的饲养者与商贩。

最好的办法，就是学习博大精深的中华武术，通过艰苦卓绝的锻炼，形成盖世武功，把体内瘦肉精、泔水、垃圾形成的剧毒物统统逼出体外，一丝一毫也不剩。

武侠大师金庸的笔下，就有不少这样的武侠奇才。

此举兴许是可行的。这样，人们吃瘦肉精、泔水、垃圾猪肉，没有任何潜伏的炸弹，这是把恶转化为善的最平和的方式，天地间充满了大慈大悲的宽容！

还有一种方式，那就是以牺牲自我为条件，成全人类，即把自己的身体调整到异常敏感的状态，只要一接触到瘦肉精、泔水、垃圾，我便呼吸困难，气息奄奄。如果硬要往我的嘴里塞这些污浊的东西，我会立即一命呜呼，以谢人类。我的仗义，与董存瑞炸碉堡，与黄继光堵枪眼一样，可以永垂史册。

我还想出了一招，绑架优秀科学家，快速研制出一种廉价的检验卡，检疫人员或卖肉者只要离猪肉三丈开外拿卡一晃，问题猪肉便百依百顺发出耀眼的黑光来，类似于交通路口的红绿灯，黑灯亮，高度危险，毫不犹豫地处罚或者避开。

以上两法任一法得以实施，就会釜底抽薪，断了不法养殖者、销售者的好事，从此，天下不再有瘦肉精猪、泔水猪、垃圾猪，朗朗乾坤，真个朗朗乾坤，人们不再因此提心吊胆！

果如是，我得以捍卫值得骄傲的尊严，胜似天天喝天价茅台！

猪的伟大之处

猪的伟大之处，首先在不必投入高昂的抚育费。

如果是人，抚育费已高得惊心动魄。但凡都市有一定经济能力的家庭，孩子一出生，就等于诞生了一台高消费机器。孩子的奶粉必须是洋名牌，怕中国奶粉被三聚氰胺污染了。一个月下来，光奶粉开销，就在千元以上。为了使诞生的龙子舒适一些，传统的尿片已被送进了历史博物馆，用的都是尿不湿，当然是越名牌越好了，外国的名牌自然更称心如意。还有保姆费，开销也是每月四五千甚至更多。这还只说了三项，其目标宏大的项目远远不止这些。这台高消费的机器轰隆隆运转起来，一个月能轻而易举地嚼碎近万元的票子，而且多多益善。不富裕的家庭如牛负重，富裕的家庭也难言轻松，除了他富得流油。而相对于人，猪的抚育就省心多了。小猪们根本不需要高价奶粉，出生时有一口饱奶吃，就是最大的幸福了。而后不久，它们便开始吃粗糙的猪食，如果主人开恩，给一点人类的食物如玉米等做添加剂，那它们会吃得津津有味吃得感恩戴德。尿不湿它们是从来不会沾的，那东西对猪们来说，都嫌特麻烦，想尿就尿一泻如注，那才叫一个痛快。还有等等高级待遇，小猪们都一概谢绝。

猪的伟大之处，其次表现在不必投入高昂的教育费。

如果是人，现在的教育费比之抚育费，更令人瞠目结舌。上幼儿园就如上大学，一个月光是孝敬幼儿园的，就是三几千元，那还不是贵得让你心惊肉跳的贵族幼儿园。而后上小学，上中学，上大学，以后的日子，没有一天不是靠大把大把金钱铺路的。一个小康之家，常常就这样被拖得气喘吁吁。猪们根本就不需要高价教育费支出。他们的早期启蒙教育，均由母猪代劳了，而后，是猪们的自我教育与互相启发教育，一切的一切，分文不花，那才叫一个划算！

猪的伟大之处，再次表现在生命结束时只有奉献没有索取。

如果是人，在生命结束的时候，还要最后打劫家庭一次，不是一般的打劫，而是疯狂的打劫。人死了要冷冻要化妆要请哀乐队要租大厅开追悼会，事事都要钱打先锋。这还远没完。还要火化还要骨灰盒。这骨灰盒，从数千到数万到数十万，没有最贵，只有更贵。死者家怕委屈了死者，往往会买一个不太便宜的骨灰盒。随后的墓地购置费，更令人郁闷，动辄数十万，优惠到八万十万，还要有过硬的后门才行，否则免谈。因之，不时有人哀叹死不起，挣扎着想多苟延残喘一些时日。而猪们就截然相反了，它们在生命结束时，不但不需要分毫开销，还有巨大贡献。冷冻化妆开追悼会火化骨灰盒墓地等等，对它们来说，简直是天方夜谭。它们长成了估计能为社会做贡献了，便引颈受戮，痛痛快快地结束自己的生命，充满了革命的乐观主义精神。而后，它们把自己的肉变成了美味佳肴，供人们大快朵颐。它们是宴席上的王者，宴席上没有它们，那是不可想象的事情，恐怕一万年后，格局还是如此。

这些，都是猪的伟大之处！

宠物狗的危机感

危机感其实不是人类的专利，宠物界同样存在，只是人们不懂宠物的语言和心理，无从知晓罢了。下面列举的，就是我作为一只宠物狗的几大最主要的危机感。

技能危机感。

作为一只小巧玲珑的宠物狗，我的技能首要的是要有一双能频频抛媚眼的眼睛。对于男主人来说，我的媚眼应该能与杨贵妃相媲美，那一双眼睛，具有勾魂摄魄的魅力，一个媚眼就是一颗威力无比的炸弹，能把男主人炸得晕晕乎乎，不知有汉，无论魏晋，东西南北全他妈的一笔糊涂账。但实际上我远远没有达到这样的崇高境界。为此，我寝食不安。因为目前宠物狗的队伍越来越庞大，我不进则退，好容易得到的宝贵的地位，有可能摇摇欲坠直至失去。为摆脱困境，我正在利用一切业余时间，苦练抛媚眼的本领，希望有朝一日能达到炉火纯青的地步。那样，男主人一定会把我爱成心肝宝贝。

我的技能危机感还表现在弄懂人话这个难题上。人的语言比狗的语言肯定复杂多了。我千方百计想弄懂人的语言并学说人话，但碰到的困难比太平洋还大。正因为困难太大，我估计现在还在为弄懂人话而孜孜不倦努力的宠物狗，肯定寥寥无几。我如果一枝独秀掌握了这门绝技，那就太爽了。我可以在主人起床的时候，不失时机地讨好说："早上好。"使主人一觉醒来后的心情，好得跟帝王一样。主人晚上归来，我会在第一时间迎上去说："晚上好。"他就是在外面受到了天大的委屈，抑郁心情也会立即烟消云散，比吃了某某还立竿见影。他会把我当成世间最知心的朋友！这样，我在主人家的宠物地位，便会坚如磐石，稳如泰山！我在这方面，要好好地向人学习。成千上万的中国人，为了各种各样的目的，现在正在学习 ABC，那股学习的劲头，感天动地！人能锲而不舍从而掌握一门外语，我这个狗狗中的佼佼者，为什么就不能掌握一门外语呢。人的语言对于我们狗狗来说，不过也是一门外语罢了！如果我不激流勇进，危机感会像尖刀一样时时伤害我的心！

外貌危机感。

尽管我长得不俗，逗人喜爱没有任何问题，但与我一样长得不俗的宠物狗遍地皆是！说不定哪一天，主人会从宠物市场抱回一只比我更有姿色的小狗狗，那我被胡乱送人甚至沦为流浪狗的风险，比天还大。为此，我准备自创一套健美操，从眼睛、眉毛、鼻子、嘴巴到腰到四肢，通过特殊的锻炼，让各部位更加精致更加和谐，使自己渐渐变得像西施像费雯丽，美得一塌糊涂。主人一日不见我，如隔三秋兮！可惜我的能力有限，费了九牛二虎之力，还没有编成这独一无二的健美操，但我会孜孜不倦地继续废寝忘食，有朝一日很可能大功告成。

修养危机感。

我虽然不是一只特别平凡的狗，但修养也没有特别绅士之处，如我也喜欢在主人带我在街道上溜达时，狗性难改，动不动就伸起一条腿，在某棵大树下一泻如注，甚至得寸进尺，在街边大摇大摆边走边方便，把臭弹随心所欲地丢给全体敬爱的市民。以后，我要脱胎换骨，把这些陋习统统改正。我不但要把大小便利利索索地解在家中的卫生间里，而且要学会像我的主人一样，解手之后，按一下水龙头，以把不中用的剩余价值一股脑儿冲走。如果我能做到这些，主人肯定会认为我是一只卓尔不群的绅士狗狗，更加疼爱我。

智慧危机感。

我最大的不足，是不能洞悉主人的心理。这是智慧问题，我要做到洞悉主人的心理，难于上青天。虽然难于上青天，我也要疯狂地朝这方面努力。俗话说："精诚所至，金石为开。"我的努力，应该会有回报的。如果我达到了这样的境界：主人高兴的时候，我就放肆抛媚眼；而他不高兴的时候，我就温顺地静静地躺在他的旁边；主人的好朋友来了，我态度热烈；主人不欢迎的人来了，我则庄严地立在那里，不浪费任何感情，面孔与主人保持高度一致；也就是说，我的每一个动作都恰到好处，主人对我的善解人意一定惊喜交加，爱我爱得死去活来。否则，主人对我的爱，肯定会有所保留，甚至折扣越来越大！

我想，我的危机感越强烈，危机越小，反之，则危机四伏！

天下第一类狗人

有好事的洋人给新闻下了一个可笑的定义，那就是：狗咬人不是新闻，人咬狗才是新闻。今天，我并不是要与读者一起玩概念，辨别到底什么是新闻，而是从中受到启发，走出一条崭新的成名之路来。

我的思路是，虽然洋人给出了人咬狗才是新闻的定义来，迄今为止，还没有一个人实践人咬狗这一伟大的社会实践，一举成名天下知。不知这是人们的疏忽还是脑子不够使？疏忽不是没有可能，往往越是耳熟能详的话，越是没有人去较真，去往深里想一想，脑子处于放任自流的状态。但脑子不够使的可能性也是存在的。目下，许许多多人想成名都想疯了，各种各样千奇百怪的名堂都一窝蜂地使了出来，人咬狗不是什么挟泰山以超北海的事，挺容易的，为什么就没有人去试一试呢？不是他们有畏难情绪，而是有可能根本就想不到。好了，鄙人终于想到了这一着妙棋，也算糊涂一世，聪明一时。

决定实践人咬狗的伟大之举，宛如一百步走了九十九步，但这最后一步，意即技术性的细节，也不能太大意的。不是说，细节决定成败嘛！要去咬狗，首先要避开劲敌，不能向武高武大的狼狗叫板，更不能去惹如狼似虎的藏獒，那样的话，自己还没有咬上对手，也许便被对手咬得遍体鳞伤了，就是侥幸捡回一条命，那也是奄奄一息，气若游丝了。那会被人笑死的。

应该选择那些温顺的宠物狗下手。这没有道德禁忌的，宠物狗也是狗，不是猫也不是耗子，无作弊之嫌的。另外，下口时要稳准狠，一口下去，要见血的，最好深可见骨，那样，电视镜头才生动，才能最大限度地吸引眼球，让人感叹唏嘘！

光是玩人咬狗的勾当，可以轰动一时，但轰动不了一世。现代社会，难有持续轰动的事儿，今天你还轰轰烈烈，也许明天，你就被人们忘得干干净净了。不是人们无情，而是当今资讯太发达了，要引起轰动轻而易举，但人们的大脑接受的信息呈爆炸式增长，不迅速清除前面的信息，后面的信息便没有了栖身之地，迅速遗忘，是为了腾出新的空间来接受扑面而来的新信息。

为此，我已想好了一着妙棋，只要一实施，便可持续轰动的。那就是挖空心思模仿狗，做天下第一类狗人！

据我居心叵测的考察，目前还没有地球人捷足先登此项业务。模仿狗的最大的难处，就是要四肢着地。下肢没有多大的问题的，问题出在上肢与腰上。上肢由于人的直立行走，已退化得相当厉害。要重新充当脚的角色，难度可想而知。但任何艰难困苦都难不倒英雄汉。我的腰也变得特别贵气了。我也要咬紧牙关，让它乖乖地弯下来，不是为五斗米折腰，而是为成为世界级名人无私奉献。我要天天锻炼，夜以继日，废寝忘食，使自己走起路来，就是一只不折不扣的狗。我还要学会汪汪地叫，抑扬顿挫，以假乱真。

这还远远不够。我还要在形似的基础上，追求神似。比如说，我要用最短的时间，学会做狗腿子，跟在主人的身后，该对着上司摇头摆尾就全力以赴摇头摆尾，该围着上司的脚跟亲吻就围着上司脚跟亲吻，该狗仗人势对着陌生人狂吠时就狂吠。还有，学会保护自己，见到老虎坚决不逞能，装模作样怪叫两声便逃之夭夭。另外，对一个经典的嗜好也要模仿到位，那就是拿耗子。这一要锻炼自己的眼睛，要使自己的眼睛像猫一样犀利，还要有猫的灵巧与速度。不然，是拿不到耗子的。那就难以成为优秀的类狗人了。

我若排除万难，成了天下第一类狗人，眼界自然水涨船高，不同凡响。比尔·盖茨鉴于我的鼎鼎大名，请我做微软的形象代言人，他老人家不三顾茅庐，我是不会轻易出山的。至于酬劳，我不会狮子大开口，把他弄成杨白劳的。

养群虱子做宠物

都市人养宠物之风越来越风起云涌。鄙人也不能免俗，跃跃欲试东张西望，想养一种出类拔萃的宠物，盖过所有都市养宠物一族的风头，也就是说，在宠物界，我虽然入行很晚辈分很薄弱，但我独树一帜，不是龙头老大，胜似龙头老大。

我想，要做到如此，一是宠物往大里延伸，二是往小里延伸。往大里延伸，早有人捷足先登，就是养老虎养大象，除非我去养恐龙，但恐龙已经绝迹，我到哪里去寻？科学家们也不争气，克隆技术有了，但蹩脚得厉害，到现在也没有克隆出一头活蹦乱跳的恐龙来。此不同凡响的创意，只好搁置起来。那就反其道而行之，往小里来寻求发展吧。我突然想到，养一群虱子是个十分理想的选择。

为什么是虱子而不是更小的东西如细菌什么的？因为细菌不合适。如果是细菌的话，那别人若要欣赏你的宠物，非得戴上显微眼镜不可，不说显微眼镜现在没有上市，就是市面上有显微眼镜出售，别人也不会为了欣赏你的宠物，而专门戴显微眼镜的，那太麻烦了。宠物小，应该是小到虱子了，登峰造极，再小，就会弄巧成拙。

我选虱子做宠物，虽然首先是它小得恰如其分，但不仅仅止于此，还有更多的考虑，那就是，一群虱子，能有效地帮我预防“三高”，即高血脂、高血压、高血糖。宠虱子，我当名副其实地宠之，当然是养在身上而不是其他地方了。众虱子直接吸掉我身上过多的血液，使血液得到有效的稀释。虱子在吸食血液的同时，还能释放一种化学物质，这种化学物质，对虱子来说，是垃圾，而对我来说，则是宝贝，能大大降低血液的黏稠度。这样，“三高”会应声而跌，妙不可言！

这是从利己的角度来思考的，不过，我不但利己，而且利它。虱子吃到了我的黏稠的富含脂肪的血液，那可不是一般的美味佳肴，胜过东坡肉。虱子占山为王霸在我身上，那真是享福了！

有人可能要问，为什么你选择的是虱子而不是同级别并相似的跳蚤？这是有讲究的，跳蚤有个致命的毛病，那就是三心二意，脑袋后有一根反骨，它若心血来潮，一跳便跳到别人身上或者别的什么地方去了，枉费了我一番心血！而虱子就不同了，它规规矩矩，始终忠于主人。就是个别虱子有反骨要跳槽，也会因为没有跳蚤那两只举世无双的长腿，而难以成功。

有人可能会说，你把虱子养在身上，就不怕痒吗？虱子养在身上，痒是不可避免的。但我早想好了应对之策，那就是改变观念，化腐朽为神奇。具体是这样的，我训练控制自己的感受，把痒转变为享受而不是难受。一痒兴高采烈，二痒乐不可支！

把一群虱子养在身上，有可能在公共场合，一不小心，虱子顽皮地爬到脖子上高调亮相。这在常人看来，是大不雅观有失面子的事儿。这也需要转变观念才行。我可以不把这看成问题，而骄傲地把脖子上爬行的虱子当成是天然点缀的能移动的比钻石还珍贵的饰品，趾高气扬还来不行呢！

我的宠物经通过媒体曝光后，必然会轰动神州，跟风者肯定会成过江之鲫。这我早想好了。我会把身上繁殖过多的虱子源源不断地送给大家，独乐乐不如众乐乐。其实我也可以借此大赚一把，奇货可居，必然会卖出天价来的。但我天生乐善好施，不想攀登富豪榜什么的。不过，若有人等不及了，用暴力威胁甚至抢劫，我可不买账。别看我一脸的友谊，骨子里却相当钢筋水泥。

我要养虱子做宠物，有一个难题，那就是到何处去引种？因为人类的身上，有虱子的恐怕很难找了。那就到动物园找。动物园现在管理大都也很人性化，恐怕也很难找了。那我就租一猎户，到深山老林野生动物老巢里去打劫。就是寻遍天涯海角，也一定要找到。天无绝人之路的！

动物被标签化的苦恼

一些动物对人类把他们的行为特征标签化，很是苦恼。

一只狐狸控诉说：我厌恶被打上狡猾的标签。一个叫伊索的无聊文人，为了让全世界的人无时无刻不羞辱我们，竟编造了一个我骗吃乌鸦嘴里的肉的故事。在这个家喻户晓的故事里，我成了狡猾的化身。其实，我等只是有一个聪明的大脑而已，那里面装满了智慧，而不是什么狡猾。诸葛亮不是也把对手常常弄得一愣一愣的吗？为什么就没有人说诸葛亮狡猾？而偏偏到了我等这里，便好像除了狡猾，便再也没有评判词可用了似的！我恨这样太有偏见的标签化，这是往我等脸上抹黑。

一只猫控诉说：我厌恶被打上专吃老鼠的标签。其实，并不是所有的猫都喜欢吃老鼠的，譬如我，就不爱吃老鼠。在这个讲究动物人道主义的时代，老鼠也有老鼠的人权，别的动物动不动便吃老鼠，也是不人道的。我不吃老鼠，理应得到称赞。但因为我披了一张揭也揭不掉的猫皮，这个恶名，一辈子便背定了，真是冤枉至极！

一头老虎控诉说：我厌恶被打上凶猛的标签。我活在世上，不管何时何地，唯一的表现便只有威风凛凛。好像不威风凛凛，便不是老虎而是什么怪物了似的。其实，我是老虎中的另类，我不但不威风凛凛，而且还相当温柔，比宠物狗还温柔。据我观察，老虎中我的同类还不少。如果我们这一类老虎没有被标签化的话，我们在动物园里生活，便会自由自在得多，不会一个个都被铁笼子锁着。都是这个鬼标签害的！

一只羊控诉说：我厌恶被打上弱者的标签。一个《狼和小羊》的故事，让我的弱者的形象不胫而走。所有的羊，世世代代都摆脱不了在人的心目中弱者的印象。我们若想去从军或者去做保镖什么的，肯定会吃闭门羹的。这还不算，在我们的背后，常常有动物指指点点，笑话我们懦弱。其实，并不是所有的羊都懦弱。我就是一只强悍的公羊，我有两只匕首一样的角。如果一头狼与我单挑的话，它的肚子有可能被我锋利的角挑得肠子流出一地。但因为我们羊整个被标签化了，我就是盖世勇士，也没有人把我当成勇士的。我恨身上这个懦弱的标签。

一只不愿透露本来面目的蒙面动物说：其实，不光一些动物对被标签化很是苦恼，某些人被标签化，也不会不苦恼的。譬如说，高考状元。这个标签被赋予了苛刻的内容，那就是什么都得是状元。做科研的，就得做到长江学者，做到院士，甚至最好能拿诺贝尔科学奖，那才名副其实。做人文学者，做到博士生导师了，还认为不怎么样，要做成学界泰斗，才名副其实。只没有觉得高考状元吃饭也要杰出，最好能吃个老母猪不抬头，否则，就是不成才。最近一个时期，状元鲜有成才者的汹涌澎湃的舆论，就是一个残酷的佐证。四溅的唾沫，喷得状元们灰溜溜的。这对状元们是不公平的。一是对状元们成才的标准标签得太高耸入云。二是对状元们太不人道了。一个成熟的社会，应该允许状元们不特别出类拔萃而不被嚼舌根。

第三辑　都市智慧

都市智慧

都市是个包罗万象的场所，乡村里没有的，都市里应有尽有，乡村里有的，如果都市里没有，它也会千方百计想办法拥有。当然，都市人在某些时候，是要用一点生存智慧，才能做到应有尽有的。

都市里没有清泉石上流，没有遥看瀑布挂前川，没有桃花潭水深千尺。但都市人有都市人的窍门，他们把桶装水一桶一桶买回家，他们把一瓶又一瓶矿泉水握在手里，仿佛搬回一桶矿泉水，就把九寨沟据为了己有；仿佛握着一瓶矿泉水，就把整个金鞭溪捏在了手上。都市人很知足，他们把想象发挥到了极致，以想象艺术地弥补了生活的诸多不足。然而，他们绝没有真正把九寨沟、金鞭溪私藏于民宅的狼子野心，倒是愿意把好东西拿来共享。有多少都市人，便有多少九寨沟、金鞭溪，如此豁达聪明，岂不快哉？

都市人常被抱怨缺乏温情，邻里之间，常鸡犬相闻，老死不相往来。有报道说：某都市一孤寡老者升天数年，无人知晓，只因一个偶然的原因，邻人才洞悉到这一秘密。其时，房间里已只剩一堆白骨。这是都市人信奉他人即地狱以及以邻为壑的最为残酷的注脚。而在乡下，邻里之间常亲密得打情骂俏无所顾忌。其实，人是感情的动物，缺少了温情，人会变得烦躁不安的。只有把情感放肆地向外宣泄，人才能通体舒坦。为了弥补这一不足，都市人搬出了宠物作为绝妙的替代品。他们把宠物当作宝贝一样供养起来，而且倾其爱心无微不至。于是，都市里冒出一个又一个宠物市场、宠物商店、宠物医院及至宠物陵园。宠物成了都市新贵，它们一有什么头疼脑热，这个城市便有那么一些人立即变得热血沸腾。宠物的一声咳嗽，有可能让它们的主人肝胆欲裂。宠物寿终正寝，有时也会令主人如丧考妣。他们还为宠物买来种种时装，把宠物装扮得金枝玉叶。有些感情异常丰富的主儿，把宠物的待遇提到了阿哥、格格的水平之上。当然，他们的超常规的付出，也同样得到了较为丰厚的回报。据报道，一只百般娇媚的宠物狗，曾使一个垂死挣扎的病人起死回生。真是一个现代神话。宠物，有幸成了都市人的精神安慰。

都市是一个钢筋水泥张牙舞爪的场所，这里普遍缺乏绿树成荫的山野氛围，更容不下大兴安岭，容不下喜马拉雅山，也容不下张家界，容不下泰山、黄山。诡计多端的都市人于是又心生一计，玩弄起盆景来。他们可以把一盆小小的盆景媲美于张家界甚至泰山、黄山。一个都市家庭，如果没有几盆盆景当家，就会总像缺少了一些什么似的，只有盆景开始扎根家庭，主人才会从蔫答答的精神状态下重新精神起来。他们可能像一介农夫一样对待花盆里的生命，但小花盆里的生命是春意盎然还是暮气沉沉，他们没有办法，病在都市而不在他们。都市的家庭本来就不适宜于花花草草，因为那里没有阳光雨露。花草茂盛永远只是都市人的一个梦想，但都市人不生气，他们顽强地把一盆又一盆的盆景请进来又丢出去，丢出去又请进来。愚公以子子孙孙为廉价成本，要把太行、王屋二山搬走，我们可爱的都市人，以愚公精神为动力，要把张家界甚至泰山、黄山留存家中。这种精神，真有可能感动上帝。佛语云："一花一世界，一叶一菩提。"都市人不是禅师，他们中的绝大多数人，可能永远不知禅为何物，但他们一不小心便达到了禅的境界。阿弥陀佛！

都市人的生存智慧，隐隐约约好像出自许多年前的一个什么地方，是不是未庄呢，无从考证。但他们的思维模式，是有一点那里的遗风。看来，我们的国粹是真正伟大的。都市本来有许多矛盾是难以调和的，但都市人竟然用并不高深的智慧轻而易举就破解了若大的难题，真是一个奇迹。由此我们想到，将来我们的子孙移民到太空某个星球上去，不管碰上天大的困难，我们都有足够的智慧来化解。其实，我的这一断言，纯粹是杞人忧天。因为按照都市人的智慧，我们的地球永远也不会出现不可调和的矛盾，因为我们有无往而不胜的都市智慧在呀！地球可以永远供我们快乐逍遥。就是一时郁闷，过后也可以很快找到快乐逍遥的办法。谁叫人等同于高等动物呢，何况是最为精明的都市人！

被互联网窥破隐私

有人笑话说，进入互联网，人人都在裸奔。这话虽然有些粗俗，但说的似乎是事实。

假如你近来脱发严重，在搜索引擎上搜索了一下某生发防脱品牌，过后，你再次上网时，那些生发防脱的广告便会十二分热情地向你涌来，恨不得与你来一个狗熊式的拥抱。还可能有更上一层楼的植发广告来慰问你来恭请你上钩。你脱发的隐私，已在互联网的关怀视野之中。你如果烦恼，那是互联网的热情你不懂，表明你是个不太懂得感恩的动物，教养有限。

如果你在网上多点看了几则抑郁症及抑郁症治疗一类的信息，随后，相关网站便会不断向你推送这类信息。他们响鼓不用重锤，够聪明够体贴的了。当你发现这类信息太多太腻人，很是恼火时，他们还热情不减，其精神难能可贵。

许多网站上的美女图片，可谓海量。那其中的美女，个个沉鱼落雁。你如果在某个网站点开了第一次，他们不会不给你第二次机会的。如果你点开了第二次，他们不会不给你第三次机会的。你欲罢不能点开的次数多了，他们心领神会，会给你提供更多组美女图片，一点也不吝啬。他们没有培养你的良好道德的欲望，把你当色狼一样伺候了。当你意识到你的这一隐私被窥破了欲掩盖时，为时已晚。

你的手机号是最容易在互联网上泄露的。手机号的泄露，会上演相应的喜剧。你会被形形色色的骗子盯上，一个又一个诈骗电话，会向你呼啸而来。要是你接近老年痴呆了的话，诈骗电话不会把你诈瘫，但有可能把你银行卡上的钱炸得不翼而飞。

而各大银行也对你礼遇有加，来电话想送给你高额贷款，当然，贷款是要还的，他们不是慈善机构。银行小姐向你推荐理财产品，那也是彬彬有礼热情如赤道。

你如果是租房一族，在相关网站上发过欲租房的帖子，那也可能被一群租房中介苍蝇一样盯上，让你的手机繁忙好一阵子。你接这类电话会接到恶心还不为止。

互联网到处都设有定位功能，你的一举一动，都可能暴露在光天化日之下。假如你是彻头彻尾的君子的话，倒没有什么，怕的是你暂时够不上君子，那就惨了。譬如你到某宾馆开房了，你认为除了天知地知你知她知空气知，再没有谁知了，其实互联网早已春江水暖鸭先知了。

你的嘴巴有什么爱好？你喜欢买什么牌子的衣服、鞋子之类，你经常叫什么外卖，网购什么，互联网也掌握得一清二楚。有句俗话说："你又不是我肚子里的蛔虫，怎么知道我喜欢什么？"互联网就是你肚子里的蛔虫。

再有，你对自己毕业的三流母校，很是关心，时不时点开母校的网站看看，不过，这事你不想别人知道。但你没有想到，你留下的这一蛛丝马迹已清晰地打上了互联网的烙印。

如果你的隐私只是互联网知道，也就罢了，但事儿远没有这么简单，如果有人想利用，方便着呢。上面骗子利用手机号欲行诈骗，银行利用手机号欲贷款、放款，就是例子。

但扒你的隐私利用你的隐私，远不止这些，将你扒个完全彻底都不是什么难事。别人只要通过你的手机你的电脑查一查你在互联网上留下的痕迹，便能基本上把你的衣服扒光。如果有必要的话，别人通过你经常溜达的网站，连你的短裤都可以扒下来的。

有人可能说，别耸人听闻了，我可没有感觉到这些。告诉你吧，你目前还没有多少感受，那是你还是蚂蚁，利用价值不高。一旦你一不小心成了河马成了大象，就会知道厉害了。在享受互联网时，还是留个心眼夹紧尾巴好点。亲们，别怪我没有知会你一声呀！

成就天才的互联网

互联网的出现，是当代一个最重大的事件。互联网在带给我们诸多好处中，有一点特别伟大，那就是：成就天才！闲话少说，言归正传。下面，请听我信口开河！

互联网使人无所不能。

假如你是一个还没有遭受爱情袭击的童男，经验一片空白，而情势所迫，你必须在很短的时间内拿出一篇惊天地、泣鬼神的情书来，你愁得脑壳足球场一样大。小子你不要愁，去找互联网。你在浏览器上找到百度一搜索，各种各样的情书纷至踏来，你要贾宝玉型的有贾宝玉型的；你要罗密欧型的有罗密欧型的；你要西门庆型的有西门庆型的；你要李安型的有李安型的，琳琅满目，任君挑选。你精心选择的情书，保证攻无不克，战无不胜！你就是天下第一情圣！

你可能碰上一桩官司，对家实力过于雄厚，没有人愿意为你做律师，你一筹莫展，迅速达到了皮包骨的境界。其实你是个傻大哥，有现成的无所不能的互联网在，你怕什么？你可以到网上去寻找全球超一流大律师的诉状，为你所用。你捣鼓出来的诉状，会在法庭上大出风头。法官会被你的诉状感动得热泪盈眶；对家及对家的律师，则有可能气得当场晕倒，被120急救车拖进豪华医院急救室！

互联网使人知识广博。

你是一个愚钝的劣等学者，常常为此而郁郁寡欢。其实你的郁郁寡欢完全是多余的，你一旦与互联网结缘，便立即聪明得连亚里士多德、钱锺书都会妒火中烧。你要知道孔子的恋爱经历吗？你要知道柏拉图是喜欢站着思考不是躺着思考吗？你要知道莎士比亚是喜欢白天散步还是喜欢当夜游神晚上散步吗？你要知道雨果是喜欢喝咖啡不是喜欢喝中国茶吗？答案一应俱全，应有尽有，只等着你轻轻地一点搜索键，它们便会迫不及待地跳出来，任劳任怨为你效劳。

如果有人有意发难，故意问你一些古怪的问题，比如说，跳蚤是怎么谈情说爱的？你也可以通过搜索，找到赏心悦目的标准答案。你看过标准答案之后，完全有能力把跳蚤是怎么谈情说爱的说得头头是道，甚至公跳蚤是先用左手不是先用右手抱住母跳蚤，与母跳蚤如胶似漆的，也能描绘得有声有色，连誉满全球的《昆虫记》的作者法布尔也自愧弗如！

如果你碰上了一个牛脑壳，硬要向你求教原子弹的构造，你与互联网紧急磋商若干时间之后，也会给他一个目瞪口呆的答案。你会把原子弹的构造剖析得如剖析自家自行车一样条理清晰，仿佛你就是原子弹之父奥本海默。

如果你要写论文写书什么的，互联网就更愿意为你效犬马之劳了。你要写论文，到互联网上下载就行了，你可以轻轻松松找到你要的各种各样的材料。你不但可以写自己熟悉的领域里的论文，你所不熟悉的领域里的论文，同样可以涉足，大段大段的材料是现成的，你只要当一下拼装工就万事大吉了。掌握了这个窍门，你可以马上成为明星学者！甚至你可以跨学科研究，跨学科撰写论文，你就是学贯中西的多学科齐头并进的伟大学者，连达·芬奇、培根、张衡都望尘莫及！写书的道理一模一样。

互联网使人无比敏捷。

过去，有一本书主义之说，一辈子写一本好书，就是莫大的成功了。时代不同了，这样的说法显然已老得掉牙了。过去一辈子的追求，现在如果你与互联网合作一把，大半天就可以轻而易举地搞定。比如说，你要写作小说，你可以先到互联网上下载一部小说，这个时间，可能就是几分钟，也可能长一点，下载下来之后，你把书名一改，就是你呕心沥血的作品了。如果你谨慎一点的话，接着把小标题改动改动，再掐头去尾，伪装一下，就进了保险箱了。你很可能成为中国第一高产作家。你的书会把新华书店的书库挤成危房。如此，谁还肯去老死书阁下，白首太玄经！那样太书呆子气了。

生活原来如此情趣盎然！

都市经济学

羊市上，一卖者在羊尾巴上拴了只老鼠。人问，答曰："买一送一。"

世上什么劳动还要倒贴钱？上俱乐部健身。

一炒股亏了的先生与请来搞卫生的钟点工闲聊时说："我现在知道了什么叫体脑倒挂。"

一奥迪急刹车，后面的电动车止不住，轻描淡写地吻了奥迪的屁股。商量赔偿时，电动车问要赔多少？奥迪见围观者众，便说："还是你开个价吧，不然，旁人会说我以大欺小的。"

一对初恋者逛公园，男孩带着女孩往树林里钻。女孩以为他想那个，故意娇滴滴地说："脏兮兮的往里面钻什么呀？"男孩说："天然氧吧，不吸白不吸。"

某人热衷于逛三馆（博物馆、美术馆、图书馆）。有朋友问他为何如此？他答道："揩国家的油。"朋友一头雾水。他解释说："建三馆，国家下了大本钱。我每逛一次，约等于捞回来数百元甚至数千元钱。"

老子晚上给儿子辅导数学后，感叹道："又损失了几千块。"原来，老子乃一高中数学金牌教师，课外辅导，一节课动辄上千元。无奈自己的儿子大脑配置低，不时需要抽出时间捣鼓。

某超市几乎天天都有几款商品大打折，如对折什么的。某退休教授常到超市侦察，遇上用得着的，买下，其他的，除非急着要用的，一概不染指。原来，商场是用几款大打折商品做钓饵，以招来更多顾客。许多招来的顾客来了之后，不但青睐大打折商品，其他商品，也一扫一大堆。超市笑弯了腰。某教授对此洞若观火，他把自己的作派隆重命名为“食饵不上钩购物法”。

都市白头翁

候车室里，张老头坐在椅子上打盹。饥肠辘辘的扒手见机会好不容易来了，火速上前，灵巧的手伸进老者的西装内口袋，掏来掏去。老者从容不迫地睁开眼睛，对正精心操作的扒手说：“小伙子，别做无用功了，钱都在这里面呢！”他扬了扬捏在手里的智能手机。天啦，连老人智能机都玩得溜溜的了。扒手仰天长啸：“天亡我也！”

当下，某些城市规定，老人可免费乘公交车，但一些司机收入遮目，见停车站只有一个或几个老头，便呼啸而过。对此，李老头的应对之策是：公交车远远地过来了，便举起早已准备好了的手中的票子，使劲摇晃，广告自己不是无偿乘车的老朽。

王老头在公共汽车上，最见不得有人为他让座，觉得那是把他看成老态龙钟没用的货了。为此，他长期与染发剂狼狈为奸，颠倒黑白。

一推销员上门向张老头推荐保健品。他神秘兮兮地说：“我有极稀罕的仙药灵芝粉，秦始皇当年寻高了没有寻到的长生不老药，1000 块钱一瓶。”张老头说：“价格倒是不贵。”推销员喜出望外，说：“那您老买上几瓶吧。”张老头说：“可我担心呀。”推销员说：“担心什么呀？机会极难碰上的。”张老头说：“我担心，真能长生不老，那不要时不时白发人送黑发人？那情何以堪？”

某记者采访李老头，问他：“你感到寂寞吗？”李老头说：“还好，不时有诈骗电话来慰问我。”记者问：“你喜欢旅游吗？”李老头说：“喜欢，但游翁之意不在游，在乎厕所也。”

一不小心便成贵宾

社会文明得稀里糊涂，在某些场合，你一不小心便成了贵宾。

感觉最明显的，当数上医院看病。在医生眼里，病人多是贵宾。他们对你，热情高涨得如原子弹爆炸。你患的只是普通的感冒，他们可能百倍警惕，将你当成潜在脑膜炎患者来精心救治。你这里那里感染了，他们首先想到的，决不是廉价的老牌抗菌药青霉素，多少多少代头孢才符合他们的选择标准。好像不这样选择，就是对病人的大不恭敬。如果你已病入膏肓，他们会把你当成总统级人物，运用所有最好的药物和仪器，救死扶伤。能用千元一支的针剂的，决不用999元的；仪器检查能用最新一代磁共振的，决不用老掉牙的X光机。

你到宾馆就餐，宾馆小姐恨不得把鱼翅宴、黄金宴一股脑儿推销给你。她们认定了你就是腰缠万贯的款爷。她们恨不得让你大脑一片空白，把票子当卫生纸一样不停地往外掏。如果你吃腻了寻常的美味佳肴，想什么什么，百分之百不会失望。谁叫你是贵宾呢！就是天上的星星，只要你有这个欲望，她们也可以摘下来炒着抑或红烧了给你吃。在正正经经的宾馆，其招数还比较绅士淑女。如果你到了那些野鸡夜总会之类的场所，随时可以把你升格为超级贵宾。小姐替你点的洋酒，一杯便有可能把一个普通人淹个半死。

你如果嫌住房赶不上趟了，对同胞关心得有些过分的房地产商，早就为你准备好了大片大片的豪华别墅。什么流水山庄，什么清泉山庄，应有尽有。他们恨不得把张家界都捆绑在别墅群里一同出售，以从根本上提高别墅的档次，卖出令人咂舌的天价来。有些别墅，可能豪华得令外国大佬都会觉得太铺张了，但房地产商人不会觉得太出格。他们恨不得把阿狗阿猫都当成有可能前来抢购高档别墅的贵宾。这种文明的风度，令本老汉感动得差点老泪纵横。

出版界在这方面，也毫不逊色。他们不愿看贱了广大读者。对读者高看一眼，是他们的美德。他们为读者精心准备了不少的精品书，有些一套就是几万十几万。买回一套书，就如买回一段长城。这还只算智商一般的常规策划，有些出版社独树一帜，出版了数量可观的黄金书，等着高贵的读者朋友去享受。

人们被当作贵宾的地方还有很多。只要你愿意，你可以经常贵宾。然而，贵宾是需要底气的。你如果钱袋气壮如牛的话，贵来贵去也还受用。如果你底气不足，一顶不期而遇的贵宾的桂冠，重于泰山！

非凡的商业策划

我是一个极有商业头脑的家伙，点子多得如农家狗窝里的跳蚤。如果有酒助兴，那就更加不得了。眼下，几杯豪气冲天的五粮液下肚，大脑神经立即兴奋得如炼钢炉，一串非凡的商业策划就此轰轰烈烈诞生。下面是我此次非凡的商业策划的精髓，权威发布出来，意在造福广大商人和服务对象。我不是个特别自私的东西，只想着用金点子去换更多的美元、欧元。看着同胞们拿我的思想去谋财，亦是一桩赏心悦目的美事！

先来说说一举两得的策划。

第一个策划叫镇三高大饭店。

饭店的特点是，全部只用素菜而禁用荤菜，什么鸡鸭鱼肉，什么鲍鱼海参，一律送进历史博物馆。猪油肯定是禁用的，就连菜籽油麻油花生油，也毫不留情地赶下台，只用油茶油。蔬菜也不是越稀有越鲜嫩越营养，就越能进入视野，而是以野菜为主，吃进肚里越刮油的野菜越好。

现在，有“三高”（即高血压、高血脂、高血糖）的人，越来越多，都市里的同胞们，更是十有八九与“三高”有缘，可谓饱受折磨。而这样的饭店，一个星期只要吃上一回，坚持一段，就可以有效地镇住“三高”；如果一个星期吃上两餐三餐，那有“三高”的人，立马便不“三高”了，比《西游记》里的人参果还管用一千倍。至于那些准备有“三高”的人，适当光顾本饭店，就是盼星星盼月亮，再也盼不来“三高”了。

如果开一家这样的大饭店，顾客不把大门挤成篮球场才怪呢！用门庭若市来形容空前的盛况，只怕是大大的落伍了。这样的饭店，饭菜应该很便宜吧，因为成本低嘛。不，不但不能走廉价的路子，还要把价格定成天价。现如今，你一低价，马上就会掉价，别人会觉得有失身份而下意识地鄙视，倒是价格如鲨鱼的嘴巴，食客们反到摩肩接踵。你就等着用大卡车装票子吧。

这个策划的好处显而易见，既节省了成本，又增加了收入！

一箭双雕的策划，还有一个特别有创意的。

现代人，尤其是某些都市人，该玩的几乎玩尽了，该吃的也几乎吃尽了，感到特无聊。面对这一新情况，不知你悟出了什么新商机没有？鄙人可是灵机一动，计上心来，英雄体验俱乐部的策划立即浮现了出来：就是模拟考验英雄的环境，设置一些如皮鞭如老虎凳一类的器具，供俱乐部的会员们娱乐。

陀思妥耶夫斯基在小说《被侮辱与被损害的人》中，描述了一个有受虐狂倾向的小女孩的形象，这并不是想象出来的，而是有一定的生活基础的。现实生活中，乐于体验一下受虐待的滋味的人有的是，受虐待而能英雄一把，就更妙了。这一新兴产业的出现，可能轰动一时。当然，我们不能被胜利冲昏了头脑，鞭笞不能下手太重，如像关夫子舞动青龙偃月刀一样，有可能伤了人的筋骨。老虎凳也不能把脚下的砖头垫得高耸入云，否则脚骨头会分崩离析的。过头了，恐怕会有麻烦的。

虐待者和受虐待者，都是周瑜打黄盖，一个愿打，一个愿挨。喜欢受虐待者蜂拥而来，入会价不能太低，十万二十万不成问题。虐待者也是会员，虐待的乐趣，比受虐待更加刺激，且人类虽然有向善的一面，但兽性的一面始终存在，并很少有发泄的渠道，此事一公布，会吸引很多人前来争夺这不多的位子。我慎重考虑的，是怎么从他们身上捞更多的钱。位子不多而需求旺盛，何不现场公开拍卖，入会价肯定会一路飚升。

下面，再曝光一个一箭三雕的策划。

这个策划叫健美铁匠俱乐部。

俱乐部唯一的娱乐项目，是打铁。你看过 24 磅大锤抡得虎虎生风，锤下火星天女散花似的壮观场面吗？这活儿，可谓痛快淋漓。

现在，想强身健体的都市人太多了，你招募锤手的俱乐部公告一出，粉丝们便会疯狂地追捧，不山呼海啸已是十分理智的了。你选择会员的余地，比哈佛、耶鲁选考生的余地还宽松千倍万倍。

你尽可以选虎背熊腰的角色。但也不能一概而论。如果有人愿出大价钱，连豆芽菜也可以选进来。豆芽菜多调教一些日子，照样地虎背熊腰。你也可以把入俱乐部的门槛抬得天高，没有一捆美金，别来麻烦你。当然，门槛高，一定得有令人目瞪口呆的效果。效果你一点也不要担心，一周抡两个小时大锤下来，抡它一年两年，焉有不肌肉发达如山峦起伏之理。至于抡两个小时大锤，会不会虚脱，那就不好说了，为了一身肌肉，虚脱一回两回又算得了什么？

此策划为一箭三雕：既收了丰厚的会员费，又省了招聘工人的工资，同时，还有铁制品源源不断拿到市场上去换金换银。办这样一个俱乐部，三两年下来，老板焉有不进入亿万富豪行列之理，除非他是马大哈！

都市新商机

鄙人啃都市吃都市几十年，没有白啃白吃，因为我怎么也当得半个都市诸葛亮。不是吗？对于都市出现的新商机或者新商机的苗头，我就敏感得前无古人后无来者。无论何时何地，你要我数出都市什么新商机之类的鸡毛蒜皮来，我都会不尽长江滚滚来。为了避免吹牛之嫌，同时显示我的无私，我这就免费为读者朋友举办一个都市新商机讲座！

都市新商机之一：开黄包车旅游公司。

这个天才创意，源自于这样一类荒诞事儿：不少都市人出门即花钱打的，然后又花钱去健身房的跑步机上挥汗如雨。

你如果开一个黄包车旅游公司，把那些人招募来拉黄包车，不但不要给他们工资，还可以每月向他们收取高额的费用。其理由是，他们若在跑步机上作业，跑了一世还在原地，日复一日年复一年，眼前总是呆板的墙壁或者其他什么呆板的东西，而拉黄包车就不同了，真可谓一步一景，看不尽的都市风光。以这种赏心悦目的方式来锻炼身体，花那么一点成本，谁还不乐意吗？说不定招聘黄包车夫的广告一打出，公司门槛都有可能被踩成粉末。

而到我的公司来乘坐黄包车环游都市的人，更有可能排队排成八达岭长城。因为都市人旅游也一窝蜂赶时髦，坐黄包车环游都市，这太新鲜太刺激了！既然人多，我就可以放肆提价，当然，也得考虑到拉车者的社会地位，如果是一介平民拉车，乘车价当然不能咬牙切齿，一张百元大钞就足够了。但如果是州长、部长级的人物拉车，票价就应该与乘波音757不相上下了，不然，就太便宜了乘车的家伙。而如果是一位总统、首相级的人物在拉车，就应该把价格提得只比坐航天飞机少那么一点点，因为能让总统、首相级的人物替自己拉车，那是何等荣耀的事儿！

拉黄包车的收入，公司也理所当然全部独吞了。两项收入叠加起来，你的公司肯定比一架印钞机逊色不到哪里去！

都市新商机之二：开笑星租赁公司。

开笑星租赁公司的创意，来源于都市人这样一种病态：他们常常以邻为壑，生怕邻居抓住了自己什么把柄，对自己不利。同时，他们更不愿与陌生人交往，生怕碰上了骗子或者其他不怀好意者，等等等等，这样一来，他们的交际范围，就缩成了一个小小的乌龟壳，在乌龟壳里滚来滚去，还不把人憋死！是的，在如今许许多多的都市人中间，正流行着一种时髦病，那就是大都有抑郁倾向，离抑郁症为期不远。

开一家专门纠正抑郁倾向的公司，拿笑话做灵丹妙药，妙不可言。职员一定要最好的。你可以把古今中外的幽默大师一网打尽，什么晏子，什么东方朔，什么卓别林，什么憨豆，统统高薪聘请。公司的总经理一职，最为要紧，聘谁呢，聘某某吧，他可是中国笑星中的一哥！不行，某某已是明日黄花，早过气了！那么聘谁好呢？那就聘眼下正红得发紫的某某某罢。他虽然名气尚可，但胖了，那形象好像有些对不起客户。当然，如果没有更好的人选，就用他暂时顶一顶吧！不要怕成本过高，等你一开业，银子就会汹涌澎湃滚滚而来，赚得你眼冒金星！

绝大部分有抑郁倾向者都不愿别人知道自己这一隐私。公司早就考虑到了这一点，经营方式相当隐秘。你一个电话申请租赁一笑星，公司马上悄悄地派出一名浑身都是笑料的笑星溜进你家中伺候。一般三次上门，就能把有抑郁倾向者治成一个见人就笑的弥勒佛，就是再顽固的患者，治他七次八次，也会给一点阳光就灿烂，甚至没有阳光也照样灿烂。价格吗，应该是越贵越好，越贵越能体现出公司的权威和难得！

都市新商机之三：开离婚代理公司。

现代许许多多的都市人，再也不像过去的人一样，把婚姻看得神圣又神圣，而是把离婚看得如打喷嚏一样家常便饭。想离婚的人多了，便有不少的麻烦需要一一理清。如果你办一种公司，能够在当事人需要离婚时，给他一一打点，马到成功，那就是出血出得他们钱袋成了瘪三，他们也心甘情愿。你数票子时，可能数得手抽筋。

当然，这钱也不是谁都能赚的，你必须聘请一批能把稻草说成黄金的说客。其次，你要向这些说客面授机宜，告诉他们，在面见离婚当事人时，你必须实行放之四海而皆准的两手，一手是：想尽一切办法，努力挖掘对方的优点，把对方夸成一朵花，好像对方就是天下最最男人的人或者最最女人的人。而另一手是：把另一方说成是一堆垃圾，一个瘟神，甚至垃圾中的垃圾，瘟神中的瘟神。这样谈话的效果，可能就是分手迷魂汤，夫妻双方均欲摆脱对方而后快！你有这样一批职员摇唇鼓舌，生意红火得如火焰山，你不必吃惊。

戏说冰箱

我家常吃剩菜，有时一碗菜两三天还不肯退出历史舞台。你说这菜坏了吧，又没有什么很难闻的气味，你说没坏吧，吃起来已不是个味道。是我对剩菜有特殊嗜好吗？根本不是。其实，我从骨子里讨厌吃剩菜。只是那台冰箱做好事，为我家吃剩菜提供了条件而已。有了这倒霉的冰箱，吃完饭，很自然地便将剩菜往冰箱里一放，留做下顿果腹。节约可能是人的一种天性！假如没有该死的冰箱，至少在夏天秋天的大部分时间里，剩菜会倒掉。想不倒掉也不行，菜会很快地馊了。那样，我就是想勤俭节约也没有了可能，何况我根本就没有那个想法。这么说来，冰箱乃罪魁祸首也。依我看，冰箱根本就不是在为我勤俭节约提供帮助，它一个铁疙瘩，懂什么道德操守。倒是我渐渐看出了它的阴险，它是有意与我的肠胃过不去，说白一点，就是企图折磨我的肠胃。

冰箱真不是个东西，其恶作剧可以说罄竹难书。再举一例，一个西瓜剖开来，本来可以大大地一饱口福，而有了它，就只能假装斯文，吃一半留一半。待下次从冷藏柜里将另一半拿出来，已是不太新鲜，甚至半坏不坏的了。本来想豪爽一把，丢掉算了，但一想到谁知什么什么，节俭的想法就占了上风，于是，硬着头皮作咬牙切齿状，把放陈了的西瓜当敌人一口口吞了下去，管它肠胃喜欢不喜欢。

再说腊菜，没有冰箱之前，我家每年春节前后也收到亲友送来的一些腊肉什么的。但因为存放不了多久，送的一般也注意节制，接受的也注意及时处理，如转送其他亲友。而有了冰箱之后，情况就大不相同了，腊制品往冰箱冷冻箱里一放，万事大吉。也是的，腊制品放进冷冻箱，三五七八个月都没事。知道了这个窍门之后，亲友们送腊制品的热情高涨起来。于是，冰箱里塞满了腊肉什么的。冰箱其实又做了一件缺德事，腊制品并不是一个好东西，它不但坚硬如铁，弄得肠胃十分为难，而且，它里面含有大量的致癌物质，吃多了，等于自杀。

你可以说，冰箱尽管劣迹斑斑，但也不是一无是处。比如说，炎炎夏日，它可以为你提供冷饮，一解你浑身的暑气。不对，喝一点冷饮，可能那叫作享受，但如果冷饮源源不断而来，那简直就是魔鬼的诱惑了。而偏偏冰箱已经现代化到可以做到这一步的地步了。于是，只好有所得而有所失了，那就是饱口福之欲而与自己的肠胃过不去。至于弄出了什么肠胃功能紊乱，再去找医生的麻烦就是了，这事冰箱管不着。

有时，我真想把冰箱这劳什子砸了，但终究下不了手，毕竟它跟着小的这么多年了，感情非同一般。同时又想，我砸了冰箱，虽然是一个很爽的行动，但恐怕响应者寥寥，别人未必有我这样的一双慧眼。就是我的老婆孩子，也未必如我一样，大彻大悟，可能还会对我的壮举横加指责。算了算了，说不定冰箱的歹毒会转化为好事，比如说，我的肠胃如果没有在冰箱的折磨下屈服，反而得到了前所未有的锻炼，那我不是意外地练就了一副铿锵有声的钢铁肠胃了吗？阿弥陀佛！高明的人往往能任仇用敌，我辈东施效颦，亦一乐也！

痛说空调

百年之前，美国一个叫开利的家伙发明了世界上第一台空调机，从此，人类坠入了百年噩梦。空调不是一无是处。在纪念开利发明空调 100 周年的会议上，人们一再强烈重复了这样一种说法：假如没有空调，世界的工作效率会降低 40%。但较之于它的过去，这种功简直微不足道。要说空调的过，用罄竹难书来形容，已不完全是刘姥姥进大观园，信口开河。

空调最大的过，是彻底颠覆了春夏秋冬的时间顺序。什么是春什么是夏什么是秋什么是冬，这个混小子把本来异常清晰的概念搅成了一锅粥。坐在烈日炎炎环境下的办公室里，你可以西装笔挺还瑟瑟发抖；待在寒风凛冽环境下的办公室里，你可以一身春装还浑身燥热。你可以四季如春，你可以五季如秋。当然，要夏如冬冬如夏，也全凭空调主人的主观意志，主人若疯狂起来，可以搞个天翻地覆。这样，空调是如了人类的愿，人们从表面上看来，是可以过得更加惬意。但这里，隐藏着一个大大的阴谋，那就是：人为地破坏了人类经过了成千上万年的进化适应了的生存环境。人类五千年的没有空调的日子，过得也并不缺乏诗意，甚至诗意盎然。有了空调，我们暂时是更加舒服了，但我们的身体，我们的基因，却失去了继续锻炼的机会。长此以往，我们会变得如豆腐一般，我们再也不敢夸海口，说自己是钢浇铁铸的，我们跟稻草人纸糊人，没有本质上的区别。如果再来一场瘟疫什么的，我们只有统统悲壮地成为殉葬品。人类作为一种曾经强悍的种群，已岌岌可危。可悲的是——我们还悠闲地待在鲁迅先生画出的铁屋子里，确确实实什么都不知道，或者伪装什么都不知道。

空调的又一宗罪，便是最自私的工具。空调在制冷时，不是纯粹的制冷，而是在制冷的同时，放出不少的热来，有时还是热流滚滚。有条件躲在空调房里的绅士女士，当然舒服不过了。但那放出的热气，就不得不要别人来消化了。都市里，一排排的空调散热器对着大街，犹如一排排蹲厕所的大屁股。大街无可奈何地成了热浪垃圾场。许多路人开放了身上全部的毛孔来散热还嫌不够，恨不得学习狗的技巧，张开大口吐出舌头来帮助散热抵抗热浪！把一部分人的幸福建立在另一部分人的痛苦之上，空调扮演的，是一个极不光彩的角色！

空调还有一宗罪，就是使人成瘾。一个人错误地买了第一台空调，那就不愁第二台第三台空调不鱼贯而来。而且一台比一台高级。没有钱？没有钱砸锅卖铁也在所不惜！你见过吃过大麻、海洛因的人有几人乖乖地回头的？这笔开支，对于富人来说，不过九牛一毛，而对于囊中羞涩者来说，是一笔不小的开支。空调，非把一些人逼成焦虑症不可！

空调的另一宗罪，就是提供可与毒品媲美的污浊的空气。这里主要是针对中央空调而言的。据报道，有些单位的中央空调系统，因为大得出奇并因管道纵横且隐蔽，多年或从建起来就根本就没有清扫过。里面绝对是一个超级垃圾场。光是木乃伊就可以找出上百具。这些木乃伊，不是金字塔内的木乃伊，以人为基本材料，而是以人类的朋友老鼠为主要材料。这样的木乃伊气味加上其他各种腐臭空气，慷慨地源源不断地提供给一栋栋大楼里的成千上万衣冠楚楚的白领。他们的待遇，真是高得无以复加！如果他们知道了真相，一定会集体呕吐出一条长江来。好在他们均不知情，一个个脸儿幸福得像花儿一样。本文的隆重发表，不知会不会引起广大白领阶层的集体恐惧？如果有这种可能的话，发表不发表此文，就得深思熟虑了！

痛说空调，本来还可以说出很多，但考虑到饱则腻的铁血定律，就此打住，说不定更对读者朋友的胃口！

酷热之乐

眼下的酷热，已达极致。都市长沙，厨房炒菜几乎不用生火。一般说来，酷热并不很受欢迎。但凡事均有 X 面，发散思维一下，便会惊奇地发现，酷热也给都市人带来了不少乐趣，只是平时很少注意罢了！

免费洗桑拿。

洗桑拿又叫芬兰浴或者土耳其浴，就是在一间屋子里置上熊熊燃烧的木炭或者烧红了的鹅卵石，然后往上浇一些水，高温水蒸气弥漫四周。人在屋子里大汗淋漓一番或者两番，而后出来冲个凉，其时，浑身上下每一个毛孔都开放得很到位，比神仙还舒服！

这是一项欧洲人的贵族运动，传到中国来的时间还相当有限。在中国，有条件享受这一待遇的人还不是很多，因为他的代价比较昂贵，而相当部分的国民对于昂贵的东西总有大量的戒备心，特别是对可有可无的昂贵的东西，更是戒备心十足，不肯马大哈一样地受骗上当。因之，桑拿浴在中国始终曲高和寡。但如果桑拿浴突然变得很廉价直至免费的话，可能又是另外一番景象。

鄙人天才地发现，如果在酷热之时，丢掉一切武装如太阳伞如防晒霜什么的，到赤日炎炎的太阳底下巡视一番，绝对不亚于洗一次桑拿浴。如果太阳足够霸道的话，你挥汗如雨一场，甚至等于洗一场加强型的桑拿浴，要多痛快有多痛快。如此免费高级享受，当心成瘾！当然，洗这样不花钱的桑拿浴，也需要有一定的底气，那就是身体必须健壮得像一头公牛，否则，造成虚脱什么的，可就物极必反了。

免费体验非洲游。

目前，有条件到非洲一游的国人，不是太多。如果在现在酷热的基础之上，再鼓励并提拔一下，我们的气温，便有可能与赤道非洲接轨。那样，我们站在家门口，就能立马体验到非洲游的种种滋味了。长了牙齿的太阳，会令你印象深刻。你若敢于在这样的太阳下光着膀子逗留那么一段时间，它会不知不觉便扒下你一层皮来，比渣滓洞的打手还训练有素！时不时体验一下这种生活，也乐在其中！还有，这种非洲式的酷热，能塑造出众多皮肤黝黑看上去特别健康的子民来，对于改造我们的已经异化到弱不禁晒的人种，说不定大有帮助。

瓜农瓜贩品瓜者之乐。

瓜农瓜贩与唐朝的卖炭翁正好相反：心忧瓜贱愿天热，而且最好是热得如炼钢高炉一样。这样一来，他们的瓜不但可以卖得飞快，而且，价格也会一路飙升，他们赚钱赚得轰轰烈烈，肯定高兴得比打了吗啡针还飘飘欲仙！而品瓜者，也不会郁闷，在这种酷热之下品瓜，那瓜就不适宜用一个甜不甜来形容其好坏了，消暑成了它的最显著的功能，酷热之下饱餐一顿西瓜，比吃了王母娘娘的仙桃还过瘾！

造空调卖空调享受空调者之乐。

老天爷一脸酷热，造空调卖空调者自然会因空调供不应求异常走俏而乐不可支。他们所赚的钱如长江黄河一样滚滚而来，若对形势估计不足，原来过分狭小的金库，有可能被彻底涨破！涨破就涨破，有了数不清的票子，还怕修不成雄伟壮丽的金库！而享受空调者，也有自己的不可替代的乐趣，那就是，使空调的享受更加刻骨铭心！你想想，在这种酷热之下，如果没有救命的空调，那日子还怎么过？那就是再怎么黄世仁，也比杨白劳优越不到哪里去！人们恨不得五体投地叫空调一声亲爹亲妈！有那特别会享受生活者，还会利用空调的优势，酷热之下照样从容不迫地享受千百年来只有冬天才宜享受的火锅。有空调做坚强后盾，有什么浪漫的事儿做不出来？！

买菜者考

买菜是大多数城市人一门日常功课，琐碎之极，要从中提炼出趣味来，恐怕不易。鄙人喜欢钻牛角尖，拿出血性男儿司马迁写《史记》的劲头来从事枯燥的考究，终于成果灿烂。下面，就是我考究不同类型买菜者的部分收获，愿与读者朋友共享。

财大气粗型。这类人口袋里的票子都膨胀出来了。他们到菜市场巡视一通，菜点最可心的买。价钱只要不是老虎的嘴巴，就没有任何问题。短斤少两的勾当，只要不把老鼠夸张为大象，他们也懒得去计较。他们吃的菜，常常时序颠倒，夏天吃冬天的菜，冬天吃夏天的菜，因为这样的菜才贵，才能显示出他们不同凡响的购买力。至于这菜是大棚里出来的，吃多了贼花钱不说，对身体没半点益处，他们懒得考虑。

精打细算型。这类人是买菜者中的大多数。他们袋子里不缺钱，但远远没有票子从袋子里膨胀出来的程度。他们的执政理念是：在不恶意亏待自己的前提下，能省则省。能吃普通菜的，决不逆季节而动，吃什么反季节菜！菜粗一点细一点无所谓，只要价格适中就行。如果要他们十几块钱买一斤反季节细菜的蠢事，除非用火箭弹顶着他们的腰！

心不在焉型。这类人多为各行各业的专业人士，没有多少时间可以用在买菜这样的俗务上，他们一次短途突击到菜市场，可以解决一个星期的嘴馋。为了节省时间和精力，他们到一个菜摊子前，左一把右一把，三五分钟便大获全胜满载而归。至于是把萝卜当成了白菜还是把白菜当成了萝卜，他们根本不愿花宝贵的时间去认真研究。就是篮子里是一大堆残花败柳，他们也满不在乎。

岗位练兵型。这个类型的买菜者，与心不在焉型截然相反。时间对于他们来说，不是珍贵得不得了，仿佛个把小时就可以换一根金条似的。他们把菜场当成了人生博弈的演兵场所，兴高采烈地与菜贩们斗智斗勇。几角钱的小小的胜利，足以让他们高兴几个小时，比打吗啡针还立竿见影。为防止菜贩在秤上做手脚，他们煞有介事地宣称要到公平秤上去复核。小贩以为遇上了劲敌，吓得立即打消了扣秤的崇高理想，他们万万没有想到，其中有诈。买菜者其实根本就没有打算亲近公平秤，只是把它作为一颗虚拟的炮弹打过去而已。

玩票型。这类人在家庭中的地位，或者很高，或者很低。很高是因为他们公务或者私务繁多，没有时间来买菜，很低是因为他们智商或者菜商相当令人失望，不配经常到菜市场去打拼。这类人到菜市场来玩一把，其目的不在节节胜利，而在新鲜新鲜。他们本来就有英勇牺牲自身利益的充分的心理准备，如果没有挨宰，那是因为我们这个社会太和谐了的缘故！

与玩票型相对应的是厌倦型。这类买菜者，大多是家庭主妇，长年累月在菜市场里搏击。她们中的许多人，已产生了严重的厌倦情绪。如果有选择机会的话，她们宁可到激流险滩上去拉纤，也不愿天天泡菜市场，仿佛菜市场里的空气，含有剧毒的氰化物似的。但她们想躲而终于无法躲过，因为全家的嘴巴和肚子总在贪婪地盼着她们从菜市场提回足够的填充物。

宁人息事型。菜市场是个没有硝烟的战场，尔虞我诈在所难免，说不定什么时候，战火就在谁的身上燃了起来。有一类人，属于宁人息事型的，他们虽然面对欺诈心里难免不爽，但绝不会上火，至于是修养使然还是什么使然，就很难说了。这类人碰上了不愉快，往往能迅速化解，不就是少几两秤吗？不就是金玉其外败絮其中吗？统统都是小意思。和谐不了别人，那就拼命和谐自己得了！

捍卫人格型。这类人和宁人息事型的买菜者大相径庭，他们中的许多人，可能对吃几角钱的亏并不十分看重，但就是咽不下那口恶气。凭什么你玩小聪明，把我们当成了冤大头。我们如果不奋起反击，还真成了冤大头。于是数落是必不可少的节目，节目升级，便是抑扬顿挫的嘴巴仗。有些不太强悍的买菜者，此时便极不情愿地败下阵来。少数吵架精英，把吃奶的劲都一股脑儿使出来，或可与菜贩打个平手。纷争起来后，一些不愿过分张扬的菜贩，见来者不善，也便软下来，或把短的斤少的两补上甚至加倍地补上，或极不情愿地赔个不是。于是，买菜者的人格得到了捍卫，战火立即烟消云散！

扶贫济困型。这类买菜者都具有菩萨一般的心肠，觉得自己袋子里不缺钱，而卖菜者讨生活不易，买菜时还讨价还价，或者鸡蛋里挑骨头，那是自己的羞耻。让卖菜者多赚几个子儿，便是他们的愉快！如果卖菜者能赚个盆满钵满，他们当然也会跟着眉开眼笑，但那似乎是不可能的，因为这类人毕竟太有限，卖菜者碰上的机会少得可怜！

锱铢必较型。这类人相对扶贫济困型买菜者来说，又是一个极端。他们是生活在社会底层的弱小者，跌进他们袋子里的每一分钱，都十分不易，真可谓血汗钱。为了一家老小肚子不至于造反，他们必须用最小的代价，换取更多的蔬菜，就是假冒伪劣也在所不惜！他们可以为了是买萝卜还是白菜划得来严肃思考大半天！一块钱买三斤粗菜的美事，他们梦寐以求。菜贩如果扣他们二三两秤，很可能会被他们的火眼金睛当场识破。当然，菜贩不必担心脑袋开花，但立即更正是免不了的。至于道不道歉，他们无所谓，道歉又不能用来填肚皮！

时势造专家

所谓时势造专家，乃是套用时势造英雄而创造的一句冒牌谚语。不过，这句话绝非我无中生有，目下的社会土壤，最适合专家的成长了。在我中华大地上，成千上万形形色色的专家如雨后春笋般破土而出，蔚为壮观。

防毒专家。而今，都市里的绝大部分家庭主妇家庭主男，在进入菜市场时，都清醒地意识到，哪些菜能放心大胆地买，哪些菜要小心翼翼地买。比如说，菜市场里的豆角、空心菜、小白菜、黄瓜等就不能肆无忌惮地大买一气。因为这些菜喜欢农药，最好如避大麻疯一样敬而远之。如果你久没有吃这些菜了，防范意识薄弱的嘴巴想解一解馋，那你也可以买一点，但要经过一系列严格的科学处理，方才平安无事。豆角、小白菜至少要用水泡半个小时以上，残留在表皮上的农药才有可能不再杀气腾腾。而对空心菜，就要更多地费一番心思，要把它的空心茎撕开后 再用水泡，不然，水难以进入空心茎内，那里面残留的农药，仍然有可能在你吃后发威。而对黄瓜，则需把皮统统削了，才能心安理得地享用。仿佛他们都是经验丰富的防毒专家。不是国人特别精明，乃被逼无奈，时势造专家也！许许多多菜市场，农药为非作歹，它们全副武装，躲在蔬菜的背后。买菜者进入菜市场，就如进入了雷区。一不小心，便有可能被炸得人仰马翻！聪明的国人，便不得不进入一级战备状态，且技能一日比一日精。天长日久，大批大批的专家应运而生！进埋有地雷的菜市场，如入无人之境。

打折专家。进入商场，都市人的打折意识比任何其他地方的地球人都强。把商品打成七折八折，那根本不叫本事；把商品打成五折六折，那也是小儿科；把商品打成两折三折，那才叫有点本事。当然，你也可以奢望把商品打成零折。不拿白不拿，但那是不可能的。不是国人特别精明，乃被逼无奈，时势造专家也！在许许多多商店，尤其是一些私营商店里，某些商品打折打到了疯狂的地步。比如说玉石。一只玉手镯，标价三五千元，如果你冒充比尔·盖茨，一分钱价也不还，便把它乐呵呵地收入囊中，那你便冤得一塌糊涂了。那玉手镯，如果你有打折意识的话，花三五百块钱，完全可以攻下。如果你足够精明，一两百块钱让店家举手投降，也不是扯着头发欲上天一样难。商家的做派，渐渐培养起了购买者强烈的打折意识，有矛就有盾嘛！而今，绝大部分的购买者，都自然而然成了打折专家。没有打折意识的购买者，已是稀有动物，应该像大熊猫一样进入动物保护名单了！

环保专家。如今的都市人，不买新房者已很少了。而买新房，就得装修。往往一场装修下来，人人都成了环保专家。什么材料可以放心大胆地用；什么材料应该小心翼翼地用；什么材料用多了可能甲醛超标；什么材料可能具有放射性；什么材料可能导致过敏；等等等等，他们如数家珍。不是国人特别精明，乃被逼无奈，时势造专家也！现在的装修，如果装修者把材料等统统包给了劣等装修商，自己当甩手掌柜，很可能酿成大祸。一些家庭因为装修不用心，自己或小孩遭了殃，得白血病者有之，呼吸道感染者有之，过敏者更是家常便饭，还有各种各样的疑难杂症也纷纷找上门来。于是，新房装修者不得不亲自监督买装修材料。很大一部分新房装修者甚至对监督都放心不下，自己亲自操刀买。对什么材料合格什么材料不合格，他们不厌其烦地向已装修了新房者请教，特别有门路或者特别有恒心者，还千方百计向专家求教。什么有放射性的材料，什么甲醛超标，什么这个毒那个毒，全逃不出他们的火眼金睛！他们比绿色和平组织成员还绿色！一场装修下来，他们不是彻头彻尾的环保专家，除非他是个二百五，大脑腐败了！

在我们这块盛产专家的土壤里，除了出产上述专家之外，还有许许多多各类专家争先恐后冒出来。如果世界各地需要输入各色专家，中国可以毫无节制源源不断地大量出口，把外汇赚得盆满钵满！

感恩

你首先要感恩的是某些媒体。

你体弱多病甚于林妹妹，挺遭人嫌的，只有某些媒体对你的关心无微不至，远远超过了你的父母你的妻子你的孩子。

你得了乙肝，某些媒体不是像社会上一些人一样，防你如防贼。他们不厌其烦地向你推荐各种各样的药物，且信誓旦旦地向你保证：包好，包好！你知道乙肝治疗现在还是世界性难题，能彻底治好，如中大奖。但你还是特别感激这些媒体，只有他们肯违心地宽你的心，力图抚平你心灵的创伤！

你得了癌症，他们对你也同样满腔热情，并且向你广而告之：癌症治疗起来也不是什么大不了的事。世上无难事，只要肯登攀嘛！有时，甚至向你暗示：吃了他们推荐的药物后，你会焕然一新！癌细胞呢，会闻风丧胆逃得无影无踪！你明明知道这不太可能，但你不但没有一点反感，而且，对这些媒体感恩戴德，因为只有媒体能这样力度空前地安慰你，假如没有了媒体如此空前的安慰，你不知道你还能不能坚持到今天?

你还要对某些媒体感恩的是，他们给了你无穷无尽的免费观赏美女的机会。你是一个丑陋且囊中羞涩的男人，但属于男人的最大的爱好之一的好色，却一点也不短斤少两！于是，矛盾产生了，极想去亲近美女，又怕吃美女们的白眼甚至耳光！于是，对自己的眼睛等企图图谋不轨的器官进行了强制性自我约束！

而媒体深懂你心，他们把大量的美女赶到荧屏或者版面上，让你目不暇接，恨不得浑身上下都长满眼睛。媒体还怕你觉得不过瘾，竟惨无人道地把美女们几乎剥得精光，所谓的三点式徒有虚名，让你洞若观火地考察她们所有的敏感部位，使你的男人的卑鄙的欲望得到了极大的满足，并自然而然在大脑中产生了汹涌澎湃的吗啡类物质。虽然这是望梅止渴，但有梅可望，而且可以放肆地望，望得痛快之极！美学上有一条原理，就是距离产生美感。望美女而止渴，比之于占有美女，有时会有更好的心境，因为它既有快感，又无糟蹋美女而生出的罪恶感！这些媒体真是做了一件功德无量的善事！

你其次要感谢的是某些医生。

现在的一些医院，早已不是以前的医院了，你一到医院，见到的绝不会是吹胡子瞪眼睛的医生了。他们关心你的龙体，达到了七星级的标准，用无微不至这个词来表述，恐怕还会显得过于吝啬！你一进这些医院，不管大病小病，先做一个全身所有部位所有系统的详细的检查再说，防患于未然嘛！他们高精尖的 CT 机和磁共振机开得呼呼作响，无时无刻不在恭候你的大驾！仿佛你比联合国秘书长还重要一百倍，稍有差池，就会对地球人造成无可挽回的损失！钱嘛，当然是要多一些的。人家那么重视你，你还好誓死保卫钱袋吗？就是疯狂举债，也在所不惜！

你还要对某些医生感恩的是，有些医生，为了不让你们贪小便宜到医院以外的药店去买廉价的药品，独具匠心地开出了密码处方来，只有医院的药师才能顺利破译。这样的医生太有爱心了！他们是不放心你们到外面去买药，买了假冒伪劣药，不但治不好病，还有可能吃出病来。只有医院里的药他们才放心！

你接着要感恩的是某些厂家商家。

如果他们不时不时让你消费一些有毒的商品，你哪有这么丰富的科学知识，什么苏丹红，什么三聚氰胺，现在谈论起来，头头是道，好像你就是毒品专家似的。如果不是他们接连不断地把有毒商品抛出来，现在说到苏丹红，你有可能还以为它是一种什么化妆品或者颜料什么的；说到三聚氰胺，你则有可能猜想那可能是一种制造塑料的原料什么的？那才叫贻笑大方呢！

某些厂家商家时不时向你抛出些有毒的商品，还有另一个庄严的考虑，那就是千方百计想办法锻炼你弱不禁风的肠胃。你祖宗的祖宗的肠胃，应该是无比强大的，但到了现代，你这些不肖子孙的肠胃，在发达的商品经济社会里，吃得过分精细和干净，已变得不堪一击！一滴污水，一个坏菜头，就有可能对它形成巨大的伤害，使它无可奈何地一泻千里！而某些厂家商家独具匠心地悄悄地促使你们进行高强度的锻炼，长期坚持下去，能使你的肠胃的解毒等能力，跃升到珠穆朗玛峰的水平，你就是吃了砒霜，甚至吃了氰化物，也如喝了一碗人参莲子羹一样舒坦！

原来某些厂家商家如此爱护你及你的同类，又爱得如此目光远大！你恨不得模仿日本伙计，把身子调摆成标准的直角三角形，向这些厂家商家深深地鞠一躬！

我们都是自虐狂

这个世界真奇怪，许多人把自虐当成了快乐。如果说，我们人人都是自虐狂，可能有极个别人觉得稍有委屈，但绝大多数人，是没有理由反驳的。不信，请听我说。

先来说说女同胞。

女士自虐，已经达到了登峰造极的地步。那一对乳房，仿佛成了她们的仇敌，她们让医生拿着大针头，刺刀一样往乳房上乱拉，然后注进些乌七八糟的东西，为的是在男人面前坚挺。有些对注射丰乳还嫌不够丰满，不够过瘾，让医生在那脆弱的部位动起刀子来，然后塞进几坨什么化学物品，充当乳房坚挺的经济基础。

为了保持一个蜂腰，抽脂也十分地流行。肚皮上的些许脂肪，是营养充足的表现，不知女士们为何也恨之入骨。她们硬生生让屠夫们在肚皮上开一个口子，然后从抽脂机上接出一根管子，伸向肚皮深处，一阵狂抽，把脂肪硬生生给吸了出来。至于痛楚嘛，一概不在她们考虑之例。

还有更为残酷的。一些女士为了增高几厘米，不惜锯断腿骨，躺在病床上。这令人想起渣滓洞里江姐、许云峰所受的酷刑来。如果在战争年代，这些人都是英雄的胚子。如果不是女士们心甘情愿，她们的男朋友冲出来，非把医生打得满地找牙不可。

比残酷更残酷的事例也不难找到。越来越多的女士，对父母赐予的脸蛋咬牙切齿，纷纷躺上手术台，任凭医生在这方寸之地铿铿锵锵大动干戈，恨不得把过去的自己切成碎片，重塑一张西施、貂蝉的媚态十足的脸来。至于痛苦，她们全凭意志当糖果一样吞了下去。

至于为了美发，“烟熏火燎”地在头上烧烤；为了瘦身，吃起饭来，连小猫小狗都不如，一坨鸽子蛋大的饭，便把期望值颇高的胃给草草打发了，更不在话下。

女人如此之贱，男人呢？男人比之女人，有过之而无不及。

洗桑拿是成功男人们的一大嗜好。那是个什么东西，原来是把自己放在一个屋子里蒸，就如蒸馒头一样，蒸得浑身大汗淋漓，口吐粗气。本来没有心脏病的人，也可能憋出心脏病来。

再一个自虐行为，就是天刚蒙蒙亮便爬起来跑步。俗语说，宁肯三岁死娘，不肯五更起床，可见睡个早觉对于人来说是何等重要，但一群又一群男人，像夜游神一样，在街道上在公园里闹腾。

社会赋予男人的责任相对较大，因之，大多数男人都有一个气吞山河的胃。但为了抗拒所谓的高血压、高血脂和肥胖，竟然对垂涎三尺的东坡肉、茅台酒，视如毒鼠强。大碗呷肉大口呷酒的冲天豪气，看来只有到水泊梁山上去找了！

压抑欲望，亦是许多人自虐的行为之一。许多人一辈子没坐过飞机，早就想过过瘾了，但一看动辄上千元的价格，吃油吃盐可以吃上十年八年了，便装出宛如对飞机不屑一顾的表情来。从没吃过鱼翅、燕窝的人，对于这两个劳什子神往已久，但一打听价钱，马上便失了兴趣。有人没有住过一次大酒店，甚感好奇，但若让他放血住上一回，那等于从铁公鸡身上拔毛。不是他们比杨白劳更杨白劳，坐三两次飞机，吃三两碗鱼翅、燕窝，住三两回大酒店，钱不是问题，问题是他们极端阿尔巴贡！

看来，你、我、他，身上都有自虐狂的影子。可悲的并不是我们时时都在自虐，而是时时自虐，却好像浑然不知。无知如此，一部白驹过隙的人生，就有些凄凄惨惨戚戚了！

压力这东西

现代人对压力普遍存在厌恶心理，压力带来不少令人恐怖的记忆。

与压力同行的日本人，过劳死成了永远的痛。当年被德国法西斯围了个铁桶一般的莫斯科，围城高血压成了不是流行病的流行病。还有到海外耀武扬威的美国大兵，回国后，许多患上了难以医治的怪病，战场压力使然也！

现代基因组学已接近于达到这样的水平：可以将人的压力基因取出来，使人变得没有什么压力。这听起来仿佛天方夜谭，但又确是科学事实。

取出压力基因后，会是一种什么样的状态呢？

不久前，美国科学家将一只小白鼠的压力基因取出，把它放入一个500平方米的仿真空间。一同接受这项实验的还有一只普通的小灰鼠。没有了压力基因的小白显得兴奋异常，它走路时全无鼠辈那种探头探脑、前怕狼后怕虎的样子。仅仅一天，它就把整个仿真空间视察了一遍。而那只普通的小灰鼠无论走路还是觅食，还跟从前一样小心翼翼，不敢轻举妄动，它用了4天时间才基本摸清了这500平方米的新环境。仿真空间有一座13米高的假山。在没有任何的压力之下，小白根本没有把那山当回事，它第一回就勇敢地蹿到了山顶。小灰这胆小鬼开始最高只爬到了两米处放有食物的吊篮里。

容我向读者朋友提个问题，如果可以取出你体内的压力基因，你是否乐意？压力过大饱受其苦的人可能想入非非：你看小白多么幸福。如果没有了压力，做项羽做张飞随我的便，岂不快活！哪似现在这般窝囊，见了蚂蚁都怕踩死了，掉片树叶子下来也怕打烂脑壳。活到这个份儿上，哪像个男子汉女子汉。对这些同胞，我可要泼一泼冷水。为何呢？先还是让我们来看看小白的命运吧！

第三天，那只胆大包天的小白在英雄了一把之后，在通过山顶上一块小石板时过于漫不经心，一下跌落下来，归了西天。而小灰按部就班地生活，其间没有出现任何意外，它甚至在不断囤积粮食，准备在这里长期混下去。

主持这项实验的库尔教授说，要是完全没有了压力，也不是什么好事。说不定还会像小白一样，从我们本来能够通过的高度上掉下来摔死。

还有一个例子，也可能让这些异想天开的同胞们举步不前。

某地有个野生动物园，放养了几只老虎和一些其他动物。一段时间以后，那只领头的老虎渐渐变得像霜打的茄子。兽医左看右看，看不出什么名堂来。只得任凭那只兽中之王在窝里变成了一只瞌睡大王。有时动物园工作人员有意识地把它赶出来，它也是东倒西歪，一副无精打采没出息的样儿，真是急死人。后来，一位高人点拨，让人在野生动物园里放入了几只凶猛的豹子，这乍一看风马牛不相及的处方，却是立竿见影。那只兽中之王立即大显王者之风，时儿咆哮山林，时儿巡视溪涧草地。足下虎虎生风，病态抛到了九霄云外。更让人称奇的是，它还与一头母虎恩恩爱爱，居然有了一只虎头虎脑的小山大王。

虎病，病在没有了竞争对手，换言之，没有了生存的压力。再现虎威，无非是有了压力，有了不安全感。

日前，电视新闻中播出了一则奇闻：海外一位游泳教练为了提高学员的成绩，在游泳池里放进了几条大鲨鱼。果然，学员成绩有了惊人的提高。学员在接受电视采访时，还惊魂未定，声称太可怕了。当然，鲨鱼的血盆大口被套了起来，不然，非闹出人命来不可。有人说笑话，讲如果在百米赛跑者的背后放出一只老虎来，则人人有可能成为博尔特。

趣闻笑话，与前面的例子异曲同工，均说明了压力之于动物，实在是善莫大焉。

有人可能要责怪：说来说去，还是炒我们老祖宗的现饭，即所谓生于忧患，死于安乐。

其实，本文意不在此，而在于通过实例说明，现代医学并不能从根本上改变人类。只能成为人类的帮手而已。

压力既非蜜糖也非砒霜，压力过大过小者，修补一下压力基因，也是有必要的。但完全去掉压力基因，可能会拐场。这牵涉到一个平衡问题。有学者云：平衡即美，很哲学的。看来，恰到好处才是上上签。

忽悠自己

凭我在大猩猩面前都不敢放肆炫耀的智商，要忽悠别人，恐怕是蜀道难，难于上青天！而这样的智商，用于忽悠自己，则再合适不过了。

一曰忽悠自己的眼睛。

我的眼睛有时赶时髦，渴望到外地甚至外国看一流的赛事，比如奥运会呀，世界杯足球赛呀什么的。但我一本正经地告诫我的眼睛，这个想法是非常非常愚蠢的，得不偿失。我的理由是，一、到现场看与在电视机前看，两相比较，在电视机前看，因为借助了摄像机与电视编辑的有选择的镜头，比在现场看，视野更开阔，看得更仔细更宏观。而如果在现场看的话，一般肉眼的能见度十分有限，只能看清楚附近的一小块地方，远一点的地方就是精彩得一塌糊涂，也只能囫囵吞枣，看个模糊的轮廓，全场的情况，无从一清二楚。二、到现场看赛事尤其是世界杯足球赛什么的，还有遭遇球迷骚乱的可能，搞不好有性命之虑。既然有性命之虑，那么眼睛也有危险！而你如果坐在自家的电视机前，就是电视里球迷闹得惊天动地，也不可能从电视机里跳出来，平白无故给你几个响彻云霄的大耳光。你是绝对安全的，安全得如进了太平洋保险公司的保险箱。不仅如此，你还可以从从容容地为自己泡一杯龙井茶，慢慢地品尝其中丰富的茶文化。前面的两点理由，都是鸡蛋里挑骨头的玩意儿，但我的可怜的眼睛，居然乖乖地听了。因之，我不但没有远涉重洋到国外去看过赛事，也没有到北京去看过赛事，就是重大赛事偶尔落户本城，也守着电视机，不肯越雷池半步，挤到现场去凑热闹。

二曰忽悠自己的嘴巴。

嘴巴对于美食，有一种天然的向往，尤其对于从没有品尝过的美食，更是崇拜得五体投地！比如鱼翅这种东西，我可怜的嘴巴，仅在多年前一次公吃的场合偶然尝过一回。不想这之后，不安分的嘴巴便一再提出要鱼翅的干活，弄得我好烦躁的。烦躁归烦躁，我还得想个办法来安抚嘴巴才好。我于是又故伎重演，使用了对眼睛的伎俩，放肆毁谤鱼翅。说鱼翅是鲨鱼身上的准骨头，根本就没有什么营养可言，人们青睐它，真是不可思议！说鱼翅是鲨鱼身上最藏污纳垢的所在，其间所含的重金属特别多，吃多了，可以与吃了砒霜相媲美。说鱼翅形态不好，端出来看似一碗红薯淀粉，而且，色泽比红薯淀粉还不如。说鱼翅味道不好，要甜味没有甜味，要香味没有香味，不知道是什么鬼味，让人吃鱼翅，还不如让人吃普普通通的草鱼鲢鱼痛快。我的嘴巴看来也不够机灵，居然也被我忽悠住了，此后不再口头递交吃鱼翅一类的申请了。

三曰忽悠自己的腿。

在现代都市里，如果你不愿走路的话，只要一招手，的士就会仆人一样乖乖地停在你的面前，你要到任何地方去都易于反掌。可惜没有修到月球上的公路，不然的话，你就是要到月球上去潇洒，都没有任何问题。的士给现代都市带来的方便，太让人称心如意了。但面对十分方便的的士，在腿不愿走路而盼望坐的士时，我也会编出一些堂堂正正的拒绝的理由来：如的士千人坐万人坐，很不卫生。如的士空间狭小，坐起来很不舒服。如不坐的士走路，可以锻炼自己的腰腿和心脏，如果常常安步当车的话，可以使腰腿更加强健，使心脏更加健康。电视广告里播出的六十岁的人，三十岁的心脏，那该有多好啊。还有，不坐的士，可以减少城市碳的排放量，这样的人多了，就会使碳排放量迅速减下来，对地球那可是大大的好啊！这样类似的理由，我还可以临场发挥，编出一大堆来。不过，我的可爱的腿在我还没有来得及搜肠刮肚之前，便常常被我说服了，不再奢望以车代步。因之我很少与的士同流合污。看来，我忽悠自己，还真有一套！

俗话说，世界上没有无缘无故的爱，也没有无缘无故的恨。我这里狗尾续貂，加上一句：世界上也没有无缘无故的忽悠。以上玩弄的三大忽悠，到底是为了什么？相信读者朋友是聪明的，一定从字里行间悟出了我的良苦用心。我在这里暂不便挑明，因为一旦挑明，就露马脚了。

恨谁，就让谁去做美女

恨一个人，不一定要恶语相向，甚至白刀子进，红刀子出。报复，比这好许多的方法有的是。本老汉熬上这一把年纪，就积累了丰富的经验。

恨谁，就让谁去做美女。在一般人看来，做美女是件赏心悦目的事，其实不完全是这么回事，做美女，常常是一把辛酸泪。美女逗色狼，哪一天，说不定便被垂涎欲滴的色狼给色了。美女醉心于做演员，一不小心，便被潜规则，规到了如狼似虎的导演的床上。美女特别在乎自己的美，拼命节食，饿昏过去不足奇。美女一不留神便成了小三，不但前途无保障，稚嫩柔弱的肩膀上，还背了一口破坏他人家庭的大黑锅。

恨谁，就让谁去做皇帝。做皇帝，比之于一般的做官，档次又提高了千百倍。“普天之下，莫非王土，率土之滨，莫非王臣”，那多威风凛凛。皇帝应该是这个世界上最最幸福的人了。但可悲的是，他们都犯了一个致命的错误，那就是把太多的美女提拔进了皇宫。一个普通的男人，对付一个美女，便捉襟见肘了，就是能力超群的贪官，要对付一群美女，也常常力不从心，而皇帝要面对后宫三千佳丽，真是捡无数个擂钵扼脑壳，不把他活活整死，那倒奇了怪了。也是的，据学者统计，中国历史上的皇帝，平均寿命只有三十多岁，远没有达到同时代人的平均水平。

恨谁，就让谁去做名人。世人只看到名人前呼后拥光鲜的一面，却忽略了他们的一切都处在狗仔们的监视之中的可悲的一面。他若要出轨耍流氓什么的，狗仔们会立即给予无情的曝光，连毫毛细节都决不放过。例如近日狗仔们做文章的文章，便做到了极致，害得文章声嘶力竭地叫嚣，说：“你们只管放马过来，我就贱命一条。”其言也可哀!

恨谁，就让谁去做无良的煤老板。无良煤老板堆积如山的钞票，每一张都浸透了农民工的鲜血。他们的钞票不是彩色的，而是黑色的，黑得触目惊心。无良煤老板在国人的印象中，跟吸血鬼平起平坐。

恨谁，就让谁去做烂剧编剧。如今的不少电视剧，很狗血的。人们有理由怀疑，那些编剧，多是一些脑残者，干不了其他的，才滥竽充数来编什么剧的。

看美女的道德焦虑

许多有一定道德感的人，对扶被撞倒在街头的老人，似乎不感到焦虑，因为他们觉得，就是有极少数老人反咬一口，最坏也不过损失一点钱财，而这种可能性极小。一般而言，这种见义勇为还是挺安全的。之所以这成了一个问题，是竞争激烈的媒体把个别老人反咬一口的行为人为地放大了千百倍，给人一种遍地无良老人的虚假印象。这么说来，扶不扶街头被撞倒的老人，有伪问题之嫌，其实大可不必焦虑的。

许多有一定道德感的人的普遍的焦虑，是面对持枪持刀歹徒行凶时，自己恐怕没有见义勇为的勇气。我们的主流舆论一直是肯定挺身而出的。树了那么多见义勇为挺身而出的典型，便是例证。不挺身而出，便有可能被指背心。而大多数人，都存在恐惧心理，对持枪持刀歹徒免不了十分害怕。挺身而出，没那个吃了豹子胆的勇气；做缩头乌龟，又害怕脏乎乎的口水，真是秋风秋雨愁煞人！这类人，听说某些国家不主张赤手空拳的民众与持枪持刀歹徒搏斗，觉得那样可能得不偿失，他们对此羡慕不已，一副崇洋媚外的嘴脸。

许多国人的另一种普遍的道德焦虑，是怕别人说自己小气。老汉我就是其中的一分子。我常进菜市场。本来，与小贩讨价还价是极为正常的现象，但因为怕被人觉得小气，把自己小看成跳蚤、虱子，便把讲价这个活儿打入了十八层地狱。有时心有不甘，便安慰自己，讲价能省几个钱，少生一回病就全在里面了。对于一些正处于创业阶段的私营企业主来说，对自私这种类似于小气的道德指责，也相当敏感。不是他们一毛不拔，而是他们处于创业阶段，最需要钱，做得更大了，自然不会忘记反哺社会的，但他们害怕别人不理解，无端指责，不想捐的时候只好咬着牙捐了，而且数目不敢小。

国人还有一种普遍的道德焦虑，那就是在看美女这个事儿上的纠结。爱美之心，人皆有之。但你若傻傻地盯着美女看，旁边的人起码会给你花痴的美誉，你若看得旁若无人，那色狼的帽子便会免费赠予你。有观察家煞有介事地分析说，街头看美女的安全时间为若干若干秒，超过就有麻烦的。所以，许多人尽管想多看看美女，但心中焦虑，就是林志玲来了，也扫几眼便过去了，强迫自己再不回头。这也是一种自我保护。而一些国家的洋人是鼓励看美女的。甚至有洋科学家研究说，男性看美女 10 分钟，相当于做 30 分钟有氧运动，长此以往，能减低心血管疾病和中风的风险。这好像在为男性观赏美女寻找理论根据。一些洋美女，也往往以能吸引众多的目光为荣。当然，货真价实的色狼除外。这些，也挺让许多国人流口水的。

国人以上的道德焦虑，错在他们吗？如果不是错在他们，那是不是我们的某些道德杠杆已散发出木乃伊气味，需要换一换调一调了呢？

以丑为美

以美为美，是千百年来的常态。笔者天马行空，设想如果以丑为美的话，很可能会出现不同寻常的可乐景象。经板凳坐它十年冷的艰苦卓绝的研究，发现果然别有洞天。

以丑为美可提振更多人的信心。

这个世界上，美女是短缺商品，而丑女则遍地开花，应有尽有。在以美为美的时代，只有极少部分拥有美丽的雌性高等动物，信心气冲霄汉，而多如过江之鲫的丑女，每天都在压抑中挣扎。同样在太阳底下生活，她们总觉得太阳不是属于她们的，同样在蓝天下生活，她们总觉得蓝天是老天爷特别为美人们准备的，她们眼中的天总是灰蒙蒙的。抗抑郁的中药西药，她们就是天天牛吃牛喝，也无济于事！她们恨老天爷不公，更恨父母在制造她们时心不在焉！如此，这一数量巨大的人群，本来应有的聪明才智被压抑了，往往难以很好地发挥。这是她们本人的重大损失，更是社会的巨大损失。对推进文明进程，害莫大焉！

而一旦观念彻底转变过来，可以提振更多人的信心，原为丑人后为美人的群体的巨大能量，便会喷薄而出，使这个社会喷嚏里都充满了智慧。社会文明就如坐上了长征捆绑火箭，扶摇直上锐不可当！

以丑为美可告别美女人才荒。

现如今，如电影学院、戏剧学院招生，如电视台招募主持人、主播，如电影、电视剧选女主角，等等等等，为了得到美女，神州大地被一遍又一遍地掘地三尺，弄得到处鸡飞狗跳，但还是大大的不满意。原因是美女资源十分有限，她不能像流水线一样，源源不断地炮制出来。如果社会顺利地走入以丑为美的时代，那这样的世纪难题，马上就会迎刃而解，方方面面皆大欢喜。譬如说，《红楼梦》剧组再也不要为苦苦寻觅绝色美女而寝食不安。只要剧组一声号令，成千上万的美女就会一拥而上，令剧组大惊失色。防止被汹涌澎湃而来的美女踩成肉酱，是招聘者最应该担心的。还有，如何遣散成千上万没有被选上又不肯离去的美女，也是令他们头痛的事儿。但面临的事儿再难，也比无米之炊要好上千百倍。

以丑为美可降低化妆品行业的竞争激烈程度。

现在的化妆品行业，竞争你死我活，为了使产品的效果好那么一点点，不知累死了多少科研人员的脑细胞。因为要使人用了自己的产品后哪怕美丽一点点，都是难于上青天的事儿！而如果以丑为美的话，情况就会发生戏剧性的变化。这个行业里的科研人员，再也不要为产品质量而斗得你死我活，他们可以大白天在办公室或者试验室呼呼大睡，谁睡得死睡得脑子毫不管事，谁就有可能是最大的赢家。生产呢，也不必精益求精，最好是不要什么严格的操作规程，如果你有胆量把下水道的水灌装成等而上之的护肤水，那就再妙不过了。因为这样的水在女人们的脸上一涂，引起感染的可能性非常之大，那样一来，情况就大大地不妙了，女人们的脸上有了感染病灶，可就用得上一位伟人的伟言了，那就是，“红肿之处，艳若桃花！”胆子再大一点的，甚至可以把硫酸稀释用作护肤水。因为那样的话，护肤水一用上去，脸上便会乱七八糟一遍狼藉，这用新的美女标准来衡量，可是妙不可言！不过，此举应该严格掌握尺度，因为如果尺度掌握失衡，把浓硫酸灌成了护肤水，一用上去，脸上的肌肉便立即灰飞烟灭，只剩下一具白花花的头骨，那会出人命的。

以丑为美可大大缓解整容师的压力。

在常态之下，整容师的压力雷霆万钧，因为他们手术刀的每一次抖动，都有可能造成无可挽回的损失，而一旦失误，便有可能招来整容者声嘶力竭的投诉，赔偿则是毫无疑义的。而新的美女标准问世，可以使整容师彻底放松。因为他们越是漫不经心越是南郭先生，整容的效果越是立竿见影。兢兢业业的整容师，有可能被整容者视为洪水猛兽，彻底失业流浪街头。那么，原来技术精湛的整容师，必须一心二用，边整容边苦苦地想心事，没有心事也要好事地制造一些光怪陆离的心事，以分散注意力，使整容效果一团糟，一团糟就是美，越一团糟越美。如果整容师手术前灌一斤白酒，整容时手指不停地舞蹈，那就更妙不可言了，保准整出的是一个罕见的美女，让全世界惊艳！总之，整容师越放松越妙！如果把自己锤炼成了眼中无一物的睁眼瞎，那便进入了最高境界！

以丑为美，虽然能带来意想不到的好处，但也不是尽善尽美。为数有限的传统美人，尤其是极品美人标本西施、王昭君、貂蝉、杨贵妃首当其冲，她们当之无愧地成了丑人的标本，一下从巅峰跌入了谷底。落差太过庞大，长吁短叹不可避免。建议给她们隆重颁发顶级委屈奖，以堵住她们的香嘴，不，按新观念，应该是垃圾桶。得罪了！

丑到极致胜似药

丑到极致胜似药！我说话可不是信口开河，而是有实践作为强大支撑的。

若有一批人丑到了极致，对那些美人来说，可说是一剂最好的兴奋剂。丑到极致的人能使美人变得更加光辉灿烂。若一极丑一美站在一起，就是美人原本与西施还有一段长长的距离，也立即便被认为可以与西施并驾齐驱了！皆因极丑把美彻底地衬托了出来，五分的美，衬出了十分的美来。俗话说，红花还要绿叶衬，这绿叶可是最卖力的绿叶！

丑到极致者对美人的疗效，还远远不止这些。在比较中，美人良好到极点的心态，又会帮助其释放更多的激素，使原本就不错的容貌，迅速上升到国色天香的级别。

许多平时对自己的美麻木不仁的准美人，见了丑到极致者后，也会感触良多，更加珍惜自己的羽毛。精品商店的高档化妆品柜，又多了无数的常客！中国的化妆品产业，会突飞猛进，成为不可动摇的支柱产业。

若有一批人丑到了极致，对那些相貌平平者来说，也是一剂良药。这些人平时在电视、电影着意放大了的美人世界里待得很不耐烦了，自信心受到了前所未有的冲击。许多人闷闷不乐，成了抑郁症的俘虏，阿普唑仑、黛力新像吃白菜一样，还是不管用，成天暗无天日。那些没有成为抑郁症的俘虏的人，只是抵抗力相对强一些而已，日子也不会光明到哪里去。如果这类人见到了丑到极致的人，丢失了的自信心会重新找回，甚至会兴奋得彻夜难眠。她们会久违了地想："原来世界上还有这样丑的人，相比较而言，我们也算幸运儿了。"

亦有许许多多相貌平平者，激素分泌水平也像美人见了丑到极致者后一样直线上升，本来并无姿色可言者，立即便有了姿色！

若有一批人丑到了极致，对那些一般的丑人来说，同样是一剂良药。如果说相貌平平者还暗无天日的话，那丑人便更不在话下了。她们的世界里，要寻找阳光，比寻找钻石还难，而且一定不在南非，因为那里的钻石相对而言容易找一些！好在一些丑人有自知之明，从来就不会自不量力地与美人论长短，那等于用枪口对准自己的太阳穴！

丑人们若看到了丑到极致者，自卑的心情，肯定会产生微妙的变化，她们也会产生有限的自信心。虽然有限，但那也太难得太宝贵了，就是吃人参吃燕窝也吃不出来。给一丝阳光就灿烂，非常符合丑人彼时的心境。由于心境的改善，丑人的丑也会得到较大程度的改善。当然，离扭转乾坤还会有一段距离。

个别丑人因为受到社会有形或者无形的歧视，很可能产生报复社会的想法，那是很可怕的。这些地雷一样的丑人，若有幸见到了丑到极致的人，也会产生相对的优越感，放下屠刀立地成佛！

说到丑到极致的人，比较抽象，应该立一个标杆。找来找去找不着，只好找比较丑一些的加西莫多做形象代言人。老实说，加西莫多虽然勉勉强强算丑到了极致，但还不够形象代言人的资格。看在他父亲雨果的面子上，在没有找到更合适的代言人之前，就滥竽充数一回！

丑到极致者是稀缺资源，要极大地发挥极少数丑到极致的人的作用，不能放任自流，而应该像目下对待美女一样，采用影视媒体与平面媒体万炮齐轰的手段，把这个群体大大地放大，最好形成丑到极致的人当家的虚假印象，仿佛走进厕所，都能遇到一群丑到极致者一样。这样，才能在美人、相貌平平者、丑人间产生最大的影响效应。

当越来越多的人认识到丑到极致者的价值时，丑到极致者吃香的时代，便呼之欲出了！到时，丑到极致者肯定会供不应求，成为社会的新宠！丑到极致者的社会地位会芝麻开花节节高！想当丑到极致者的人，会多得如过江之鲫。所以，想当丑到极致者的人，应审时度势，先下手为强：那就是马上行动，去做丑容手术。

做丑容手术，选什么样的医院最好，有人可能会说，那要找最最烂的医院，那样效果才好。错！应该找最最强悍的医院。烂医院，可能由于医生的无能，轻而易举地整出丑人来，但整出的肯定是平庸的丑人。要整出出类拔萃的丑人来，还是要有十分过硬的技术才行。另外，整容者最好在整容的过程中，用最恶毒的语言辱骂主刀医生，激出他的愤怒感，让他发誓把你整成世界上独一无二的怪物，这样，你就有可能成为天下第一丑，连绿豆眼的某某大叔见了你，都要纳头便拜，称你为爷！

成了天下第一丑，就是躲在家里，也会频频被金条金砖砸中！可口可乐找你拍广告，出手给你的可能就是一麻袋美金！你一定要有心理准备，到时别惊得目瞪口呆，有损中国人民的伟大形象！

其他丑到极致者，包括冒牌者，也都会有卓尔不群的斩获，日子滋润自不待说！

如此，对货真价实的丑到极致者而言，丑到极致胜似价值连城的万岁老山参！冒牌者亦然！

逃烟

作为办公室小虾，你尽管还算安全，但也不是绝对的，比如说，你的身旁挺立着若干杆硕果累累的烟枪。在烟枪阵中，你不抗烟救灾似乎不可能！当然，手段五花八门，效果也参差不齐。现将笔者悟出的部分抗烟救灾妙招公之于众，供你及同样遭遇烟灾者参考。

戴防毒面具。

如果市面上有防毒面具卖的话，你千万不要嫌贵，应该当机立断买下来，这样，你每天上班戴上防毒面具，就可以高枕无忧了。如果不当机立断，一旦更多的人发觉了防毒面具抗烟灾的神奇功效，率先抢了去，你就傻眼了。因为防毒面具并不是货源充足得如卫生纸一样应有尽有。至于戴防毒面具是否会把娇滴滴的室友吓得神经兮兮，那你就管不着了。别人的神经不坚固，那是别人的问题，罪不在你。如果万一没有买到防毒面具，也不是寡妇死了独生子，没指望了，替代品还是有的，那就是当下广泛用来防新冠肺炎的口罩。不过，一般的口罩防护效果很可能十分蹩脚。你可以请求裁缝专门为你制作不同凡响的口罩，把口罩做得如城墙一样厚实，效果跟防毒面具比，有过之而无不及。需要提醒一下的是，如此口罩，戴起来会有些难看，俨然你就是一个超级猪八戒！超级猪八戒就超级猪八戒，小命要紧！

憋气。

方法是狠狠地吸一口气，然后再雄赳赳气昂昂地跨入办公室。进入办公室后，就尽量不吸气了。这个办法好是好，但事先要进行艰苦的训练。请一般的憋气专家做教练，效果不一定好，最好请武功盖世的金庸府上的武林高手做教练，他们有惊天动地的气功，憋气这等雕虫小技，根本不在话下。请这样的武术高手做教练，成本一定不菲。现在一位著名教授走穴，动不动一堂课下来就风卷残云十万八万元人民币，用老板箱装票子，已经大大地过时了。请如此憋气专家，你的小金库一定要有一定的档次，才能气定神闲，面不改色心不跳！如果实力不足，就比较麻烦了！但此等武林高手，据说特讲义气，免费为你操作，也不是没有可能。此功一旦练成，就是一千杆烟枪与你武装对抗，你也能我自岿然不动，因为功夫练成之日，你一个上午或者下午，顶多从办公室出来换一两次气就够了，根本不需要在乌烟瘴气的办公室呼吸！

不逃之逃。

首先，根本不把烟熏当一回事。这是一个内修的功夫，什么吸烟可能致癌，吸二手烟更容易致癌这些危言耸听的言论，统统从脑海中清扫出去，倒进历史的垃圾堆。最好把自己的大脑，摆弄成一个形同破铜烂铁的傻瓜装置。其次，你还可以战略上藐视敌人。烟熏总没有当年日本鬼子的毒瓦斯厉害吧？就是在毒瓦斯面前，也应顶天立地铁骨铮铮，这点小烟，何足道哉！如此，你与吸烟的室友们，和平共处得如胶似漆！

以乐代逃。

就是以吸二手烟为乐。这是更高层次的针对办公室烟害的功夫。这个功夫的要害在于，时时刻刻想到吸二手烟的好处，而对它的害处，则大义凛然地忽略不计。如欣欣然想到今天又一文不花地间接吸了半包芙蓉王或大中华，既得到了极品香烟的享受，不是神仙胜似神仙，又省掉了吸一手烟者必须付出的上百元钞票，此等好事，妙不可言！在这种良好心态的滋养之下，说不定吸二手烟的所有害处，都会被抵消。不知这是不是逃烟至高无上的境界？如果你特别懂得感恩的话，可以选准某一时刻，冷不丁地给最资深的吸一手烟的室友一个男子汉大丈夫吻，吻得比猪八戒啃西瓜还出彩！

趣说茶杯

某君的玻璃茶杯，颇不同凡响。

第一个特色是十分庞大。

茶杯横在某君面前，仿佛一座南岳衡山。若茶杯里灌满了水，有人从旁经过不小心掉进去而又不会游泳的话，很有可能酿成溺水而亡的重大事故。茶杯如果稍加改造，在其间举行游泳竞赛不是没有可能。在目前南方干旱，湘江水枯频频告急的情况下，如果某君有足够的使命感的话，往茶杯里灌满水倒往湘江，一连反复那么几次，湘江水有可能应声而涨，而后街头巷尾肯定会传出某君倾倒茶水而解数百万市民燃眉之急的佳话。当年孙悟空到铁扇公主处借芭蕉扇，吃够了苦头，而如果他知道某君的茶杯的话，向某君借茶杯一用，用茶水一泼两泼，便能把火焰山泼成汪洋大海。某君是个君子，借用一下茶杯，不会有任何障碍。只是如某君的硕大无朋的茶杯一多，自来水公司可能在某君等装水时，时不时发出预警信号。而最兴高采烈的，可能是茶农和茶叶商了，因为茶叶的消费，有可能风卷残云，茶市被托上了天！他们随手从茶树上抓下来一篮子什么枯枝败叶，也可能换回一叠唰唰响的票子。

第二个特色是十分脏。

茶杯壁上的茶垢，用普通的洗涤剂是永远也没有办法除去的。如果谁痴心妄想要把茶杯壁搞得不有碍观瞻的话，除非调来风钻作业，才有可能。如果风钻作业后到湘江河里去进一步清洗的话，整条湘江都有可能被严重污染，引起沿岸居民强烈不满甚至恐慌的事，都有可能发生。某君的的茶杯脏到了极致，一般人躲之尤恐不及。搞卫生的见了，有时会误把它当成摆在桌上的垃圾，欲收之，但一看那个脏，也犹豫不决起来，怕大幅度降低整个垃圾桶里垃圾的卫生级别，引来更多的苍蝇。收废品的见了，也不愿蹚这趟浑水，以免污染了其他废品，到时废品收购站讲啰唆。小偷见了亦会退避三舍，生怕弄脏了自己的手。因此，某君的茶杯，就是丢在城市任何一个角落，譬如公园的石凳上，譬如马路边的地上，都不用担心会丢失，比有一个警卫团去放肆地保卫，还要保险一百倍！

而某君对自己的茶杯，却宝贝得不得了。

茶杯的庞大，自然有它的好处，那就是，等于天天给自己的五脏六腑痛痛快快地洗几个大澡。他的胃洗得干干净净，它的肠子洗得干干净净，它的血管洗得干干净净，它的肝呀肾呀，也一样洗得干干净净。50 岁的年龄，20 岁的身体，在别人是可望而不可即的事，但对于某君来说，却因了一个特色茶杯，轻而易举便做到了！为此，他恨不得给茶杯发一个世界大奖，只是他没有这个权力，只好为亲爱的茶杯一声叹息！

茶杯的脏在他看来，也没有什么可怕的，因为那首先是他饮茶功夫的形象见证，说明他不是一般的平庸的茶客，而是王公大臣一级的响当当的首屈一指的茶中骄子。同时，茶垢虽然雅观不到哪里去，但是，从医学的角度分析，它并不是细菌排山倒海，对人没有什么太多的实质性的危害。茶客与茶垢共生，无害而能巩固身份，何乐而不为？再者，茶垢记录了他长年累月喝茶的历史，与他共度了许许多多平凡或不平凡的岁月，留着它，也是一个纪念，看着它，多了一份回味！岂不妙哉？

所以，别人把他的茶杯当洪水猛兽，他自己却义无反顾地把茶杯当成了宝贝，就是用一颗原子弹来换，他也会毫不犹豫一口回绝！他天天乐此不疲地与自己的茶杯频频亲吻，用情专注远胜于老婆！如果有谁胆敢横刀夺爱，他说不定会与之决斗！当然，这是空话，稀罕者除非大脑撞到了航天飞机！而那样的小概率事件，恐怕一辈子也碰不到。

伺候富豪

对富豪这个地球上的特殊群体，伺候的办法颇多。

先说吃。山珍海味，这是专门伺候富豪的第一秘方。

什么人参、燕窝，什么活吃什么脑，听起来怪有意思的，其实什么都不是。

先讲人参吧，虽有大补元气之说，但一支人参恐怕还不如一只老母鸡，而买一支高档人参如高丽参什么的，可以买若干笼老母鸡了。若说治病，人参也没什么了不起。俗话讲，萝卜进城，药店关门。从某种意义上来说，人参当萝卜都当不得。而卖一支人参的钱，可以买多少担萝卜了。你富豪吃人参，还有可能吃出元气过剩吃出鼻衄来，而我等平民百姓，吃萝卜可以吃出上下通气浑身舒坦。上帝造人参，可能是瞄准了富人的钱包。

燕窝是燕的呕吐物，不吃也罢。

至于活吃什么脑，那简直就是法西斯，谁敢下筷子，谁就是低等动物的亲戚了。况且什么脑的味道与等而下之的豆腐孰优孰劣，包黑子恐怕也断不清。这个东西，实在是对富豪的戏弄，委屈了票子不说，连起码的人格也委屈了。

杜牧诗云："红尘一骑妃子笑，无人知是荔枝来。"杨贵妃掌上的荔枝，可以与金银与玉石比肩。原来普普通通的荔枝，也可以吃得如此排场。但荔枝终究只是荔枝，不是什么神仙果，别人只当你杨贵妃跟金钱耍娇。

有一个民间故事，讲的是一个富翁，为了开发傻儿子的智力，给傻儿子千金，让他到外面去逍遥一餐。这儿子不知如何是好。一个智者告诉他，买一担鱼花就可以了。所谓鱼花，就是婴儿鱼苗。放在一担水里的成千上万婴儿鱼苗，捞起来顶多不过一碗，勉强果腹而已。

吃之外，还有喝。

喝人头马、大将军、路易·十三，一些没放毒药的烧人喉咙的液体而已，喝一口，等于喝掉一张百元大钞。你把你的喉咙当成下水道，别人也没有办法劝你改邪归正，说不定还正中下怀！

玩亦是一项伺候富豪的好办法。

其传统的玩法，如玩花。若干年前，东北曾把君子兰炒出了天价，珍贵的，几十万元一盆。欧洲的黑玫瑰，一段时期，一枝抵得上穷人一辈子的生活费。我国的唐代，也是一个奢侈到无以复加的社会，有诗云："一丛深色花，十户中人赋"，即一丛名贵的花，抵得上十户中等人家一年的赋税。那花也绝不是用来糟蹋小户人家那点可怜的钱财的。如果所有的名贵的花都如疯狂的君子兰、黑玫瑰一样，让富豪们大大地掏钱，那就妙了。

还有玩宝石。那些细细碎碎的石子，左看右看上看下看都看不出是什么通灵宝物，然而动辄百万千万，真是够玄的。看你富豪钱多还是世界上的石子多！

还有玩名画。一张发黄的纸片，揩屁股还嫌粗糙还嫌不卫生，却能狂吞富豪成箱的美金，你说痛快不痛快？！

最刺激也最耗钱的玩法，要算太空游。美国富翁丹尼斯·蒂托一掷两千万美金，从俄罗斯一飞冲天，在太空惊心动魄了一回。其实，这种玩法，景观十分单调，而且因为一颗心总是悬着的，可能玩出神经官能症来，比之农民兄弟到县城走一遭，并不能带来更多的快感。说不定县城的花花世界，更有诱惑力。

男为悦己者钱，这也是富豪爱玩的把戏。"铜雀春深锁二乔。"曹操不惜金屋藏娇，是一个在这方面敢于投资的老辣角色。更有甚者，杨贵妃摆平了李隆基，不费吹灰之力就分割了大唐的半壁江山。

伺候富豪的，还有名这个东西。

一些富豪在尝了财富带来的快感之后，厌倦了，于是，求名，成了他们又一种竞相砸钱的时髦的游戏。花几亿几十亿元设个什么奖，已算不了什么大不了的事。这里的头号选手，要算大富翁诺贝尔。

当代世界首富比尔·盖茨，更把这个游戏玩到了出神入化的地步。他把可以装满一个车箱的上百亿美金，欲统统捐出来做慈善基金。他的惊世骇俗的举动，给全世界富豪的脸上喷上了一层金粉。

我是眼睛太阳一样的平民百姓，唯恐富豪们不竞相砸钱。鹬蚌相争，平民得利，不亦快哉！

如果将来谁的钱可以抵得上一万个比尔·盖茨，而他又愿统统捐出来，就是地球以他的名字命名，我们也举双手双脚赞成！虚名而已，给谁不是给！

漫画大富翁

笔者毕生从事大富翁这一优秀高等动物群体的研究，颇有收获。大富翁们的生活，与许多没机会一睹大富翁风采的人们的想象相距十万八千里。现将我所了解的大富翁们有违常人生活经验的举止展示一二，供闲人们茶余饭后一乐！

大富翁多瘦翁。

在人们的想象中，大富翁们应该个个大腹便便，脸上流油，因为他们就是要拿太阳当煎饼，都不是一件挟泰山以超北海的事。但事实恰恰相反，他们不但没有像河马、大象一样，还一个个玉树临风。

这里，显示出了大富翁们的高明之处，一瘦百病除，尤其对于上了年纪的人来说，更是如此。二来，追求瘦，还有其他副产品，比如可以节省大量的食物，即节省钞票，这对大富翁们来说，何乐而不为？还有，可以节省大量的用于减肥的开支。要增一斤肥，可能成本很低，花几十块钱买几斤猪肉虎狼几顿，便立竿见影；而要减一斤肥，则要十倍百倍的成本，那真叫一个划不来！

所以，一直如柴棍子一样，是大富翁中的智者，如李嘉诚；肥而后瘦，虽然在某个阶段冤里冤枉花了一些不菲的成本，但最终修成了正果者，也不能说没有远见。

轻视名牌。

按常理，大富翁们钱多得如卫生纸一样，名牌应该是为他们量身定制的。但事实却不是这样，许许多多大富翁，对名牌并不怎么感冒。到是对打折商品情有独钟。世界首富比尔·盖茨就是一件这样的货色。

据笔者的分析，这也在情理之中，一是因为大富翁们都是算盘特精的人士，创造财富，是他们最大的精神乐趣，穿名牌的乐趣，远在创造财富的乐趣之下。对他们而言，节省财富，也可以等同于创造财富。

再者，名牌是为那些渴望成功或者渴望别人认为他们成功的人士准备的，而大富翁们早就功成名就，还需要那劳什子干什么！他们穿一身名牌，没有人喝彩，因为别人认为他们这是应该的，而他们一身非名牌休闲装上市，别人则会惊艳，认为他们不同凡响。真是一箭双雕！

鄙视头等舱。

航空机票本来就咬牙切齿，头等舱的票更是狮子的利爪，恨不得把乘客的皮都三下五除二扒下来。航空公司当初的企图，肯定是瞄上了大富翁们鼓得像气球一样的钱包。

而大富翁们一个比一个精，他们可能认为不是物有所值，同是一架飞机，凭什么我就要多付给航空公司钱，这也太亏了。创业的艰辛，他们最有体会，能省则省，是他们不变的铁律。生出鄙视头等舱的光辉思想来，也在情理之中。

到一些并不十分富翁的人，对头等舱却趋之若鹜。他们要的是脸面，要的是他日在同道面前炫耀头等舱的非凡的感受！

看淡吃喝。

什么黄金宴，什么人乳宴，什么女体盛，风行一时，但没有听说什么什么宴，是某某大富翁一手促成的。大富翁们一个个富可敌国，不要说吃地球人的奶，就是要吃火星人的奶，都有人去疯狂地张罗。

但他们火眼金睛，一眼就看出了商家这个宴那个宴的狼子野心来，就是非把客人袋子里的钱掏个空空如也才肯罢手，甚至用手掏了还嫌不够，还有可能动用吸尘器来打扫卫生。商家的这些雕虫小技，还跳得出他们如来佛的手掌？凭他们的智商，不这宴那宴，才是正常的。

再者，他们曾经沧海难为水，吃鱼翅如同吃粉丝一样索然寡味，倒是如金圣叹一样，花生米拌豆腐干，可以嚼出火腿肠的味道来！因为省钱的味道简直好极了！

拒绝街头捐款。

走在街头上的大富翁，你们别指望他们如何如何慷慨了，他们几乎从不参与街头捐款一类的慈善活动。就是求捐者拖住他们，有可能把他们当成人质，他们也立场坚定，不从袋子里掏一分一毫出来。

大富翁们如此吝啬，并不是本性问题，而是武装不够。他们平时出行，多有随从，自己是不需要揣个什么钱包的。一般来说，他们是很难有机会独自一人在大街上闲逛的，偶尔兴致来了，甩开随从的前呼后拥，到大街上观观风景，钱包也不可能有先见之明，与他形影不离。原来，他们是没有街头捐款的物质基础，难怪他们能如此坚定地不在光天化日之下做善事！

他们不在光天化日之下做善事，并不能说明他们就铁石心肠。一到沸腾的大型慈善场所，他们便会风起云涌，钞票如黄河壶口瀑布一样倾泻而下，令人目瞪口呆！湘人、香港大富翁彭立珊，连续两年捐款数十亿元，成为中国两届慈善状元，就是一个很好的例证，他为正在走强的湖湘文化添上了浓重的一笔！

囊中羞涩的快乐

在灯红酒绿的都市里，缺钱会是一件令人尴尬的事。但凡事都有两面，就如

《红楼梦》里的风月宝鉴，一面是骷髅，一面是美人。囊中羞涩，有时也会赋予你意想不到的快乐！

先来说说吃。

如果你钱多得保险柜都胀破了，你可能会为下一餐是吃鱼翅、吃燕窝还是吃别的什么而举棋不定。

吃鱼翅嘛，那味道确实没有什么特别勾引人的魅力，一碗做工比较好的粉丝，比如说鸡汤炖粉丝，味道可能比鱼翅强多了。鱼翅顶多等同于一碗清汤寡水的斋粉丝。那么就不吃鱼翅而吃燕窝吧！燕窝看起来很高级的，其实，那是岩燕的呕吐物，说多脏就有多脏。懂行的人，别说吃了，就是听到燕窝两个字，就会有一股东西在胃里造反，恶心透了。那么这两样都驱逐出餐桌，另外来点其他的珍肴。那就虎鞭吧。也不合适，虎鞭是虎的生殖器，恶心也是完全有可能的，同时，你还犯了禁，虎是国家重点保护的动物，你胆敢吃虎鞭，就是拿国家的律条当儿戏，那板子打下来，会打得你屁股血肉横飞。

这也不好那也不是，那可怎么办好呢？有钱真也有有钱的烦恼！你囊中羞涩，就绝没有这样的富烦恼。一碗廉价的蛋炒饭，你会吃得相当出彩，比鱼翅、燕窝、虎鞭更令人回味无穷。吃后大嘴一抹，添加一个惊天动地的饱嗝，舒服死了！

接下来说说旅游。

如果你是一个亿万富豪的话，你有心去旅游，可能会为游欧美还是游太空而伤透脑筋。

游欧美吧，花费不多，也没有什么风险，但没有什么刺激，因为这些地方，你绝对不是第一次光顾了，味同嚼蜡。游太空当然够刺激了，但也有其软肋，一是费用贵，等于遭到了一次大规模的文明抢劫；二是风险也十分庞大，没有少林和尚的体质，最好不要随便去试钢火，否则，便有可能成为太空鞠躬尽瘁第一人。

旅游的难题，对于一个囊中羞涩的人来说，根本就不是什么问题了，因为他压根就不会去花那个冤枉钱！他首先要保住的重点工程是自己嘴巴的需要。旅游对他来说，太奢侈了！如果他有了旅游的冲动，可以到附近随便哪个免费的公园去闲逛一气。那里虽然没有什么珍奇的东西，但普普通通的花草，在有心人眼里，亦是一花一世界，一草一乾坤，其乐融融！

再来说说理财。

如果你钱压得胸口喘不过气来了，必然会遇到一个十分棘手的问题，那就是如何理财。

买股票如何？股票是个来钱的捷径，但同时也是一个化钱的筒子。牛市的时候，你可能赚得满脸通红，而熊市的时候，你又可能输得满脸铁青。你的血压会随着股市的涨跌而澳大利亚袋鼠一样反复跳跃，说不定会危及你老人家的生命。那就不炒股而去炒房吧。炒房也是刀尖上的活儿，一不小心，就有可能被当狼一样套住，血本无归不至于，但鸡飞蛋打则是家常便饭！炒股不理想，炒房也有风险，那做什么好呢？真是令人头痛不已。

你囊中羞涩，则这样的烦恼，永远也找不上你。你可以安安心心睡你的大觉，全不要安眠药来无私奉献做你的安慰天使。民谚说的“前无牛栏后无仓，一觉睡到大天光”，就是说的这种境界。

最后来说说找对象。

一个富豪，找对象肯定会挑剔得一塌糊涂。

你给他介绍杨贵妃，他会觉得太重于泰山了；你给他介绍赵飞燕，他可能嫌太轻于鸿毛了。他们要的美人，可能不是地球上的生物，而是电脑合成集中了所有美人优点的当代维纳斯。他们挑来挑去，很可能把青春年少的眼睛，最后挑成一双老花眼！

而囊中羞涩的人，就完全没有这样的难题等着他们。对他们来说，只要是雌性高等动物，有鼻子有眼睛的，都能一见钟情，爱得死去活来！这么说来，囊中羞涩的人，在婚恋上亦潜藏着更多的快乐！

弱者制胜宝典

在体力、智力、容貌等等方面，弱者要想战胜强者，难于上青天！但爱因斯坦老先生提醒我们：任何事物都是相对的。如果策略得当，在一些特殊的情况之下，弱者仍然有机会恃弱凌强。鄙人板凳甘坐十年冷，一门心思呕心沥血研究著述，终于撰写出一部价值连城的《弱者制胜宝典》，以下是其中随机抽取的三个条目。

大象与蚂蚁比拼。

如果让蚂蚁与庞然大物大象进行体力比拼，胜者一定是大象无疑。大象只要把硕大无朋的鼻子挨近蚂蚁，然后不费吹灰之力地轻轻地一吹，后果会十分地严重。它可以把蚂蚁吹到南极去避暑或者吹到非洲赤道上去避寒。反之，蚂蚁要搬动大象，就是拼了吃奶的劲，也绝对无济于事。说不定，还有可能被大象压得粉身碎骨，成为可以与板鸭相媲美的名副其实的板蚁。

但若策略一点，把竞赛的规则作些修改，情况可能就大不相同了。譬如说，不比谁的力气大而比谁的力气小，并且不准作弊。这样一来，蚂蚁便无论如何都会占上风。就说走路对大地的伤害吧，大象走路无论怎么小心翼翼，都会在地上踏出一个个窟窿来，就是有轻功绝技，也不会完全没有一点痕迹。而蚂蚁就完全不同了，他们就是大大咧咧毫不在乎，也不可能在地上留下什么蛛丝马迹！蚂蚁要举起一粒芝麻得费尽九牛二虎之力，而大象如果对芝麻发动进攻的话，可以把芝麻打发到宇宙中任何一个星球上去度假。就是大象有意诽谤自己的实力，漫不经心地轻轻一甩鼻子，芝麻也会不翼而飞，至少飞过太平洋到美国去留洋。

如此一改规则，蚂蚁就是常胜将军了，只是可怜了大象！

猴子与人比拼。

如果让猴子与人进行智力比拼，胜者一定是人无疑。人只要稍稍用点心计，猴子便有可能被忽悠。有一个著名的朝三暮四的成语，讲的就是人戏弄猴子的故事。故事是这样的：宋国有一个人，养了一大群猴子。不久，家里越来越穷了。他打算减少猴子吃栗子的数量，但又怕猴子不顺从，就对猴子说：“给你们的栗子，早上三个晚上四个，够吃了吗？”猴子一听，都站了起来，十分恼怒。过了一会儿，他又说：“给你们栗子，早上四个，晚上三个，这该够吃了吧？”猴子一听，一个个都趴在地上，非常高兴。在正常情况下，智力世界应该是人的天下而非猴子的天下，要硬碰硬的话，猴子可能永无翻身之日。

但若策略一点，把竞赛的规则作些修改，情况可能就大不相同了。譬如说，不比谁更聪明而比谁更愚蠢，并且不准作弊。这样一来，猴子无论如何都占了上风。人就是再蠢，也不会连朝三暮四的伎俩也识不破。如果有人为了显示自己比猴子更蠢而故意做出什么返祖的事情来的话，裁判一定会火眼金睛，立即识破他的阴谋诡计，使他尴尬如关公！

如此一改规则，猴子就是常胜将军了，只是可怜了聪明绝顶的人类！

老母鸡与孔雀比拼。

如果让老母鸡与孔雀进行美貌比拼，胜者一定是孔雀无疑，因为孔雀就是不开屏，与老母鸡比起来，也相当地雍容华贵，如果开起屏来，那更是美得一塌糊涂。老母鸡与孔雀比美，差距恐怕相当于地球到火星。老母鸡想获胜，就是想偏了脑壳也是白搭。

但若策略一点，把竞赛的规则作些修改，情况可能就大不相同了。譬如说，不比谁更美丽而比谁更丑，并且不准作弊。这样一来，屡战屡败的老母鸡，无论如何都会占上风。孔雀为了丑下来，就是把屁股上漂亮的羽毛不分青红皂白统统视作敌人愤怒地拔掉，也比老母鸡漂亮无数倍，一个仍然是美艳无比的西施，一个仍然是满脸坑坑洼洼的麻婆。何况孔雀为了掩盖美丽而行此下下之策，公正廉明的裁判决不会无动于衷，判孔雀违规老母鸡胜是情理之中的事儿。

如此一改规则，老母鸡就是常胜将军了，只是可怜了美丽的孔雀！

谁都有理由郁闷

在春日的禾场上晒太阳，肆无忌惮地享受着阳光和绿水青山的农夫，安逸是安逸如神仙，但免不了有他们的郁闷，那就是没有足够的金钱供奢侈。他们不可以要风得风，要雨得雨。他们羡慕乡村富人，能够面不改色心不跳地把商场当作自家的储藏室，与票子有关的许多勾当，可以放肆地去耀武扬威。

农夫羡慕的乡村富人，有他们自由主义的一面，但决不是自由王国里的国王，他们也有他们的郁闷。他们对城市文明的向往，比谁都更加迫在眉睫。他们羡慕都市富人每分每秒泡在灯红酒绿里；羡慕都市像天安门广场一样宽阔的大街；羡慕都市里那种混合着嘈杂的音乐、美女的嗲声嗲气和汽车尾气的乌七八糟的空气，仿佛那是冲天香气透长安的五粮液、茅台。乡村富人家里虽然窝藏了成麻袋的百元大钞，但他们总觉得那些花花绿绿的票子里，不可避免地散发出土里土气的泥巴味来，使他们大大地掉格。都市富人盘龙卧虎的巢穴，才是他们梦寐以求的灵魂的归宿。

那么说，都市富人应该是最最幸福的人了，其实不然，都市富人虽然得天独厚享受到了无穷无尽的都市文明，但也有他们的郁闷，那就是总觉得票子不够花，你就是有一家金库，都市也可以在很短的时间里把它化成一泓清水。比如说，一颗顶级钻石、一幅凡·高或者毕加索的画，就可以吃进一麻袋人民币。一栋可以媲美流水山庄的十星级别墅，可以糟蹋一车厢的钞票。城市富人也有被目瞪口呆的奢侈吓得屁滚尿流的时候。他们做梦都在盼望点石成金的妖术，做梦都在往福布斯富豪榜突飞猛进。都市富人羡慕的，是富可敌国的富豪！

富可敌国的富豪有富可敌国的富豪的好处，那就是在金钱的王国里，他绝对自由得多，他可以把钻石成袋提回家，仿佛提回一袋豌豆。他们可以把凡·高或者毕加索的画横七竖八零乱地丢在书房里，仿佛一文不值。但他们也有他们的郁闷，那就是成天忙得像点了火的火箭，屁股烈焰四射。他们的肩上，承受着泰山一样的压力，他们的大脑，就像高速运转到接近于崩溃的超级电脑。不少富豪早就身心俱疲，渴望从硝烟弥漫的商战中退下来，如一介农夫，慵懒地躺在椅子上，享受清新自然的乡村！财富，于他如浮云！但他们往往如一枚惯性非常的极速火箭，不是想停就能停下来的。他们用票子堆成乡间别墅，但那只能称为伪农舍而已，那种农舍的天然的怡然自得，票子是永远兑换不来的。他们永远也没有农夫的那份胜过闲云野鹤的悠闲！

看起来谁都有理由郁闷！

破解郁闷的怪圈，鄙人有一如 1+1 一样简单的妙法：不必太贪婪，得到你可以得到的，即是福祉！

别说比邻若天涯

当下都市的邻里模式，是各自为政，很少往来。有人对此调侃说：“世界上最遥远的距离，是住在对门却从不打招呼。”有好事的文人将此诗化为“比邻若天涯”。这种邻里模式，多年来一直为人所诟病，讨伐的言论，如漫山遍野的蚂蚁。我如果人云亦云，再来一次言语攻击，读者朋友恐怕连正眼瞧一眼的兴趣都没有的。由此，我想到了一句名言：存在即合理，觉得一种现象能备受攻击而一直存在下去，不会没有一点道理的，不如反弹琵琶，做一点另类文章，或许有一点参考价值。经过考察，我还真发现了这种都市邻里模式的存在，确有一些道理。

这种模式的一大好处，是能很好地保护隐私。譬如说，你中了亿万大奖，如果在乡村，不出半天，消息便传遍了村庄，连小猫小狗都知道了，而在都市，你的邻居就如聋子加瞎子，半点消息都不可能得到，跟万里之外的非洲土著人士一样。譬如说，你闹了大绯闻，外面都传得沸沸扬扬了，你的邻居还享受不到聆听绯闻的快乐，或者通过媒介得知了，但不知道主演是何方人士，根本就没有想到会是自己的邻居。再譬如，你心血来潮在家里养了一头猛虎做宠物，这要在乡下，肯定成了比丢原子弹还劲爆的新闻，传播速度比台风还快，一瞬间，连坟墓里的人都知道了，而在都市，你的邻居日复一日年复一年还蒙在鼓里。就是一声虎啸惊动了他们，他们也只当是邻居在欣赏赵忠祥的《动物世界》，毫不介意的。

这种模式的又一大好处，便是可以最大限度地避免被打扰。你如果不是什么火烧屁股的事去主动惊动邻居，邻居也许十年八年都不会来骚扰你一次的。在乡下，年轻夫妇偶尔亲嘴都可能遭遇突然来袭的邻居的，而在都市，你就是敞开门亲嘴，都安全得如在封闭的铁屋子里公干，那一道门槛，就如一道警卫森严的三八线，没有人来打搅你们的好事的。你就是觉得太寂寞了，诚心想邀请邻居来进行国事访问，邻居都会一脸狐疑婉言谢绝的，使你的阴谋不能轻易得逞。

还有，都市小区多属于陌生社会，鱼龙混杂，安全是一个问题，如果还像乡下一样呈开放姿态，那小偷踩点，骗子上门，便方便多了，很可能酿成越来越多的治安案件，那派出所会手忙脚乱疲于奔命，人人皆劳模的。

乡下邻里模式的形成，是有它的基础的，一是互助的需要。而在都市，这种基础动摇了，人们在遇到困难时，可以很方便地一个电话便找到亲朋好友，更急的事儿，可以立即拨打 110、119、120 等，事儿立马迎刃而解，比邻居管用多了。乡下邻里模式的基础，再一个是娱乐的需要，邻居聚在一起，可以聊天，可以开玩笑，可以打牌、下棋等。而都市用电视、电脑、手机等成功地取代了前者，乐此不疲。光是手机，便能娱乐无极限，别说还有电视、电脑强力助阵了。

说了这么多，有人可能会说，你是在为都市冷漠的邻里模式歌功颂德吧？不是的，我只是想说，当下都市邻里模式能生存下来，是有它的可取之处的。至于他被人诟病的过于冷漠的一面，是应当改进改进的，但若希望回归乡村邻里模式，似乎略显天真。

当下流行快节奏

当下流行快节奏，与千百年来流行的慢生活截然不同。

乡下传统的养鸡，一般要近一年才能长大食用。而现代人等不及了，他们发明了各种各样的办法，如机械化集中养殖，如放肆打防疫针，放肆打抗生素针，放肆喂高营养饲料，保持养殖场地长时间黑暗等等措施，使鸡一天到晚无忧无虑，唯一要做的事就是吃—长—吃—长。这样一来，鸡一个劲地创纪录地疯长，达到了60天就可以上市的境界。你说奇也不奇！要是原先农家放养，60天，鸡还是童年，没有进入少年的行列！人们对此还不满足，恨不得鸡今天出壳，明天就能上市就好。但那可能比造原子弹还难，太异想天开了。如此制造出来的鸡，人们抱怨没有多少鸡味，那是很自然的事，如果不抱怨，那倒不正常了。

千年老山参，那可是宝中之宝。一支比大拇指还粗一点的这样的参，标价狮子大开口，几十万元那还是相当谦虚的。它的药用效力当然也不同凡响，有时是可以用来起死回生的。不过，千年老山参的孕育时间太漫长了，人生百年，谁也等不及的。于是，性急的现代人便挖空心思地想办法，用人工培植的方法来弄同样大小的参。生长条件现代化，肥料源源不断，不出三五年，便大功告成。有些三五年的参，比千年老山参还庞大得多漂亮得多。人们对此还不满足，恨不得三两天便育出理想的人参来。但那是不可能的，又不是发豆芽菜！不过，如此人参，功力与千年老山参不可同日而语，只是博取了一个人参的功名而已。当然，价格也只能在与萝卜、白菜的对垒中，无往而不胜。

眼下，高速公路、高速铁路修得热火朝天，人们出行，早已是日行千里。古时的李白，好像是享受过高速的，千里江陵一日还似乎是一个铁证！但李白是一个惯于夸海口的诗人，他说飞流直下三千尺，其实三百尺可能都没有的。李白坐的古时候的船，顺江而下，最多也就一天一两百公里到顶了，所谓千里，那是浪漫主义在作祟。而今的人，若坐高铁，一天一夜，可以从最北端的珍宝岛穿越到最南端的金三角前沿瑞丽。人们对此还不满足，恨不得坐的是航天飞机，从南京到北京，一刻钟足矣！但那只可能是下一个世纪的现实。现在出行快是快了，但我们很可能把沿途的风景彻底地格式化了，眼前是一片模糊接一片模糊。像李白享受的长江两岸的猿声、连绵不断的青山，那是天大的奢侈，不可能享受到的。

现代人对自己的宠爱，已到了令人发指的地步，不但用高速路连接起了各大名山，使人们不费吹灰之力，便可惬意地前去欣赏，而且，考虑得周到之至，他们在高山上争先恐后地架起了缆车，使人们轻而易举地便登上了万仞高山，一览众山小！爬山的辛苦，被甩到了九霄云外。当然，如此快节奏，山上的风景，也只能一掠而过了。像苏轼老先生登庐山那样的横看成岭侧成峰的感受，永远也不会有了。

没有就没有吧，就是吟出那样酸溜溜的诗句，也没有人去捧场的。省略辛苦爬山的时间，那才够理智。

过去的人们，总是千方百计地赚钱存钱，等到钱存得堆积如山可以享受了，人也离进棺材不远了。在现代人看起来，这样遥遥无期地熬到最后的幸福时刻的生活方式，是可忍，孰不可忍！如是，采取按揭的方式，付个首付，就能住进宽敞的住宅，就能开走心仪的爱车，那才叫一个爽！人们不禁对发明了按揭方式的家伙佩服得五体投地！至于以后一段很长的时间内，月月都要割肉还银行的钱，人们满不在乎的。

很多人现在已经没有力气拿起大部头来阅读了，为了应付同事与朋友间的谈资，走一个捷径，那就是某热门图书出笼了，只浏览简介与书评，以维持起码的话语权。至于肚子里是黄金多还是稻草多，无所谓的。为了实在而去拼命地啃书，那是二百五才干的活儿！省下时间来看看电视泡泡吧喝喝咖啡聊聊天南海北，那才是诗意的生活！

现代女人们在减肥这个时髦的领域里，也是越来越快节奏了。她们已经没有耐心通过简单的节食等方法来一点一点地减去身上的赘肉，而是大义凛然地通过直接从身上抽去多余的脂肪的办法来减肥。你是500公斤的天下第一肥，这也难不倒抽脂减肥的医生的，抽掉460公斤的脂，直接就把你从河马抽成金丝猴甚至木乃伊，连模特都羡慕你的魔鬼身材。至于你是死是活，天知道。你难不难受，医生那也管不着。为了快速地美丽起来，女人们看来赴刑场都在所不辞的，直叫人肃然起敬！

健康是个扫兴的家伙

不少时候，健康恐吓我们，成了一个令人扫兴的家伙。

面对一桌桌美味佳肴，除非你是瞎子兼鼻炎患者，否则，都会心动神摇，欲像梁山好汉一样大快朵颐的。但就在你涎水在口里汹涌澎湃，准备用牙齿大干快上的时候，健康在你耳边发出了严厉的警告，恐吓你说，那不是美味佳肴，那是砒霜，尝一尝也就罢了，若多吃，你就会与肥胖挂钩，与高血压、高血脂、高血糖挂钩，就会得到阎王老子的优惠，早早地收到阴间送来的传票。本来兴致满满的，末了索然寡味。

面对茅台，面对拉菲，畅快地喝他一顿，能把自己从凡人喝成神仙，甚至神仙他爹。那感觉，简直妙极了。难怪古人曰，“何以解忧，唯有杜康！”酒，是富有魔力的神水。而就在你准备与神水亲密接触，痛痛快快地享受一场的时候，健康又在你的耳边发出了严厉的警告，恐吓你说，那不是美酒，那是鹤顶红，尝一尝都是罪过，若经常迷恋它，后果会非常非常严重，什么冠心病、脑卒中、胃出血，等等，会争先恐后成为你的座上客。常此以往，你不是步行上火葬场，而会得到上苍特别的眷顾，坐火箭前往火葬场！一席话，直说得你毛骨悚然。你喝酒的兴致，瞬间飞过太平洋，遗失在夏威夷。

你是个球迷，熬夜看四年一度的世界杯足球赛，看得如痴如醉。那种足球射进球门的快感，令你的每一根神经都如高手弹奏的琴弦，畅快得无以复加。就在你全身每一个毛孔都幸福得发抖的时刻，健康又在你的耳边发出了严厉的警告，恐吓你说，别一味地追求爽了，那样的话，过度兴奋，会心肌梗塞，甚至会猝死！说得你汗出如浆，心中如十五只吊桶打水，七上八下。胆大者，仍能坚持一二。胆小者，立即偃旗息鼓，像猪一样沉沉地睡去，把一个好端端的世界杯，弃之如敝屣！此时，就是给你注射一吨的吗啡，也无法再提起你的精神。

你是个麻将高手，手上一搓麻将，心中便乐开了花。每一枚麻将，就是一枚开心果，一坐三五七八个小时，仍然兴致盎然。这时，健康又在你的耳边发出了严厉的警告，恐吓你说，别一味地追求麻将的刺激了，长期久坐，那会严重损害腰椎、颈椎的，后患无穷。腰椎间盘突出，会双脚发麻，严重的会瘫痪。颈椎扭曲了，轻者会双手发麻，头昏目眩，重者会导致脑供血不足直至中风。说得你胆战心惊，赶快从麻坛上溃败下来。

你新婚燕尔，夫妻如胶似漆，那种快乐，也是难以言表的。“人在花下眠，纵死也英雄”，说的就是那种无与伦比的情爱感受。这时，讨厌的健康又在你的耳边发出了严厉的警告，恐吓你说，要节制房事，纵欲过度，危如累卵。并告诉你，大文豪曹雪芹就曾说了一个精尽而亡的故事，说的是贾天祥正照风月镜，一次又一次会凤姐，频频射精，最后一命呜呼。健康喋喋不休，令新人们的激素水平直线下降，男人们连伟哥都扶不起来，女人们激情不再，冷淡有余。你说扫兴不扫兴？

健康，真是个不折不扣的扫兴的家伙。他以一副关心你的无比仁慈的嘴脸，疯狂地剥夺你的快乐。谁不惜命？看来他是抓住了你的软肋，让你徒叹奈何！如果一脚把健康这个东东踢出地球，岂不人人快活似神仙？

药品之罪过

发达的药品制造业，大大地造福于人类。青霉素的出现，使高死亡率的感染一下变成了感冒一样治疗易于反掌。雷米封的出现，使谈虎色变的肺结核，死亡率接近于零。但药品制造业发达带来的，也不完全是福音。今天，我从人咬狗才是新闻的角度，不讲药品制造业发达带来的福音，而专门鸡蛋里找骨头，讲讲某些药品的罪过。

国人对甘肥美食，趋之若鹜。苏东坡的红烧肉，从大宋王朝一直香到目前。红烧肉滚三滚，神仙都站不稳。热衷于口腹之欲的国人，到了绝大部分人都有随时吃一顿红烧肉之类甘肥美食的资本的当下，一不小心便吃出了大麻烦，那就是与甘肥美食有巨大的相关性的疾病高血压患者的人数，呈几何级数暴涨。十三亿多人的国度，患高血压的人数，据说有一两个亿，真个是骇人听闻。说我国是高血压王国，再挑剔的洋人，应该是没有任何异议的。稍有点医疗知识的人都可能知道，高血压是导致中风、心肌梗塞等的罪魁祸首，很凶险的。那为什么国人还这样对甘肥美食肆无忌惮呢？是不是国人人人都英勇得如关夫子？不是。其中一个最重要的原因，是我们的药品制造业太牛了，治高血压效果良好的尼群地平，才几块钱一瓶，也就是说，用尼群地平摆平高血压，一年也就几十块钱，当不得半包大中华的。高血压如此容易摆平，还忌惮个球！如果没有尼群地平一类鸟药，得了高血压不死也要脱一层皮，那人们还敢如此放肆吗？不敢的。

海吃海鲜，也似乎成了都市的一大时髦。估计再这样吃下去，浩瀚的太平洋的海产品资源，也会慢慢枯竭的。海吃海鲜的一大副作用，便是导致高尿酸导致痛风。人们海吃海鲜的风头一直不减，是不是国人都视痛风为小菜一碟？不是的。人们之所以这样，是高尿酸一点也不可怕，一天几片药便能搞定，且成本可以忽略不计。如果海吃海鲜导致的痛风无药可治，虽不能立即置人于死地，但足以让人痛苦不堪，那谁还会愚蠢到以身试痛呢？除非他是陀氏笔下的自虐狂，自虐会带来无尽的快感。

我国的烟民队伍之波澜壮阔，也令全世界瞠目结舌。饭后一支烟，赛过活神仙。一些功夫博大精深的烟民，恨不得一嘴同时叼上三五根香烟，那样才更过瘾。吸烟的后果，也是很触目惊心的，支气管炎等什么的，可不是闹着玩的。但对付支气管炎等，有一代一代越来越先进的抗生素，医生治起这些病来，胜似闲庭信步。既然这样，你别说在烟盒上写上一句吸烟有害健康，就是在每一个烟盒上画上十具八具骷髅，也不会在烟民心目中产生一丝恐惧的。不过，如果没有治支气管炎等的良药，烟民们还会不会有如此英雄气概，那就很难说了。

谁有底气藐视票子

有些中药，是很贵的，如人参、鹿茸。但人参、鹿茸这些中药中的老贵族，远远不敌当下出现的一个中药新贵。这新贵是谁？他就是大名鼎鼎的冬虫夏草，简称虫草。一克虫草，疯卖到了三五百元。也就是说，一公斤虫草，卖到了三五十万元。那票子，可能有一麻布袋子。这像微型木乃伊一样难看的东西，居然骄傲得不行。一些大腕儿用虫草茶待客，那是对客人的最高礼遇。因了虫草贵得出奇，有不法商贩把细铁丝藏于虫草体内，把贱如垃圾的铁丝也卖成了虫草价。从虫草的角度来说，他是有底气藐视票子的。不过，虫草好像没有眼睛，他就是有藐视票子的狼子野心，也无从表演，可惜了。

在疾病领域，最有底气藐视票子的当数癌症了。一个癌症就是一个无底洞。要想拯救生命，票子得一捆一捆地往无底洞里砸，而不是一张一张地往里扔。某些进口抗癌药，一瓶动辄几千元上万元，吓死人了。一个中产家庭，在癌症面前，就如铁锤下的一块玻璃，脆弱得一塌糊涂，倾家荡产那是很有可能的。而一个本就不富裕的家庭，遇上了倒霉的癌症，那更是屋漏又逢连夜雨，做卖炭翁的邻居，易如反掌。

有媒体宣称，北上广深的房价，高得已突破了十万元一平方米。这是最有中国特色的东西了，傲视全球的。民间故事中，有个虎口屋。我看这类房子的大门，那不是大门，而是一张张专吞票子的血盆大口，连骨头都不吐的。这样的房价，不但很多人会吓一大跳，连鬼都有可能被吓着的。不过，这样也有积极意义，若要招揽人才，以奉送一套这样的豪宅作诱饵，连牛顿都会把持不住动心的，爱因斯坦就更不在话下了。如此，我们的诺贝尔科学奖，便会滚滚而来，一时间多得不得了。国人对诺贝尔科学奖，有可能会麻木不仁，而不是像当下一样望穿秋水。扯远了。一句话，十万元一平方米级的房子，也是很有底气藐视票子的。

扯了北上广深的房子，再来扯扯大牌演员的片酬。据最新报道，某些个大牌演员一部电视连续剧的片酬，高的已是三五六七千万元，够吓人的吧？这么多票子，可以垒一张票子床，让大牌演员躺在上面睡大觉了。这类大牌演员，简直是在藐视印钞工人的辛勤劳动！他们是最适合做藐视票子的形象代言人的。不过，做形象代言人又要劫持无数的票子，他们藐视票子的底气就更足了。

高高兴兴让人宰

都市里但凡钱包比较肥胖的角色，大都有一个嗜好，那就是东西越贵越买，高高兴兴让人宰。

一两百块钱 1 公斤的樱桃，在水果摊上像销萝卜、白菜一样，买者陆陆续续。其实那玩意儿，比巨丰葡萄，没有强一点点。巨丰葡萄的口感，甚至胜过樱桃，而价钱只有十多元 1 公斤。虽然樱桃比之于巨丰葡萄等，性价比不高，但樱桃的粉丝们并没有因之受到影响，买得高高兴兴，一副十足的心甘情愿的嘴脸。

喝金骏眉也是钱包比较肥胖的角色们的一种新时尚。这种数千上万元 1 公斤的红茶，这类人喝起来，如喝自来水一样毫不吝啬。1 公斤极品金骏眉，可以换一担几担寻常茶叶了。其实，金骏眉比之于普通茶叶，也没有好到哪里去，只是强一点点而已，从有效成分来分析，恐怕 1 公斤金骏眉，还比不过三两公斤最贱的茶。买金骏眉的人，并没有大脑黑屏，但他们买起金骏眉来，也是一副高高兴兴的样子。

热衷于买樱桃买金骏眉等一类人让人不解，但比之于热衷于买虫草的人来，又是小巫见大巫了，热衷于买虫草的人，更让人不解。你说虫草多少钱 1 公斤？说出来有可能连老年痴呆患者都给吓好了。品质上佳的要五六十万元 1 公斤！在虫草面前，黄金都自卑得垂头丧气。形象一点说，吃 1 公斤虫草，等于吃成千上万只老母鸡。其实虫草也没有什么了不起的，论滋补药效，1 公斤虫草恐怕连十只二十只老母鸡都斗不过。不过这不要紧，买虫草者，思维的活跃点根本就不在这里，他们买得也是高高兴兴。

说了吃，再说说穿。都市里钱包比较肥胖的角色们，大都在穿着上也是别具一格的。譬如说，他们视地摊上几十元一件的衬衫如大麻疯。大型超市里百来元一件的普通衬衫，也根本就入不了他们的法眼，不嗤之以鼻，那是他们霸蛮绅士。他们的最爱，往往是上千元到数千元上万元一件的世界名牌衬衫，金利来只是垫底的。其实这类高级衬衫，与大型超市里百来元一件的普通衬衫，很难分出仲伯来的，差别可能只有那么一点点，不看牌子，难辨雌雄。不过，这类人就是喜欢这类货，你理解不理解，那是你的事，他们高高兴兴做他们的。

以上讲了都市里钱包比较肥胖的角色们有关吃穿的几个事儿，接下来，给大家讲个故事。

有一天，一位老禅师给他的一个弟子一块精美的石头，让他到菜市场去卖。不过，老禅师交代说："不要真的卖掉它，只是装着卖。注意观察，多问一些人，然后告诉我在菜市场它能卖多少钱。"这个弟子去了。在菜市场，许多人扫了一眼石头就走开了，没有什么兴趣。也有个别人想：它可做小摆件，可以给孩子玩。于是出了价，但只不过几个小钱。那个弟子回来汇报了。师父说："现在你去黄金市场，问问那儿的人这东西的价儿。但是不要卖掉它，问问价就行了。"黄金市场询问的人多了不少，价儿也出得高了一大截。从黄金市场回来，这个弟子很高兴，说："这些人太棒了。他们乐意出到 1000 块钱。"师父说："现在你去珠宝市场那儿，低于 50 万元不要卖掉。"这个弟子去了珠宝市场。询问价格的人更多了。他简直不敢相信，有人竟然乐意出 5 万块钱。他不卖。他们继续抬高价格——出到 10 万元。但是这个弟子说："这个价钱我不打算卖。"有人说："我出 20 万元。"还是不肯出手。又有人说："我出 30 万元！"这个徒弟说："这样的价钱我还是不想卖，我只是问问价。"这个徒弟心中觉得不可思议："这些人疯了！"他觉得菜市场的出价已经足够了，但是没有表现出来。最后，他以 50 万元的价格把这块石头卖掉了。他回来欢天喜地报告老禅师。老禅师说："现在你明白了吧？如果你想要更高的价钱，就可能得到更高的价钱。"

老禅师把弟子玩弄于股掌之上，意在向弟子秀一把高深莫测的人生哲理。不过，这个故事无意中却反映出一个经济学规律：凡勃伦效应。该规律是美国经济学家凡勃伦最早提出的。他发现：商品价格定得越高越能畅销。也即越贵越有人买。前面讲的几个有关吃穿的事例，也与凡勃伦效应暗合。

为什么会出现这种怪现象呢？皆因此类消费者在购买这类商品时，目的并不仅仅是为了获得直接的物质满足和享受，更大程度上是为了获得心理上的满足。能获得什么心理上的满足呢？首先，当是一种身份认同感。吃樱桃吃虫草喝金骏眉穿千元万元一件的名牌衬衫等等，钱包比较肥胖的角色们认为，这应该是他们一类人的标配，不这样，便不够范儿。其思维，飘出一股浓烈的身份优越感来。而他们中一些文化层次较高者，还就地开发出更高层次的心理满足感来，那就是品位优越感。好像这样一来，他们的品位便文雅得不同凡响，走在街头，可以傲视群雄眼睛望天，就像费玉清台上飙歌一样，自我陶醉得不得了！

弄胖弄瘦皆是贡献

一说起贡献，许多人便会一脸茫然地认为，自己乃一介草民，纵有一腔热血，也报国无门。其实你错了，大错而特错。我现在就郑重地告诉你，你若有报国之心，不必挖空心思，只要折腾一下自己，立即便能达到崇高的目的。我的主意精华是，先把自己弄胖，然后，又把自己弄瘦，只一个来回的折腾，你的贡献便大大地有！

先来说说把自己弄胖。我的意思，是要把自己弄得足够的胖，比如说一般人也就一百多斤，那你至少得二百多斤，当然最好还是公斤，胖到地球人都以为你不是他们的同类，而是火星下放地球的。

想要这样的话，你必然要消耗更多的粮食，消耗更多的蔬菜，消耗更多的肉食。你这样的人一多，粮农首先便乐开了花，然后，菜农也跟着乐了，养殖户也跟着乐了。

当然，如果你的经济实力超群，可以跟比尔·盖茨叫板的话，你也可以选择鲍鱼、人参做催肥的主食，那样，你消费的人民币就会成十倍成百倍地增加，也就是说，你的贡献也随之更上 X 层楼。

熊掌、虎鞭是更珍贵的东西，如果可以自由消费用以催肥的话，那你的贡献就更出类拔萃了。可惜那是受严格保护的动物，吃它们，你的牙齿便成了匕首一类的凶器，你一不小心就成了凶手，有坐班房之虑，还是不要牙痒痒地吃它们为好。

贡献还远远不止这些，如果你吃成了名副其实的大胖子，你可以考虑做相扑运动员，你站在竞技台中央，就如一头大象莅临，日本的相扑第一高手会吓得瑟瑟发抖。你只需一个回合，便把他摔成王八丢在台上。如果你想为全中国人民出一口恶气的话，也可以趁势把他老鹰抓小鸡一样抓起来，扔小石子一样扔到半空云中去。

当然，他落下时，最好伸手轻而易举地把他小子接住，免得弄出人命来。

你还可以更进一步，到奥运会赛场上去耀武扬威，把所有投掷类项目的金牌全部收入囊中。

在你的肥胖事业达到巅峰一段时间后，如果你觉得腻了，那么你又可以新鲜一回，把自己再折腾回去。把自己再弄成一个超级瘦子，那也贡献大大的有。

你要瘦下来，可不是一件特别容易的事，你得消耗成吨的减肥药。你这样的人一多，那首先药农会乐，其次药厂会乐，最后，药店会乐。

如果你等光是减肥药还捉襟见肘，减肥还得针灸来助威，那中医也会乐不可支。

除了这些，你等还得上健身会所，那健身会所、健身器材厂家、健身教练都会心中乐开了花。

不仅仅是这些。如果你减肥特别成功，把自己减成了一张纸片的话，便又有了无穷无尽的运动潜力。你可以超越刘翔，成为110米栏的第一飞人，大长中国人的志气，大灭洋人的威风。你站在起跑线上，国人可以大放宽心，因为你能像一阵风一样刮过去，所有的对手都不是对手，包括那个该死的罗伯特！

还有，你可以在跳高这个项目上异军突起。你飘起来，就如一片羽毛，谁想超过你都是痴心妄想，除非他们在脚上绑上阿丽亚娜火箭。但那是不可能的，因为奥运会规则还没有对洋人偏袒到如此程度。

如此，你不是国人心目中的大英雄都不可能！

抠门，总有理由

抠门是一种社会现象，从古到今，连绵不绝。这种社会现象，一直不被舆论所看好，嗤之以鼻的人不在少数。笔者通过认真研究，发现抠门者抠门，总有他们的理由，有时，理由还充分得令人赏心悦目。现将我的部分研究成果暴露在光天化日之下，或可供人一乐！

不看现场体育赛事的理由。

首要的理由是，通过电视看，比在现场看，有诸多优势。现场看，只能是一个死死的角度，而在电视机前看，会有许许多多不同的角度，看起来更清晰更有趣。而且，还时不时有令人心旷神怡的特写镜头，运动员眉毛甚至腋毛都历历在目。其次是，在现场看，那种近于疯狂的呐喊助威，是一种常人无法忍受的噪音，它不把你的耳膜震得百孔千疮，也会震得近乎四分五裂，最幸运的，耳膜也会震得薄如蝉翼。其苦也若此，不到现场也罢！再者，在电视机前看这个赛那个会，那是通过了许许多多人的共同努力才完成的一项系统工程，你看看电视节目结束时后面那一大堆名字，就会恍然大悟。想想有这么多人在为你一丝不苟兢兢业业地服务，你油然而生出一种做老太爷的自豪感来，那是再自然不过了，不然，你就是身在福中不知福了！还有一个最最具有吸引力的原因，那就是这一切一切的服务，都是完完全全免费的，跟天上掉馅饼有异曲同工之妙！而到现场，门票会像一只饿狼一样扑向你的钱袋！

不吃补品的理由。

现在，社会上吃补品的人不少。都说身体是革命的本钱，把本钱弄得更坚挺一些，出发点肯定没有问题。但不少抠门者却看出了其中的问题来。补品能补不足，这是一个颠扑不破的真理，但它到底有多大的作用，值得打上一个大大的问号。对于那些在死亡的边缘行走的人来说，因不能正常饮食，一点人参汤灌进喉咙，可能起到起死回生或者回光返照的作用，但对于一个健康者或者虽然有病但还能正常饮食者来说，人参的作用可能就大大地缩水了。一支价格上百元上千元的人参，与半只清炖老母鸡的营养价值，恐怕难分伯仲，说不定，老母鸡的营养价值更胜一筹。而且，它的口感胜人参千百倍，一边是生生涩涩的，难以下咽，一边是香喷喷的，香气袭人让你流涎三尺。你说是吃老母鸡好呢？还是吃贵之又贵的人参好呢？结论不言自明！其他的补品如燕窝、如鹿茸、如乌七八糟的什么什么鞭，亦贵得如鳄鱼的牙齿，但如果与清炖老母鸡一比试，绝对如人参一样被打得落花流水！

不吃反季节蔬菜的理由。

目下的蔬菜，贵得令你倒抽一口冷气的，大都是反季节蔬菜，如隆冬季节的苦瓜之类。作为菜农或摊贩来说，菜越贵，他们的笑容可能越灿烂，但作为恨不得一个钱掰作两个用的捉襟见肘者或以节俭为荣者来说，那可是灾难。他们的抵制是再自然不过了。抵制的方式一般不是直奔主题，而是采取的迂回战术。最主要的理由是，反季节蔬菜违反了自然。千百年来，冬季吃什么菜，夏季吃什么菜，大自然都为我们一一安排好了。我们的各种各样的器官，也都适应了大自然的安排。如炎炎夏日里，一碗苦瓜摆上桌，那不但是一味佳肴，而且是一味难得的中药。它的强大的祛火功能，能把人的一身暑气，驱赶得烟消云散，令你特别是你的胃，舒适如神仙！而在大冬天里吃苦瓜，结果却截然相反。大冬天里，你本来就一身寒气，再加上一碗苦瓜出来操蛋，你不瑟瑟发抖才怪呢？特别不舒服的，当然是你的娇气的胃了，大冬天里，它本来就渴望着温暖，你却不但不给它面子，还反其道而行之，泼它一瓢刺骨的冷水，够它受的了！这么说来，抠门的朋友们不吃反季节蔬菜，理由确实充足！

厌恶吃肉的理由。

肉是不得不吃的，现代人好像几天不吃一点肉，就如大烟鬼断了鸦片烟一样难受。但抠门者对于吃肉，也有他们的原则，这就是指标少之又少。他们的理由也不是鸡毛蒜皮的，如肉太贵什么的，而是美其名曰：为了身体健康。这话真的还说到点子上了。各种肉类，尤其是牛肉什么的，胆固醇的含量相当的令人骄傲。你如果与它过分亲近，你血液中的胆固醇含量必然趾高气扬，体检时，定然吓出你一身冷汗来。不过，抠门者并不是一概反对吃肉，对于肉类中的鱼，还是青睐有加，价格很低正合他们的心意这一条，他们常常省略不说，他们要说的，是鱼肉如何如何地对身体有利，比如说，鱼是人体血液的清道夫，可以去除血液中的诸多杂质，加速血液流动，鱼还有健脑的功能，能使人更加爱因斯坦，等等等等。他们吃鱼，就是把嘴巴吃成洞庭湖，浑身上下一股鱼腥味，相隔百米就能把人熏倒，也在所不辞！

不买车的理由。

抠门者对买车者的举动，感到完全不能理解。他们总怀疑买车者的脑子是不是要进行大修了。就是买一台劣等车，一年也要砸进上万元钱，一台豪华车的伺候费，就不是一万两万所能打发得了的了。抠门者中的奢侈者认为，买车不如打的。就是一年四季出门统统打的，也花费不了多少钱，还有专门的司机为你服务，不要你劳神费心，你说要去东，他绝对不会往西开，你说要往南，他绝对不会往北开，的士司机就是你临时雇请的忠实的仆人。这太令人心旷神怡了！而抠门者中的抠门者则更是另有他们的说辞，他们认为，走路才是最最高明的选择。走路相对于自驾私车，省了大笔大笔的银子不说，还不知不觉很好地锻炼了身体，把革命的本钱聚得更多。这类抠门者百思不得其解：买车者大都十分聪明，而不是什么大脑残障人士，为什么他们会做出买车这样与他们的智商背道而驰的重大决策？

我的标签化生活

我做出了一项重大决策，准备买只相对而言味道更好且无抗生素等污染的农家鸡。尽管农家鸡价格翻了一倍，心在滴血，也在所不辞。不过，进得农贸市场，买卖过程却九曲十八弯，原因是尽管卖农家鸡者把区别说得甲乙丙丁，我还是云里雾里满腹狐疑。为了稳妥，摸着石头过河，我最后还是背叛了农贸市场，去了一家大型超市，借助标签买了只号称“农家鸡”的鸡。大型超市造假的成本特别高，一般不敢明目张胆糊弄上帝的，我对它多了那么一点点信任。

数千元一套的品牌服装，与几十元一套的地摊货，如果品牌服装没有标识，让我去辨认，那太难为我老汉了。我能看出来的，顶多就是前者做工稍稍细一点点，多值几十元而已。一双花花公子皮鞋与几十元一双的杂牌皮鞋，一只上千元的名表与一只几十元的杂牌表，如果去了所有的标识，让我确认，我会茫然到永远。

古董中的宋瓷，据说已骄傲得不行，一只宋代的小瓷碗，在拍卖会上耀武扬威，动辄拍出数百万元的天价来。但如果把它混在一堆地摊假古董中的话，我是绝对认不出它的。让我出价的话，顶多按十足的赝品出价五六块，出上十多块价的话，那已经含有很明显的慈善成分了，那是可怜地摊摊主，有意跟他做个能多赚一点点的机会，让他的早餐丰富那么一点。无权威文物专家的签定标签，我胜似盲人。

当下的和田玉，价格已堪称恐怖，远远地贵过黄金。但我是一个玉盲，把它放在一堆贱玉或者假玉之中，我绝不会火眼金睛，不委屈它的。几十万一只的和田玉手镯，我死活都只肯出十块八块钱的。超过这个数，便会觉得自己傻冒了。只有权威玉器大店的和田玉标签，才能帮我确认高不可攀的和田玉。

达·芬奇、凡·高的画作，王羲之、怀素的书法作品，如果混在普通的书画摊上，我能一眼看出它的不同凡响来的话，那除非吃了聪明药，药力猛然发作了。不过，世上暂时还没有聪明药。

我依赖标签的生活细节，不胜枚举。

如果我只是这个世界上唯一一朵奇葩的话，那是世界之幸。很不幸的是，像我这样的人，世界上多了去了。

举个例子来说吧。

前不久，《华盛顿邮报》做了一个这样的试验：让一位世界上最伟大的音乐家在地铁站里演奏小提琴曲。45 分钟过去了，他赚到约 7 美元。没有人知道，演奏者是大名鼎鼎的约翰·贝尔。他演奏的是巴赫最优秀的作品。他平时演奏的酬劳是每分钟 1000 美元。仅仅两天前，他在一家剧院演出，所有门票售罄。一张门票得花一两百美元。

《华盛顿邮报》做这个试验的目的，主要想了解在失去标签的情况下人们是否认可天才？结果令人沮丧。

有人可能会说，当地人素质太差。但事实是，地铁里不乏能欣赏高雅古典音乐的高素质者。报社选择的地铁站位于城区核心地带，出入的有许多高层人士，如政策分析师、项目管理员、预算审查官员、专家、顾问等等。

《华盛顿邮报》分析说，这里有欣赏能力问题，但更重要的原因，是思维惯性问题。同样高级的东西，有标签，人们当然地认可，一旦失去标签，认可起来就相当困难。谁也没有想到，伟大的音乐家会隐去大名在地铁站里演奏，因之谁也没有认真地去欣赏！

借鉴上面这个例子，分析我等不知不觉严重地依赖标签生活，也不外乎这些原因：或者知识面有限；或者惯性思维在指手画脚；或者两者兼而有之。欲求改善，需要更高的文明层次，但文明层次的提高，绝非一朝一夕之功。看来，眼下我们还只得委屈自己过标签化生活。是个直立行走的高等动物大多都如此，不丢人的。

拍拍自己的马屁

爆竹声中又一年。一年来，身体上各个零部件，默默无闻死心塌地毫无怨言地跟着我，贡献巨大，而我一副穷酸相，根本没有强大的经济实力趾高气扬地大肆用物质犒劳他们。不过，区区小事，难不倒智商还没有老年痴呆的本老汉，我立马便想出了一绝妙好招，那就是不花分文，大张旗鼓地精神犒劳一下他们，通俗一点说，就是拍拍自己的马屁。精神犒劳虽不是威力无比的原子弹，但有时比平庸的物质奖励更能激起热血沸腾，而且成本低廉得令人咂舌，只要嘴巴稍稍劳动那么几下，便万事大吉彻底搞定了！

我首先想拍拍屁股的马屁。我的屁股丝毫没有令我难堪的贵族味，随遇而安，不埋不怨。他不羡慕人家坐别克坐宝马坐奔驰。他知道我的级别特别地羞涩，就是我大闹天宫捞取待遇，也离这些名车十万八千里，如果霸蛮要配车的话，最多也就手扶拖拉机，但那东西太锻炼人了，受不了。他也知道，买宝马，凭我如履薄冰的经济基础，恐怕是痴心幻想。平时，我一般请他坐公共汽车，要是偶尔碰上有个座位，一股幸福感会油然而生。最奢侈的事，也就请他坐坐出租车，那他会高兴得眩晕，觉得那是世界上最最幸福的事儿了。这样的屁股你说可爱不可爱?

我还想拍拍嘴巴的马屁。我的嘴巴与我的平民本色同步，没有丝毫挑衅我的味道。他不羡慕人家吃鱼翅吃燕窝。他知道我的工资无法支撑鱼翅燕窝的昂贵支出，萝卜白菜才是我最好的伙伴。不过，他做得相当聪明，不是赤裸裸地揭我的老底，而是千方百计找堂而皇之的理由，拒绝这些奢侈品。他说鱼翅里含有过量的重金属污染，对人体十分不利，且吃鱼翅破坏环保；燕窝是金丝燕的呕吐物，其中燕窝中的极品血燕更是金丝燕带血的呕吐物，尤其恶心。让远离鱼翅燕窝的我显得很有优越感，而那些有能力享受者倒傻呼呼冤大头了。本来，萝卜白菜吃多了，怀有二心不足奇怪，但我的嘴巴特别地善解我意，他不但乐意，而且显出兴高采烈的样子，并胸有成竹地抬出了理论依据：谚语云：“萝卜进城，药铺关门。”这样伶牙俐齿维护我的尊严的嘴巴，我不拍拍他的马屁作为回馈，太不仗义了！

再来拍拍眼睛的马屁。我的眼界其实并不低，对于世界各地的美丽风光、人文景观，他也特别渴望一睹为快。但他也同样特别吝惜我的并不饱满的钱袋，知道为满足他的欲望而花上数万元人民币，那还不如到菜市口把我当场宰了。于是，他安慰我，在电视机前观看世界风光、景观，不劳钱又不劳力，简直太美妙了。反倒劝我不要耿耿于怀。我知道，现场无论如何都不可替代，任何二手货都会大打折扣，这只是善良的眼睛的善良。这样善解人意的眼睛，可能是独此一家，别无分店，简直就是我的安慰天使。

我还要拍拍耳朵的马屁。我的耳朵本来也不乏高贵血统，他对世界级大师指挥的音乐会情有独钟，就是一年 365 天，听一天的高级音乐，而后关 364 天的禁闭，都心甘情愿。但他太体谅我了，坚决不怨声载道。一场世界级的音乐会听下来，没有上千人民币做后盾，恐怕难以摆平。他也不去羡慕别人，给我招来难堪。他很乖地提醒我，给他到地摊上买张便宜到极点的盗版碟回来听听解解渴就可以了。买盗版碟，虽然有些不太道德，但为了对付财政压力，也只好把道德标准弹压一下了。我于是言听计从，用一张盗版碟打发了可怜的耳朵。我知道，现场聆听与听盗版碟，那效果是不可同日而语的，耳朵为了我，做出了多大的牺牲！这样的耳朵，说多伟大就有多伟大！

以上纯属拍马屁，不必当真！

替乔布斯生病

有观察家说，在这个市场巨发达的时代，服务无所不在，就连代孕这种违法的事儿，都在地下风生水起。不过，市场也不是无所不能，有一件事儿，就无可替代，那就是替人生病。的确的，到目前为止，还没有听说哪里惊世骇俗地出现了替人生病的奇事。如果有的话，会瞬间引爆全球的。说不定连火星也会引爆的。不过，不可能的事，常常只是相对的。也可以这么说，今日的不可能，也许明日便成为可能了。世界如此之大，有各种各样特异功能的人，有时会超出一般人的想象的。

稍稍地告诉你吧，我就是潜伏在芸芸众生中的一个具有替人生病特异功能的另类。我也是刚刚偶然发现自己具有这一天赋奇才的，不然，早就用这一奇才大展宏图了。我现在的功力到底有多深，自己也糊涂涂心里没有底。不过，至少能替一个人生病吧。那若用得得当，油水也了不得的。

我首先想到的是替名人生病，如替患帕金森病的拳王阿里生病。这样的话，我会成为地球上第一名人，比博尔特还火千万倍。但我考虑来考虑去，还是觉得所选对象有些令人遗憾，因为有名不一定便富得流油。要既可暴得大名，又能赢得巨额财富，那就两全其美了。

循着这个思路，我冥思苦想，终于锁定了一个绝佳的目标，那就是替苹果手机之父乔布斯生病。这家伙患的是胰腺癌，挺可怕的。但我有特异功能，说不定能扛得住的，病在我身上，也许阎王老子会网开一面。选定这样一个目标，我的两大欲望，都可以得到完全的满足。因为乔布斯的大名，在当下人的眼里尤其在当下年轻人的眼里，比阿里更大名鼎鼎，而乔布斯的钱，租个洞庭湖都有可能放不下。有人说，那钱再多，也是乔布斯的，他能从身上拔几根汗毛钱给你就够你的酬劳了。这你就小儿科了。乔布斯生的是要命的病，钱财比起命来，命更重要。我就是狮子大开口，要他一半的财富，他也会眼睛都不眨一下，慷慨解囊的。不过，我心狠手辣无人可匹敌，乔布斯一半的财富，也难填我的欲壑。我要的是他所有的财富，让他老人家净身出户。我的狠劲儿，也是向乔布斯学的。他压榨苹果手机用户，也是够狠的。有报道称，一位中国少年为了买价格豪华的苹果手机，不惜卖肾。让他净身出户，那他老人家可能会有情绪的，但他不可能不惜命，有了命，钱还可能再挣。乔布斯就是聪明，完全不像我们的某些土财主。

有个笑话说，一个土财主掉到河里了，不识水性的儿子在岸上央人有偿救人。土财主急了，拼着老命钻出水面叫道：一两银子，二两就算了。这土财主真是该死。

如果我替人生病的功力不止能施于一人，替千千万万人生病都不在话下的话，那我会毫不谦虚地辛勤耕耘，我会揽下全世界所有绝症病人的活儿，轰轰烈烈地替他们生病。当然，我不是慈善家，不会白白地干活儿的，我的开价也会因地制宜开得高耸入云或疑似高耸入云的。有人说，有钱的人，你榨一榨他们没关系，没有钱的，你就别跳蚤肚里刮油脂了好不好？不，我意已决，一厘一毫也绝不放过。积土成山积水成渊的道理，荀子懂我也懂。他们对此应该是心甘情愿的。与其被医院榨得人财两空，还不如被我榨干钱财留一条命划算得多。

有人可能廉价地义愤填膺地说："你要这么多钱干什么？"这你就鼠目寸光了，我要这么多钱，自然有我的道理。我当然会比当今的世界首富比尔·盖茨更富有，不是富有一点点，而是富有千百倍。我要过得比比尔·盖茨更出类拔萃。怎么个出类拔萃法？我要用美元做菜吃。有人可能会说，票子很脏的。没关系，我会先把美元在洗涤剂中泡三天三夜。有人可能认为票子的味道未必好。我可以一瓢一瓢地猛放味精。我还会用美元做衣服做被子做家具。我最大的理想，还是用美元建一座富丽堂皇的别墅。这美元别墅，不但会使落水山庄黯然失色，连誉满全球的三大宫都甘拜下风。哪三大宫？白宫、白金汉宫、克里姆林宫。

第四辑　千万别名垂青史

千万别名垂青史

许多人都渴望名垂青史，但我经过洞察秋毫的考察后，发现这是一个巨大的错误。假如你真的名垂青史，会有无穷无尽的烦恼。

第一个烦恼是隐私全无。那些孜孜不倦的学者们，不管你离他们已经千年或者万年，他们都会兴致勃勃地把你考证得体无完肤。你某月某日放了一个屁，都有可能被他们一本正经地考证出来。不仅如此，这个屁是响屁还是哑屁，屁的污染范围、影响力，等等等等，也都会被考证得一清二楚，并形成洋洋洒洒的论文。如果你曾经有过一个二奶，尽管这个二奶的秘密是五星级的，他们仍能有声有色地考证出来。宋徽宗之于李师师，就是光辉灿烂的一例。不仅如此，他们还能把你曾经的精神出轨，如你暗恋过某某校花市花省花国花，暴露在光天化日之下。想起来，真让人不寒而栗！胡适之就是这种学者当中杰出的代表。如果事先知道历史名人会遭此劫难，就是不做名人得下油锅，不少名垂青史者也不愿做名人了！

又一个烦恼是缺点被无限放大。文人们为了娱乐的需要，不惜把寿终正寝的名人统统妖魔化。比如说，刘邦有些爱小利的毛病，但在某位元曲高手的笔下，他便成了彻头彻尾贪便宜又赖账的小混混了。李白“五花马，千金裘，呼儿将出换美酒”，不过诗人常有的豪爽而已，却被描绘成了一个超级酒鬼，仿佛洞庭湖是一个酒坛的话，他一口气便能把它喝个底朝天！一年三百六十五天，说他三百六十四天东倒西歪，还太现实主义了。郑板桥对狗肉兴趣比较浓，便被描绘成了一个见狗肉便癫狂的人。一盆狗肉上桌，就是向他索要一千张画，也不在话下，比山野村夫还山野村夫，简直斯文扫地。还有那个明代才子唐伯虎，也被糟蹋得不成样子。他不过爱美之心稍稍有些出类拔萃而已，便被渲染成这也点秋香那也点春香，似乎要向秦皇汉武唐宗宋祖叫板，看谁网罗的美女最多最好！他的形象，与见了老母猪也垂涎三尺的色狼毫无二致。

再一个烦恼是被疯狂戏说。缺点放大，还有那么一点影子，而疯狂戏说，那完完全全是无中生有了。孔子是一个正人君子，但在现代人的演绎之下，他竟然与南子有那么一腿了。你说冤不冤？康熙呢，就更不幸了，他被戏说得最为经典，他老人家一次又一次地下江南，不是去了解民情，而是今天与这个美女打得火热，明天与那个美女爱得死去活来，十足的一个精力充沛的滥情的嫖客，一点儿千古一帝的影子也没有！

还有一个烦恼，是被你争我夺。李白的故乡是在四川不是在甘肃，这竟然成了一个大问题，弄不清理还乱！这实在是现代人在从中作祟，为的是可能带来的名人效应。还有那个李自成，是光荣牺牲在湖北的九宫山不是湖南境内的夹山，一时众说纷纭，争得硝烟弥漫。二李圆寂了若干世纪也不得安宁！

最恼火的是，历史名人被别有用心的现代人随心所欲地糟蹋，而他们却没有资格出来一辩或者怒发冲冠，唯一的选择便是默默地忍受。这太残酷太不公平了！所以我劝各位，千万别名垂青史，否则，到时肠子都会悔青！

古代段子手

很多人可能以为，玩段子是现代人的手艺，古人不兴这个的。你错了，段子手古已有之，且不乏高手。

齐国上大夫晏子就是古代最杰出的段子手之一。一次，齐景公一匹心爱的马突然死了，齐景公大怒，下令把养马的人抓来肢解。左右武士正待动手，晏子对齐景公说："这个人的确该死，但他很可能不知道自己犯了什么罪，我想说说他的罪状，让他死个明白，你说好吗？"齐景公说："你说吧！"晏子就开始数落养马人的罪状："你犯了三大罪：国君让你养马你却把马养死了，这是第一大罪；所死之马又是国君最喜爱的，这是第二大罪；因为你养死了马而使国君杀人，百姓听说之后一定会怨他，诸侯听说之后天下一定会轻视我国，你养死马导致百姓生出怨恨邻国轻视我们，这是第三大罪。今天国君要杀你，你知罪吗？"齐景公在一旁忍不住了，说："把他放了吧放了吧，不要伤了我的仁爱之名。"养马人死里逃生。

齐国军队进攻鲁国，须途经鲁国的单父县。单父县的百姓派代表向县太爷宓子请求道："麦子已经熟了，请允许老百姓任意抢收，既可以增加口粮，又不会被敌寇掠夺。"但连续请求了三次，都被宓子拒绝了。很快，齐国兵士抢去了麦子。权臣季孙氏听到此事后大怒，派人去训斥宓子。宓子不慌不忙地对来人说："今年失去了麦子，明年还可再种。如果让没有耕种的人获得粮食，就会让百姓都乐于有寇。单父县一年的小麦收与不收，对鲁国的强弱影响不大，但若使百姓产生了侥幸之心，由此而造成的损害，是几代人都难以消除的。"季孙氏听了派去的人转述的这段话，感叹说："高，实在是高！"

阮籍做官时常爆金句。一次，下面报案称，有儿子杀死了母亲。阮籍说："嘻，杀死父亲还算可以，怎么能杀母亲呀？"在座的人责怪他失言。文帝问道："杀死父亲，是天下的大恶，你怎么认为可以呢？"阮籍说："禽兽只知道母亲而不知道父亲，杀死父亲，是禽兽一类的人。杀死母亲，则连禽兽都不如呀。"众人回过了神来，都点头称是。

久旱无雨，庄稼歉收，刘备下令禁止私人酿酒。有一官吏从一户人家中搜出了酿酒的器具，报告了刘备，准备定罪处罚。谋士简雍和刘备一起出游，看见路上有许多男女正在行走，便对刘备说："这些男女都想淫乱，为何不把他们逮捕起来？"刘备问道："你是怎么晓得的？"简雍回答说："他们都有淫乱的器具呀。"刘备大笑不止，回去后，便赦免了被搜出酿酒器具的那户人家。

后唐庄宗在中牟县打猎，人马踩踏了老百姓的庄稼。中牟县县令拦住马规劝。庄宗大怒，喝令拉下去斩首。首席弄臣敬新磨率人抓住了县令，把他推到庄宗的马前，大声说："你是县令，难道没有听说天子喜欢打猎吗？你怎么放纵百姓种庄稼，为你提供税赋？为什么不让老百姓忍饥挨饿，空出这些田地，等天子来驰骋打猎？你罪该万死！请皇上赶快下令行刑！"庄宗被逗乐了，下令放了中牟县县令。

古代段子诗排行榜

5.《咏雪》

唐・张打油

江上一笼统，井上黑窟窿。黄狗身上白，白狗身上肿。

整首诗极尽调侃之能事，最后一句，最为滑稽，让人忍俊不禁。

4.《责子》

东晋・陶渊明

白发被两鬓，肌肤不复实。虽有五男儿，总不好纸笔。阿舒已二八，懒惰故无匹。阿宣行志学，而不爱文术。雍端年十三，不识六与七。通子垂九龄，但觅梨与栗。天运苟如此，且进杯中物。

这是一首吐槽儿子的诗。五个儿子，没有一个中用的，一般父母，愁得吐血了，而陶大诗人说说而已，躺平，该喝酒时仍然喝酒。

3.《戏赠杜甫》

唐・李白

饭颗山头逢杜甫，顶戴笠子日卓午。借问别来太瘦生，总为从前作诗苦。

李白见到消瘦的杜甫，笑道："你怎么瘦成这个鬼样子，是不是作诗太费神太辛苦了？”

2.《寄吴德仁兼简陈季常》

宋·苏轼

龙丘居士亦可怜，谈空说有夜不眠。忽闻河东狮子吼，拄杖落手心茫然。

苏轼等人经常找好友陈季常玩耍。一次因玩耍引得陈夫人发怒，吓得惧内的陈季常手里的拐杖掉落在地，心慌意乱。“河东狮吼”的成语出自苏轼。

1.《戏赠张先》

宋·苏轼

十八新娘八十郎，苍苍白发对红妆。鸳鸯被里成双夜，一树梨花压海棠。

好友张先 80 岁时娶了 18 岁的小妾，苏轼写了这首诗赠他。“一树梨花压海棠”，妙不可言。

狂放的杜甫

在今人的印象中，杜甫是个沉郁稳重的角色，与狂放几乎不搭界。其实呢，沉郁稳重的杜甫，骨子里也有狂放的一面，只是历史烟云笼罩，我们没有注意到而已。

天宝十三年（754），唐玄宗朝拜献祭于太清宫，祭祀天地和祖宗，杜甫进献了三篇赋。唐玄宗对这些赋感到惊奇，命令宰相考试他的文辞，之后提拔他为河西尉（正九品下，一个在陕西合阳县负责庶务的官员，其职能主要是司法捕盗、审理案件、判决文书、征收赋税等），杜甫对这个官职不满意，没有接受，后来改为右卫率府胄曹参军（负责管理太子府卫队武器仓库）。杜甫想更上一层楼，又多次上疏，替自己打广告，他对唐玄宗说，臣的先祖恕、预以来，继承儒学保有官位十一代，等到（祖父）审言时，凭文章显扬于中宗时。臣依赖继承的祖业，从七岁开始写文章，将近四十年。如果让臣改变地位低下的长时间的屈辱，那么凭借臣敏捷的才思，赶上扬雄、枚皋，不在话下。扬雄、枚皋是当时文坛霸王级人物。杜甫这么说，就好像现在的一个小文人说自己可以与鲁迅媲美一样。最后，杜甫还狠狠地抒了一下情，说：陛下您有这样的臣子，怎能忍心舍弃呢？杜甫官运不算太差，之后做了右拾遗，一个言官。

严武统辖剑南东西二川兵马，杜甫前往归附他。严武表荐杜甫为参谋，检校工部员外郎。严武因为与杜甫是世交老友，对待杜甫比较热情，亲自到杜甫家探望。而狂放的杜甫很过分，见严武，经常连帽子都不戴，这在当时是极其失礼的行为。最邪门的一次，喝醉的杜甫坐上严武的座位，瞪着严武说：“严挺之还有这样的儿子！”直呼别人父亲的名讳，同样也是当时的大忌。杜甫这完全是借酒撒疯了。虽说是朋友，但身为一方军阀且脾气暴躁的严武，受不了的。杜甫这样没事就摸老虎须子玩，严武尽管没有立即发作，心里却动了杀机。一天，他召集部下准备去杀了杜甫，要不是严武的母亲得到消息及时相救，杜甫只怕被切西瓜了。那大唐的诗歌界，便将塌去半边，后人再也读不到他许多脍炙人口的诗歌了。

年轻的杜甫和李白相遇，一起在山东一带漫游，一起拜访当时著名的道士。杜甫这样形容他们的那段日子：痛饮狂歌，飞扬跋扈。即便多少有点夸张，那也是狂放不羁了。此时正是盛唐，十分地包容，人们不但不以狂放为耻，反以为荣，李白的狂放，粉丝万千。杜甫是李白的铁粉，他是不是在模仿偶像李白的狂放，我等无从知晓。

游戏君王

俗话说，伴君如伴虎。但在中华文明史上，也有人伴君如伴猫，游戏君王于股掌之上，说来让人喷饭。

战国时的齐国，齐景公执政，晏子为相国。有一天，一个人因为得罪了景公。景公大发雷霆，把这个人捆到殿下，命令左右把他肢解了。并且下令："谁敢替这个人说话求情，一齐杀掉！"大臣们谁也不敢开口。

忽然晏子走了出来，他从武士手中要过刀来，左手按住这个人的头，右手持刀做出要下手的样子，然后问景公：

"陛下，古代贤明的帝王在肢解人的时候，是从哪里下手的呢？"

齐景公听了，马下离开了座位，对晏子说；"把他放了，是寡人错了！"

晏子的高明之处，在于暗示：肢解人这种残酷的刑罚，贤明的帝王们从来未用过。

晏子出使楚国。见过楚王后，双方就坐。楚王看着身材矮小的晏子，故作不解之状，问道："齐国的人一定不多了？"晏子答道："临淄城里有几百处里巷，张开衣袖就可以形成云翳，挥洒汗水就可以形成雨水，肩挨肩脚跟脚到处都是人，怎么会没有人呢？"楚王大笑："既然如此，怎么会派你这样的人来做使臣呢？"晏子不慌不忙地回答："你有所不知，我们齐国有一个不成文的规矩：派遣使臣要依据出使国家的情况来定。其中的贤者就派去出使国君贤明的国家，不肖者就派去出使国君不肖的国家。晏婴我最不肖了，所以只能出使楚国啊！"楚王心里闷着一股子气，却只好假装无事的样子，招呼晏子到厅堂，安排酒席款待。

汉武帝时，有一个善于看相的人，说人中长一寸，就有一百岁的寿命。东方朔哈哈大笑。有关官员认为东方朔放荡不羁，上奏武帝。武帝责备东方朔。东方朔回答说："我不是笑你，而是笑彭祖。人中一寸一百岁，彭祖八百岁，他的人中不是有八寸长吗？人中八寸，那么脸不是有一丈来长吗，因此发笑！"弄得武帝也笑了起来。

游戏君王，首先要能拳打曹子建，脚踢谢灵运；第二要有油腔滑调天赋；而后，还要狗胆包天，三者缺一不可，否则，就是铤而走险，只有做刀下鬼或者阶下囚的福分了！

最后的调侃

清代学者金圣叹因冤案被杀。得知自己被处决的日期就在第二天的午时三刻，他买通了狱卒，让他将一封封好的遗书偷送出狱，交代务必在被杀之前送达，并再三保证内中绝无任何忤法之事。而后者出于怜悯与同情，或许还有敬仰，踌躇再三后终于接受了下来。于是这封显得干系甚大的神秘信件，于次日中午按照事先的约定递交到了囚犯儿子手中。可拆开一看，竟是这么一段话："字付大儿看，盐菜与黄豆同吃，大有胡桃滋味。此法一传，我死无憾矣！"令人啼笑皆非。还有比这更出彩的。金圣叹临终前，饮酒自若，且饮且言曰："割头，痛事也，饮酒，快事也，割头而先饮酒，痛快！痛快！"

晋代大学者稽康在被司马氏杀害前，提出一个要求——弹琴！一曲终了，他仰天长啸："《广陵散》从此绝矣！"不畏死而叹千古妙曲后继无人，这种价值观念的错位，非高人不能为也！

一位强悍的江洋大盗被绳之以法。法场上，他从容不迫地对行刑的刽子手说："兄弟，手脚麻利些，老哥在此先谢过了。"就在被杀头的一刹那，他高声赞道："好快刀！"

最后的调侃不是中国的专利，洋人中也不乏这方面的可口可乐！

伏尔泰是法国 18 世纪著名的幽默大师。1778 年 5 月 30 日的晚上，伏尔泰生命垂危。神父来到他床前请他进行临终祈祷。伏尔泰问神父："你是谁，是谁派你来的？"神父答道："我是上帝派来，聆听你忏悔的神父。"伏尔泰就说："那么拿出你的证件来，验明正身。"弄得神父尴尬不已。

古希腊大数学家刁藩都的墓志铭是这样的："过路人，这里埋葬着刁藩都，下面的数字可以告诉你，他的一生有多长。他生命的六分之一是愉快的童年。在他生命的十二分之一，他的面颊上长了细细的胡须。如此，又过了一生的七分之一，他结了婚。婚后五年，他获得了第一个孩子……"

一座墓碑上写的是这样一段绝唱："躺在这墓碑下的是吝啬鬼杰米·瓦特，他在某天上午 10 时去世，当然他省下了一顿午餐。"

一位拳击手在他的墓碑上写道：“不管数多少点数，我反正不起来了。”

以上最后的调侃，各呈异彩。就一般人而言，面对死亡，都有一种莫名的恐惧，哪还有心思来调侃？能作最后的调侃者，都堪称人杰。要做这样的人杰，必须具备两个条件，一是参透生死，视死如归。光是这还远远不够，还要具有幽默才能，或者干脆就是幽默大家。同时，还必须有极强的表现欲，不放过每一次施展才华的机会，否则，在最后的时刻，也会偃旗息鼓听凭命运的摆布。

最后的调侃，大而言之，可以提升人作为高级动物的品位：人不愧为人，还可以有如此非凡的作派！动物之王的狮子、老虎不行，就是庞然大物大象也不行！大象在临近寿终正寝时，通常是悄悄地离开亲朋好友，找一个僻静的地方自行了断。这在动物界，已经是很了不得了，但充其量只能归于崇高，离充满了优越感的幽默还有万水千山。最后的调侃还具有社会学意义，如有一定的教化作用，可作为普通人对死亡恐惧的安慰剂，广泛运用于心理咨询领域！它还可以丰富平民百姓饭后的谈资，为我们这个充满焦虑的社会，增加一点忘乎所以！

智慧如刀

智慧如刀，被智慧所伤，更有一种可怜在。

《梦溪笔谈》里载有这样一件事：陈述古担任建州浦城知县时，有一人家失窃，抓得一些有嫌疑的人，但没有办法辨别到底谁是盗贼。陈述古眉头一皱，计上心来。他骗这些有嫌疑的人说：某座庙里有一口钟，能辨认盗贼。于是派人把钟抬到后院中供起来，带来嫌疑者站到钟前，亲口告诉他们说，没有偷盗的人摸钟，钟不会响，偷盗的人摸钟，钟就会响。他又亲自领着同僚，恭敬严肃地向钟祈祷。祭祀完毕，用帷幕将钟罩住，又暗中让人将墨汁涂在钟上。过了一段时间，带来嫌疑者，让他们依次把手伸进帷幕里摸钟。出来后就检验他们的手，绝大部分的人手上都沾有墨，只有一个人没有。于是审讯这个人。这个人早已慌了神，承认自己是盗贼，原来他害怕钟会发出响声，不敢摸钟。

我们再来看一个智慧故事。

雍正元年秋，清朝大将年羹尧率军前往青海平定叛乱。到达西宁附近时，安营扎寨，饭后就寝。三更时，一群大雁从营帐上空飞鸣而过。年羹尧披衣而起，反复思忖：今夜天黑无光，大雁应该群宿在水边，如果没有人惊动的话，不会突然夜间飞行，且雁群飞行疾速，鸣声凄厉，起飞地点离这里不会太远。白天哨探报告，前去不远有群山水泊，是叛军经常出入之地。想必是叛军乘我远道而来，士卒疲困，夜间前来劫寨，以至惊动群雁。于是，马上设下埋伏。

不久，叛军骑兵朝清军伏设地点疾驰而来。叛军不知不觉便进入了清军的伏击圈，清军一声号令，秋风扫落叶般便把叛军给解决了。

还有一个例子，尽人皆知，那就是空城计。

当时，诸葛亮手下仅有搬运粮草的二千五百名士兵，而司马懿的十五万大军滚滚而来。若打将起来，司马懿的铁蹄必将把诸葛亮连同他的士兵踏得粉碎。若想脚板揩油溜之大吉，时间也来不及了，司马懿会追得他们屁股冒烟，最终只有做阶下囚的出路。聪明的诸葛亮没有决一死战，也没有开溜，而是大开四门，每一门用二十军士，扮作百姓，洒扫街道，其余人则藏起来。他披鹤氅，戴纶巾，引二小童携琴一张，于城楼上凭栏而坐，焚香操琴。

赶到城门前的司马懿见此情景，大为吃惊，恐有埋伏，速退。

上面所举的例子，都是以智慧降服对方的。智慧伤人，其实很残酷。那个可怜的盗贼，乖乖地成了陈述古智慧之刀下的牺牲品。想想他在摸钟前后心里所受的煎熬，用如坐针毡来形容，一点儿也不为过。小窃贼受到惊吓，也许没有高血压、心脏病，还会吓出高血压、心脏病来，说不定还会从此落下焦虑症来。偷点小东西，本来退了东西，到派出所接受接受教育也就可以了，受这等煎熬，惩罚大大地过头了。那伙栽倒在年羹尧手上的叛军，也是败得窝囊。估计那个头领，纵然没有被处死，也会因算计不如人郁郁而终。至于那个司马懿，回到家里得知内情后，不后悔得把血吐成太平洋才怪呢。诸葛亮道貌岸然，骨子里却是一个杀人不见血的主。

使用智慧，主要是人类的专利。别的动物虽然有时也表现出一定的机巧，但只是小小的机巧而已。智慧伤人，兵不血刃，显然没有刀对刀，枪对枪来得光明正大。但如果一味地强调光明正大的话，也有不公的地方，因为每一个人都有不同的基因，有身材高大的，也有身材矮小的，有身手敏捷的，也有笨手笨脚的，不使用智慧的话，一旦打将起来，那么身材矮小的、身手不那么敏捷的，显然就要吃亏了。我怀疑，一定是那些身材矮小的或身手不那么敏捷的人，为了生存，便在聪明上进化得更快一些。而这样一来，你的智慧进化了，占了上风，我处于下风，我的智慧也不得不进化，以适应不断变化了的社会，这样循环往复，智慧便肿瘤一样在人的大脑里疯长。

原来智慧乃是逼出来的！这可是小的一项伟大的发现。

智慧如刀，使用起来淋漓痛快，但其骨子里，也有一把辛酸泪。

幽默探案

中国历史上没有出过福尔摩斯那样的探案大家，但聪明的探案者还是有的，一些富有幽默感的探案者，说来令人喷饭。下面从历史典籍中摘下两段，以飨读者。

南宋刘宰为泰兴县县令时，一日，当地有一人前来报案，说遗失一枚金钗。案发现场，只有主人的两名女仆在。经过审讯，两人都矢口否认行窃。刘宰命两人分别各拿一支芦苇回去，说："这芦苇有灵，如果不曾偷取金钗，明天芦苇的大小不会改变，可是偷了金钗，那芦苇一定会长长两寸。"第二天，刘宰命两人各拿着芦苇前来察看，其中一支没变，另外一支却少了两寸。原来那偷了金钗的仆人害怕芦苇长长，事先就自作聪明地切去两寸。不想这样一来，反而露了马脚。在刘宰的呵斥之下，偷金钗的人只得乖乖地认罪。

宋朝人胡汲中在宁海做官时，一次碰上了这样一件事：一群妇女聚集在佛庵里念经，其中一名妇女的衣服遭人偷窃。胡汲中办事经过此地，妇女就请求胡汲中替她找回失物。胡汲中当场将大麦放在这群妇女的手中，要她们依旧双手合掌绕着佛像念经。胡汲中假装闭着眼睛，严肃地坐在一旁，并且说："我请求神明在天监督各位，凡盗取衣物的人，在绕佛几圈后，手中的大麦就会发芽！"胡汲中暗中观察到，其中一名妇女频频开掌看手中的大麦。于是，命人将这名妇女擒下。经审问，果真她就是窃衣的人。

探案者的智商，绝不在福尔摩斯之下，只因为他们术业没有专攻，探案只是他们繁杂的官场套路中的一项而已，所以专业成就只能屈居福尔摩斯之下了。如果他们能够像福尔摩斯一样，攻其一点，不及其余。说不定世界探案第一高手的美名，就是中国的某某的了。这些探案高手动一动脑子，便把犯案者玩弄得团团转，心理防线顷刻崩溃。如果让他们研究心理学，说不定可以成为一代宗师，如弗洛伊德。如果他们的幽默天才得以充分发挥，恐怕卓别林也要俯首称臣。

以上探案，堪称绝妙！但在欣赏之余，总有那么点遗憾。究竟遗憾什么，一时又说不清。沉思良久，觉得问题不是出在侦察层面上，而是出在道德层面上。揭开侦察这层外衣，我们发现，这是典型的以强凌弱的案例。当然，不是以武力，而是以智力。受害者应该受到的是法律的制裁，而不是被高智商伤害。低智商者在人格方面与高智商者是平等的，而他们事实上是被戏弄了。这种伤害，伤在心灵深处，可能使他们无地自容。不知读者诸君是否所见略同？

妒火三千丈

春秋战国时杰出的医学家扁鹊，广结良缘，却命运不济，葬身于妒火。

扁鹊在秦国行医。秦王脑袋甚不爽，听说扁鹊医术了得，便想请扁鹊替他治病。这本是件好事，可偏偏太医令李醯十分不自在，他怕自己的位子被夺去。

他逮了个机会对秦王说：“我的王啊，您不要受扁鹊那小子的骗，那是个一肚子稻草的江湖游医。”

“何以见得？”秦王问。

“很多人都这么说。”李醯眼珠很活溜地转动着说。

“还是试试吧！”秦王有病笃乱投医的心理，他对那班饭桶太医已失去了信心。

“我的至高无上的王啊，这事可万万使不得！要是有什么差池，可不得了。”

“你哪有这么啰唆！”

“王啊，你的病在耳之前，目之下，若让扁鹊那小子来治，不把你的耳朵搞聋眼睛弄瞎才怪呢！”李醯施以恐吓术。

“哦……”贪生怕死的秦王犹豫了。

不久，李醯遣杀手暗中把扁鹊做了。

嫉妒之火葬送了一代名医。扁鹊的名著《扁鹊内经》也因之失传了。

中外科技史上，被妒火烧烤的杰出人物不计其数。

法拉第的遭遇颇为典型。

法拉第进入皇家学院之后，进步非常之快。

天才的法拉第跟随老师戴维和另外几位科学家，学到了丰富的知识，并在这些前辈科学家屡试屡败的领域里大获成功。他制作了一个装置，把电流接通时，实现了通电导线绕磁铁公转。这就是世界上第一台原始的电动机。他的前辈科学家只是发现了旋转力的存在，而法拉第则实现了长久的旋转运动。

戴维是个大科学家，但当一个地位低下的实验助手突然之间超过了自己时，他的胸腔便容不下这万水千山了。他放出风来，说法拉第剽窃了沃拉斯顿的成果。戴维是皇家学会会长，他的话自然是重量级的，弄得法拉第有口难辩，心灰意冷地丢下电磁学方面的实验而去忙别的了。

戴维还以皇家学会会长的身份，大发淫威，一票否决了法拉第加入皇家学会的资格。

中国古语云：“青出于蓝而胜于蓝。”“弟子不必不如师，师不必贤于弟子。”好个戴维，在这大是大非问题上，一点也顾不得师道顾不得德性了。

1829 年戴维去世后，法拉第才又重新进入电磁学领域。这期间，他在自己并不感兴趣的其他领域里工作了近十年。之后，法拉第大放异彩。1831 年，他实现了许多年以前构思好了的变磁为电的理想，发现了具有划时代意义的电磁感应。

嫉妒使人人格变得渺小。这个心灵的魔鬼到底是个什么东西呢?

心理分析大师弗洛伊德说：“嫉妒是感情状态之一，就像忧郁，是正常的反应。”他甚至认为，自认为从不嫉妒的人，可能是自欺欺人，不然就是压抑这种感觉或故意忽视。

嫉妒人人有，但我们可以用理智的闸门使其不致泛滥成灾。

有好事者为嫉妒者和被嫉妒者各开了张灭火处方，颇为有趣，现录下以娱读者。

A 给嫉妒者：

避强就弱法。如感实力不济，可降格以求，到一个自己能力可及的交椅上去捉瞌睡虫。

目标迁移法。承认每个人的天赋不同，扬长避短，发挥潜能。

B 给被嫉妒者：

拉大距离法。努力做出更好的成绩，拉大与嫉妒者的距离，当这种距离使嫉妒者产生望尘莫及的感觉时，其嫉妒心理自然会减弱。

有意示弱法。在与嫉妒者的交往中，有意突出自己的不足，使对方有机会得到心理上的满足。

处方虽妙，可惜已是马后炮。就算不是马后炮，应付得了一般妒火，面对妒火三千丈的妒王们，恐怕也爱莫能助！

那就让妒王们烧吧烧吧，一不留神烧成一只怪味乳猪，亦可供后代一品再品！

古代牛人如何卖自己

元代杂剧《马陵道》的开头即“楔子”云：“学成文武艺，货与帝王家。”作为社会中人，许多是需要将自己的智力、体力等出卖的。出卖是一种惯常的行为，而怎么卖，则大有讲究。下面，笔者翻出几位古代牛人如何将自己卖个好价的事例来，供读者朋友茶余饭后消遣。

姜太公年轻的时候干过宰牛卖肉的屠夫，也开过酒店卖过酒。但他人穷志不短，始终勤奋学习天文地理、军事谋略，研究治国安邦之道。他在没有得到文王重用的时候，住在陕西渭水边一个地方。那里是周族领袖姬昌（即周文王）统治的地区，他希望能引起姬昌的注意，实现自己的抱负。

太公常在一个叫番溪的地方垂钓。一般人钓鱼，都是用弯钩，上面挂着饵食。太公的钓钩是直的，上面不挂鱼饵，也不沉到水里，离水面三尺高。他一边举起钓竿，一边自言自语道：“不想活的鱼儿呀，你们愿意的话，就自己上钩吧！”

一天，有个打柴的来到番溪边，见太公用不放鱼饵的直钩在水面上钓鱼，便对他说：“老先生，像你这样钓鱼，100 年也钓不到一条鱼的！”

太公举了举钓竿，说：“对你说实话吧！我不是为了钓到鱼，而是为了钓到王与侯！”

太公奇特的钓鱼方法，终于传到了姬昌那里。姬昌知道后，派一名士兵去叫他来。但太公并不理睬这个士兵，只顾自己钓鱼，并自言自语道：“钓啊，钓啊，鱼儿不上钩，虾儿来胡闹！”

姬昌听了士兵的禀报后，改派一名官员去请太公来。可是太公依然不搭理，边钓边说：“钓啊，钓啊，大鱼不上钩，小鱼别胡闹！”

姬昌这才意识到，这个钓者必是国之栋梁，要亲自去请他才对。于是他带着厚礼，前往番溪去聘请太公。太公见火候已到，便答应为他效力，做了太师，也即军队的统帅。

后来，姜太公辅佐文王，兴邦立国，还帮助文王的儿子武王姬发，灭掉了商朝。

汉末，黄巾起义，天下大乱。汉宗室豫州牧刘备听徐庶和司马徽说诸葛亮很有学识，又有才能，就和关羽、张飞带着礼物到隆中（今湖北襄阳城西南）卧龙岗去请诸葛亮出山辅佐他。

谁知料事如神的诸葛亮避而不见先他们一步出去了，刘备只得失望地回去。不久，刘备又和关羽、张飞冒着大风雪第二次去请。不料诸葛亮又先他们一步出外闲游去了。张飞本不愿意再来，见诸葛亮不在家，就催着要回去。刘备只好留下一封信，表达自己对诸葛亮的敬佩和请他出来帮助自己挽救国家危局的意思。

过了一段时间，刘备准备再去请诸葛亮。关羽说诸葛亮也许是徒有虚名，未必有真才实学，不用去了。张飞则主张由他一个人去叫，如他不来，就用绳子把他捆来。刘备把张飞责备了一顿，又和他俩第三次请诸葛亮。当他们到诸葛亮家前，已经是中午，诸葛亮正在睡觉。刘备不敢惊动他，一直站到诸葛亮醒来，才彼此坐下谈话。

诸葛亮觉得是时候了，终于答应出山。他被委以军师重任，全权指挥所有战事，帮助刘备建立了蜀汉皇朝。

唐代的卢藏用出身大族，他爷爷曾官至财政部长，自己又是天下有名的文学青年，很容易就考上了进士。不过，考上进士后的卢藏用却怎么也得不到人事部主管官员的赏识，好久都没有安排他上岗工作。

郁闷之下，他煞有介事地写了一篇《芳草赋》，发了一通牢骚，以吸引眼球，然后就颇有心计地跑到终南山当起隐士来。

到京城附近的终南山隐居而不到别的地方隐居，是有奥秘的，因为这里离京城近，更容易引起朝廷注意。

在古代，一个人做隐士，别人便觉得他淡泊名利，是个道德高尚的人，颇得称赞。朝廷为了粉饰自身，也乐于用隐士。

卢藏用借隐居博得了很大的名声。

果不其然，他引起了武则天的关注，被召出山。他后来做了大官，官至尚书左丞，属朝廷领导人。

以傲慢成就他人

魏国有一位看守大梁城东门的小吏，叫侯嬴。求才若渴的魏公子信陵君听说他一肚子才华，于是为他办酒宴，约请很多如雷贯耳的贵宾前来作陪。公子带着车马，亲自去迎接东门的侯嬴。侯嬴整理了一下破旧衣帽，径直上车坐上上座。公子握着驭马的缰绳，驾车前行。侯嬴对公子说："我有个朋友在街上肉市内，希望你跟我绕道去拜访他一下。"公子立马答应了，驾着车前往闹市。侯嬴从车上下来，见到朋友朱亥，故意长时间站着跟他谈话，暗中观察公子。公子始终脸色温和，没有一点儿不耐烦的迹象。当时，魏国的将相宗室和其他宾客坐满堂上，等着公子来开宴。这边街市上的人们，看着公子亲自执辔。跟随公子的骑马的卫士暗中骂侯嬴。侯嬴看公子的颜色始终不变，才辞别了朋友上车。到了公子家中，公子把侯嬴让到上座，向宾客隆重介绍。

王生是汉初的一名隐士。一次，老先生应招入朝。当时三公九卿均在场。王生的鞋带松了，他对身旁大名鼎鼎的廷尉张释之说："麻烦你给我把鞋带系好。"廷尉类似于最高人民检察院检察长。张释之毫不犹豫地跪下，替王生系好了鞋带。

以上两个例子中的侯嬴、王生，傲慢中充满了成就他人的智慧。为什么这么说呢?

魏公子信陵君设宴并亲自驾车去接一个守门的小吏，已是特别地礼贤下士了，能赢得相当的掌声。而侯嬴却看似很傲慢，让接他的车队绕道去看朋友，并耽搁了不短的时间，对此，公子一点儿也不恼，没有把事儿引向悲剧而引向了喜剧，加分又加分。侯嬴整个过程都在演戏，如他毫不谦让地坐上上座，如他节外生枝地提出让车队绕道闹市会朋友，如他有意耽搁时间，等等，一环一环，演得丝丝入扣。其意是让信陵君把礼贤下士的戏演到极致，既高又大又全。侯嬴是在往死里帮信陵君。侯嬴确是个特别有智慧的人，他后来献计窃符救赵，帮了公子大忙。

那个王生，也是个不同凡响的角色。事后，有相好的人问王生为什么要在朝廷上羞辱张释之。王生说："我年纪大了，地位也不高，人微言轻，用平常方法，难以帮上张廷尉什么忙，所以才这样做。张廷尉是天下名臣，我如此羞辱他而他一点儿也不在意，说帮我系好鞋带就帮我系好鞋带，这能很好地增强他的好名声。"王生这一挖空心思的曲径通幽法，确实很好地帮了张廷尉一把。

由此，我想到了史上有名的韩信受胯下之辱的典故。说的是：韩信少年的时候，经常挎着宝剑在市面上溜达。有个市井少年对韩信说："你虽然长得高大，喜欢佩带刀剑，其实是个胆小鬼。"又当众侮辱他说："你要不怕死，就拿剑刺我；如果怕死，就从我胯下爬过去。"韩信考虑了一下，低下身去，趴在地上，从他的胯下爬了过去。这个典故的正解，那个市井少年被解释成了恶少。世上的事物常常是复杂的，能不能有另一种解释呢？能不能解释为那个少年看韩信成天无所事事地游荡，觉得他的才华会浪费去了，便冒着可能做韩信剑下之鬼的巨大风险，制造了这一非常事件，以激起韩信万丈雄心，建功立业，使此奇耻大辱不但不会被减分得一塌糊涂，而且能为他加分得一塌糊涂。应该是有这种可能的。果如此，那市井少年也成了不乏智慧之辈了。

失败得精彩

人都渴望成功，但在人的一生中，成功的事儿不多，反而是失败常常如影相随，让人们很是沮丧。不过，也有一些聪明人，虽然没有能摆脱失败，但却利用了失败，失败得很是精彩。失败得精彩，有时候比平常的所谓的成功，更为成功。我现在就陪各位读者朋友来策一策这个有趣的话题。

北大的学子，承载着的社会期望值是很高的，但想要成功，一样地很困难，虽说不是难于上青天，但也差不到哪里去。做科学的，最牛的，当然是成为爱因斯坦，成为华罗庚，退而求其次，也应做个两院院士什么的。做学问的，最牛的，当然是成为钱锺书什么的，次点的，也应做个季羡林什么的。而要成为最牛的人，就是北大的学子，恐怕也是万里挑一甚至概率更低。次一点的，也起码千里挑一。百分之九十九点九以上的人，就只有悲剧地沉默了。而有一个叫陆步轩的北大中文系的学子，便通过失败得精彩这条捷径，脱颖而出。他选择了一个对北大毕业生来说可说是极端失败的职业——卖肉，一跃而成为红遍全国的家喻户晓的新闻人物，他的卖肉生意也因之风生水起。他的知名度比之一般的院士、学者什么的，高出了成千上万倍，并且很可能青史留名。他失败吗？不，我认为他显然是成功了。假若我是北大生的话，也很可能走陆步轩一类捷径的。不然，就是汗流浃背呕心沥血，成功都可能与我背道而驰。

再讲一个例子。那个败在诸葛亮手下的司马懿，也可以说败得精彩。如果不是败在中国第一智者诸葛亮的手下，如果不是败在诸葛亮最具智慧的空城计之下，尽管他司马懿当时地位也还显赫，但随着时间的风吹雨打，也是不可能永垂不朽的。而因了他选择了败在诸葛亮的空城计之下，历史虽然沧海桑田，他司马懿却永远活在了人们的心中。据当代一些学者考察，认为司马懿当时是识破了诸葛亮的空城计的，但他却很诡异地退兵了。他以一退成全了诸葛亮，也成全了自己。要知道，如果他司马懿胜了，也不过是一场平常的胜利，而败了，却败得煞是精彩，成了一个永恒的话题！

说了武的，再来说个文的。我若是个文人且与鲁迅先生同时代的话，我会选择做鲁迅的《阿Q正传》的同题小说。如考虑到侵权可能带来的麻烦，我会选一个最贴近的题目《阿Q副传》，并在《阿Q正传》发表后立马在同一刊物上跟进发表，挑战鲁迅的权威。虽然我的半吊子才华不可能与鲁迅先生的天才同日而语，我的失败是注定了的，但因为粘上了鲁迅粘上了《阿Q正传》，不仅当代文学史会提到我，千年以后的古代文学史，因了《阿Q正传》，仍然有可能提到我，说不定还有一些文学考证者，会把我喜欢大众广庭上无遮拦地剔牙的不文雅的举动，都一一考证出来。我若不傍上了鲁迅不傍上《阿Q正传》，凭我那点小聪明，傻乎乎地自创自作，传世之作肯定离我十万八千里，哪有此等美事？只可惜我生不逢时，错过了鲁迅错过了《阿Q正传》。

目下，我时刻睁大贼亮的眼睛，搜寻可以让我失败得精彩的目标。失败得精彩，事半而功千百倍，连傻瓜都不忍心拒绝的。只是绝大部分人还没有领悟到此中奥妙而已。我的杰作一出笼，胜过一堂超级启蒙课，相信会掀起一股寻求失败得精彩的汹涌澎湃的浪潮。绝对的！

自污能救命

王翦是战国时期秦国著名战将，效命于秦始皇麾下，为秦始皇统一天下立下了汗马功劳。可就是这位王大将军，却在始皇面前显露了自己贪婪的一面。秦始皇攻楚失利，登门请王翦出兵。王翦借机提条件，要良田屋宅土地。秦始皇满口答应，他这才率六十万大军征楚。王翦率军行至关口，贪心又爆发，五度派使者回朝向秦始皇求良田。原本一脸忧郁的秦始皇不但没有恼怒，反而如释重负，笑逐颜开。

初一看，王翦似乎是个十足的庸俗之辈，他带兵打仗，不是为了建功立业，留名青史，甚至抱负更宏伟，而是为了钱财。是这样的吗？他在做这些的时候，他的特别亲近的部下看不下去了，一再提醒他不要太过贪婪。王翦这才对特别亲近的部下悄悄说出了自己的良苦用心：秦王生性多疑，如今秦国全国士兵尽交到自己手中，此时唯有向秦王提出诸多要求，才可以表明自己除了钱财以外别无他求，借此消除秦王怕他拥兵自立的疑惧，以防不测。

也是的，做为拥有至高无上权力的国君，土地是他的，城池是他的，人口是他的，美女就更不用说了，一切的一切，包括一花一草，都是他的。拥有的越多，怕失去的担心越强烈。就是一只蚂蚁从对面爬过来，他都怀疑它的后脑勺是否生有反骨。一个人走过来了，就是对方手无缚鸡之力风都能刮倒，他也可能觉得对方很像是图穷匕首见的恐怖的荆轲。对于手握重兵的王翦，他不防，除非大脑冷冻了，但那时还没有冷冻技术，不可能的。也是的，六十万大军呀，如果瞬间轰轰烈烈地开过来，别说一座小小的王宫了，就是整座王城，都有可能被碾压成粉末。那他这个国君也就做到头了，死了死了那是铁定了的，不身首异处，就是最好的结局了。每想到此，秦始王不寒而栗，夜不能寐。就是强大的安眠药阿普唑仑穿越到了秦国，秦始皇那小子一把一把吃豆子一样，都难见效果的。有的只是梧桐树，三更雨，一叶叶，一声声，空阶滴到明的漫漫长夜。秦始皇见王翦如此小儿科的做派，焉有不如释重负，笑逐颜开之理？

秦始皇被王翦那老匹夫耍了。那老匹夫的手段，是自污，通俗地说，就是往自己身上泼粪，把名声弄臭。这一招的护身功能还真是了得，王翦躲过了杀身之祸，得以善终。如果不是这样的话，不但杀身之祸难以避免，而且，可能会死得很惨。秦国在商鞅身上试过钢火的车裂，很可能也用来招待王翦的。所谓车裂，就是把人的头和四肢分别绑在五辆车上，套上马匹，分别向不同的方向拉，这样把人的身体硬撕裂为六块，所以名为车裂。有时，执行这种刑罚时不用车，而直接用五匹马来拉，所以车裂俗称五马分尸。受刑人身受的痛苦可想而知，真个是惨、惨、惨！

与王翦一样遇到了同样的人生大考的还有不少，萧何就是其中最典型的一个。

萧何为汉高祖刘邦夺得天下立下了大功。他这人，在钱财方面原本没有嗜好。起初，他力辞高祖的封邑，并拿出许多家财，拨入国库，移作军需。刘邦在前线征战，每次萧何派的送军粮的使者来到前方时，刘邦都要问：“萧相国在长安做什么？”使者回答，萧相国爱民如子，除办军需以外，无非是做些安抚、体恤百姓的事。刘邦闻之，总是默不作声。心里指不定在想：好个萧何，如此这般，莫不是怀有异心？

萧何得知刘邦这么关心他，琢磨来琢磨去，终于悟出了道道，惊出一身冷汗。从此以后，他大肆聚敛财富，时不时与民争利，贪婪得像换了一个人。萧何的贪婪，还招致了老百姓的投诉。刘邦接受百姓投诉，不但不恼，内心里还十分高兴，对萧何的怀疑也逐渐消失。萧何运用自污的智慧，得以远祸全身。他比他的那个战功赫赫的同事韩信能干多了。韩信如果效法同事萧何及前辈王翦，玩弄玩弄自污这个法宝，就不会被吕后那个更年期女人一时焦虑屠宰于未央宫了。可惜历史不可以倒车，韩信就是再后悔，也没有后悔药可吃，只能在阴间学得乖一点了。

“空城计”是个局

“空城计”的故事梗概是这样的：

三国时，诸葛亮因错用马谡而失掉战略要地——街亭，魏将司马懿乘势引大军十五万向诸葛亮所在的西城蜂拥而来。当时，诸葛亮身边没有大将，只有一班文官，所带领的五千人的军队，也有一半运粮草去了。众人听到司马懿带兵前来的消息都大惊失色。诸葛亮对众人说：“大家不要惊慌，我略用计策，便可教司马懿退兵。”

于是，诸葛亮传令，把所有的旌旗都藏起来，士兵原地不动，如果有私自外出以及大声喧哗的，立即斩首。又叫士兵把四个城门打开，每个城门之上派 20 名士兵扮成百姓模样，洒水扫街。诸葛亮自己披上鹤氅，戴上高高的纶巾，领着两个小书童，带上一张琴，到城上望敌楼前凭栏坐下，燃起香，然后慢慢弹起琴来。

司马懿的先头部队到达城下，见了这种气势，不敢轻易入城，急忙返回报告。司马懿听后，便令三军停下，自己飞马前去观看。司马懿看后，恐有埋伏，便令后军充作前军，前军作后军撤退，一退四十余里。

历来，“空城计”被吹成诸葛亮的得意之笔，甚至被吹成了中国军事史上的得意之笔，军事名著《三十六计》中，便有“空城计”。而我却从中看出了狡猾、荒诞等。下面，我们将“空城计”放到火上来烤一烤，看能烤出些什么异样的味道来。

传统的解释认为：“空城计”体现了诸葛亮的狡猾。诸葛亮当时的情势，已危如累卵，如果不采取非常措施，顷刻之间，便有可能全军覆没，自己也可能成为阶下囚。但诸葛亮不愧是制造了草船借箭与火烧赤壁的狗头军师，利用司马懿的多疑心理与自己平生谨慎、不曾弄险的表象，眉头一皱，计上心来，导演了这幕空前绝后的“空城计”。果然中计的司马懿事后不知做何感想？当时，他离巨大胜利只一步之遥了，却因为一时的犹豫而误了大事，他不后悔得吐血，恨诸葛亮太狡猾才怪呢！

“空城计”很荒诞。据考证，历史上诸葛亮并没有使用过“空城计”，那是《三国演义》的作者罗贯中天马行空的虚构。分析“空城计”，发现漏洞颇多，不可思议。有人质疑说，司马懿不敢进攻，无非是怕有埋伏，那么派一队精干的兵马进去侦察一下为何不行？说不定一侦察，诸葛亮马上便原形毕露了。再者，司马懿与诸葛亮近在咫尺，何不命令部队万箭齐发，一阵乱箭把诸葛亮射死？还有，司马懿有十五万大军，处于绝对的优势，诸葛亮面前就是不是一座空城，可调动的军队也十分有限，这一点战争情报司马懿应该早就获得了，那么司马懿可以围而不打，以观动静，待确定是一座空城后，再给以致命的一击，也不为晚。难道作为十五万大军统帅的司马懿，连以上这些都没有想到？是不是他出发的前夜，一不小心掉到酒缸里灌多了酒，以致长途跋涉见着了诸葛亮酒还没醒？

我觉得，“空城计”是一个局。司马懿之所以见一座空城不攻，反而后退四十里，并不是诸葛亮的“空城计”糊弄住了他，而是另有深思熟虑：曹魏政权之所以重视他，是因为蜀国大名鼎鼎的诸葛亮，只有他能与之匹敌，有诸葛亮在，如果曹魏政权不使用他，那诸葛亮北伐中原的愿望就可能成为现实。而一旦诸葛亮被消灭了，兔死狗烹，鸟尽弓藏，他司马懿的末日也就在眼前了。聪明的司马懿对此再清楚不过了。而诸葛亮也不是没有想到司马懿会识破他的阴谋诡计，但他也与司马懿心有灵犀一点通，料定司马懿不会愚蠢到不放他一马。于是就放心大胆设了这个看似荒诞、实则意味深长的局，双方都好下台。

状元最大的本事是泡公主

状元自嘲说：我就一会考试的机器而已，没什么大本事的。诗仙、诗圣是状元吗？唐宋八大家是状元吗？四大名著的作者是状元吗？都不是。我最大的本事是泡妞，泡皇帝的妹妹或女儿，你们在戏曲里常见到的。

杨贵妃自嘲说：除了美貌，我一无所有。美貌既不能当衣穿又不能当饭吃，不知李隆基为何受骗上当如痴如醉！

唐代一富商自嘲说：商人重利轻离别。正是的，为了白花花的银子，我连倾国倾城的琵琶女都可以冷落的，让白居易那花花公子占了便宜！

比尔·盖茨自嘲说：人生最大的悲哀是什么？就是人死了，钱还没有用完。为什么不多捐一点儿呢？为什么不裸捐呢？金钱如粪土。拥钱而眠，很可能臭了自己的名声。

尼克松自嘲说：总统是什么，也就一政客而已。为了保住权力，同样可以捅破道德底线，不择手段的。

凡·高自嘲说：我就一信笔涂鸦的。尊我为画家，已是好笑，把我的那些玩意儿拍成天价，简直笑掉大牙。说不定这是个阴谋，拥有我画的人们精心炮制的阴谋，拼命抬价，意在抛售。

巴顿自嘲说：我也就一武夫而已，与希特勒玩玩打仗还可以，做别的，没兴趣。比如打鱼，我会三天打鱼，两天晒网的。

十大搞笑成语

10. 请君入瓮

有人告密文昌右丞周兴与人串通谋反，武则天命来俊臣审这个案子。来俊臣请周兴到家里做客，一边议论一些案子，一边相对饮酒。来俊臣对周兴说：“有些囚犯再三审问都不肯认罪，有什么办法使他们招供呢？”周兴说：“这很容易！只要拿一个瓮，用炭火在周围烧，然后让囚犯进入瓮里去，什么罪他敢不认？”来俊臣就吩咐侍从找来一个瓮，按照周兴的法用炭在周围烧着，之后对周兴说："有人告密你谋反，太后命我审问你。请老兄自己钻进瓮里去吧！"周兴非常惊慌，当即磕头认罪。

9. 买椟还珠

楚国有个商人卖珍珠，装珍珠的盒子做得十分精美。盒子的木材是珍贵的木兰木，且用桂椒熏过，玉石与翠鸟的羽毛点缀其上。一个郑国人买了货，只要盒子，把珍珠还给了商人。

8. 东施效颦

西施是"四大美女"之一，春秋时越国人。她有心痛的毛病，犯病时手捂胸口，皱着眉头，比平时更美丽。同村女孩东施学着西施的样子捂住胸口，皱着眉头，因其本来就长得丑，再加上刻意地模仿西施的动作，装腔作势，让人更厌恶。

7. 刻舟求剑

有个楚国人坐船渡河时，不慎把剑掉入江中。他在船上刻下记号。当船停下时，他沿着记号跳入河中找剑，遍寻不获。

6. 黔驴技穷

有个多事的人用船载了一头驴进入黔地。运到后却没有什么用处，就把它放到山下。一只老虎看见它，觉得它是个巨大的家伙，可能不好惹，于是隐藏在树林里偷偷地看它。驴叫了一声，老虎非常害怕。之后老虎又来来回回地观察它，觉得它没有什么特别的本领似的。老虎逐渐熟悉了驴的叫声，走近了一些，出现在它的身前身后，但仍不敢进攻它。随后，老虎又靠近驴，不断冲撞、冒犯驴。驴非常愤怒，用蹄子踢老虎。老虎于是很高兴，心里盘算着："驴的本领只不过如此罢了！"于是大吼一声，猛扑过去，咬断了驴的喉管，吃尽了它的肉。

5. 守株待兔

宋国有个农夫，他的田地中有一截树桩。一天，一只跑得飞快的野兔撞在了树桩上，撞断脖子死了，被这个农夫拾到。之后，农夫不再种地，痴痴地守在树桩旁，希望能再得到兔子。结果一再失望。

4. 狐假虎威

老虎捕捉各种野兽来吃，捉到一只狐狸。狐狸对老虎说："你不能吃我，我是上天派来做群兽的领袖的。如果你吃掉我，就违背了上天的旨意。你如果不相信我的话，我在前面走，你跟在后面，看看群兽见了我，有哪个敢不逃的。"老虎信以为真，就跟在狐狸后面。群兽见了老虎，都纷纷逃跑。老虎不明白群兽是害怕自己才逃跑的，以为是害怕狐狸。

3. 掩耳盗铃

一个贼路过一家人门前，发现门前挂着一个漂亮的铃铛。他很想要那个铃铛，可是，怎样才能拿到呢？直接去取吧，铃铛就会发出声响，别人就会发现。后来他想，把耳朵塞住，不就听不到铃声了吗？于是当天晚上，他用棉花塞住耳朵，来取铃铛。当他的手一碰到铃铛，铃铛就响了，主人立即把他抓了起来。

2. 自相矛盾

楚国有个卖矛又卖盾的人，他首先夸耀自己的盾，说："我的盾很坚固，任何东西都无法穿破它！"然后，他又夸耀自己的矛，说："我的矛很锐利，任何东西都不能不被它穿破！"有人问他："如果用你的矛去刺你的盾，会怎么样？"楚国人张口结舌，回答不出来。

1. 挥汗成雨

楚国想侮辱齐国使臣晏子，因他身材矮小，楚国人就在城门旁边特意开了一个小门，请晏子从小门中进去。晏子说："只有出使狗国的人，才从狗洞中进去。今天我出使的是楚国，应该不是从此门中入城吧。"楚国人只好改道请晏子从大门中进去。晏子拜见楚王。楚王说："齐国派你来，恐怕是没有人了吧？"晏子回答说："齐国首都临淄有七千多户人家，人挨着人，肩并着肩，用手抹汗，洒得就像下雨一样，怎么能说齐国没有人呢？"楚王说："既然这样，为什么派你这样一个人来做使臣呢？"晏子回答说："齐国派遣使臣，各有各的出使对象，贤明的人就派遣出使面见贤明的国君，无能的人就派遣出使面见无能的国君，我是最无能的人，所以就只好出使楚国了。"

词语大贬值

美女：原指年轻美貌的女子。但近些年来，这个词语贬值得一泻千里。只要是一个雌性高等动物，都有被称作美女的危险，就是你丑得一塌糊涂，也丝毫不妨碍别人称你美女。如果你不但丑得一塌糊涂，而且老得一塌糊涂，也会被特别尊重妇女的现代人恭维为资深美女的。俗话说，吃了三年粮，碰到老母猪当貂蝉。现代人恨不得把所有的女性都当貂蝉，管它老母猪不老母猪！

老板：原指私营工商业的财产所有者。但近些年来，这个词语也贬值得厉害。到菜市场买菜，碰上菜贩，人们都习惯性地称对方为老板。老板，买把菠菜，老板，买斤肉之类的声音，不绝于耳。只差没有把乞丐也称作老板了，也算还有一点底线。

状元：原指科举时代进士第一名，一次考试，全国只有一个，独一无二。但近些年来，这个词语也贬值得厉害，状元被滥用得无以复加。与状元有一点关联的高考状元，应运而生，但范围无限地扩大了，不是全国唯一，而是省有省状元，市有市状元，县有县状元，并且又分为文科状元、理科状元，等等，状元帽子满天飞。更可乐的是，行行出状元，什么养鸡状元、养猪状元、养牛状元，应有尽有。

经理：原指某些企业的负责人。但近些年来，这个词语也贬值得厉害。一个企业中，冒出了无数个经理，一个业务员，名片上常常高调地印着业务经理的头衔；一个柜台的头目，类似于原先的小组长的，更是当然地在名片上印着什么什么经理的头衔。连走街串巷收废品的个体户，都勇敢地在名片上标上某某收购站经理的头衔。经理一词，肯定是被严重侵权了，但没有人替它伸冤的。

大学生：若干年前，大学生可是名副其实的天之骄子，国家分配工作，好单位多的是。但三十年河东，四十年河西，曾几何时，情势发生了惊天大逆转，大学毕业即失业的现象，比比皆是。大学生争抢环卫工岗位的新闻，时有所闻；大学毕业生的起薪不如农民工，也是旧闻了。

博士：博士在人们最初的印象中，曾无比地光鲜，那是站在金字塔塔尖的杰出人才。可近些年来，博士一词贬值得令人目瞪口呆。原因是中国博士“大跃进”，在很短的时间内，成了博士培养第一大国，博士铺天盖地，而培养的条件又没有大的改善，纯粹是放羊，纯粹是往博士阵营里拼命地灌水。有网友调侃说，如今博士也很不值钱了，应该考虑在博士之上再设壮士，壮士之上再设圣斗士。

专家：原指某一领域里有建树的人才。但近些年来，这个词语也霉变得厉害。在人们的眼里，专家满嘴跑火车，尽是忽悠老百姓。如有专家称，某某食品中的有害物质只要控制在一定范围内，对人体无害云云，令人愤慨得咬牙切齿。

教授：教授曾经也是一个很神圣的名称，就是名牌大学，也没有多少教授的，是精英。但近些年来，这个词语也跌入了深渊。目下，满世界都是教授，上个厕所，都可能碰上一打教授。在高校，如果你不是教授只是个副教授或者讲师什么的，说出来都觉得有些寒碜。有报道说，某大学连管食堂的膳食科长都是教授。

著名：原是很有名的意思。但近些年来，这个词语也大大地缩水。一个名不见经传的人，也可以大言不惭地享受著名作家、著名诗人、著名画家、著名教授、著名经济学家、著名演员、著名歌唱家、著名记者等等桂冠。仿佛不在前面郑重地加上著名二字，其分量就轻于鸿毛一样。倒是那些真正著名的人，被一班著名的南郭先生给搅和得面目全非了。

成语乱弹

蝇头小利——小利也是利，积土成山，积水成渊嘛!

引狼入室——动物园的惯用伎俩。

一寸光阴一寸金——对于绝望者来说，度日如年，何来金呀什么的。

野火烧不尽，春风吹又生——原子弹炸过的地方呢?

望梅止渴——科学证明的确如此。

天无绝人之路——那为什么还有那么多人自杀?

巧妇难为无米之炊——可以做面条做饼子呀。

挥汗如雨——小心中暑。

含笑九泉——被癌症吓死的人能如此吗?

天涯若比邻——比邻若天涯。

寡不敌众——把历史上以少胜多与孤胆英雄的事例通通删去。

废寝忘食——摧残身体，缺乏人本意识。

凡事预则立，不预则废——那为何还有急中生智之说呢?

独占鳌头——太霸道了，别人会嫉恨的。

得陇望蜀——深谋远虑。

臭名昭著——这年头，出名就好，管它臭不臭。

吃一堑，长一智——一定要吃一堑才能长一智吗?学费太高了。

不修边幅——走原生态路线。

不求甚解——速读的艺术。

剜肉医疮——医学上已这样做了。

闭门造车——空调车间，不便开门也哥哥。

拯救格言

格言是语言精华，从某种意义上说，等同于真理。但凡事都有例外，有些格言，并不严密，甚至这里那里，露出一个又一个破绽，等待我们去拯救。下面，我就试着来为一些司空见惯的病态格言开几张处方。

为富不仁。它的意思是：只求自己发财致富，没有仁慈的心肠。这句格言，用在尚处在原始积累阶段的社会形态中时，真理的成分比较大，但用在当下社会，就有些乱弹琴了！

要使这句话仍然是真理，首先要把比尔·盖茨、巴菲尔、李嘉诚等超级富豪从地球里驱逐出去，因为他们均是地球上屈指可数的大慈善家。至于是流放到火星还是别的什么星球上去，无所谓，不在地球上就行。光这样还不行，还必须把有关他们的行善记录，从地球上所有的文字中删去。同时，还必须给所有地球人洗脑，把有关他们行善的记忆，抹灰尘一样完全彻底抹掉。还有，为防止新的大慈善家雨后春笋，应组织一个特务组织，对所有有慈善意向的人士进行恐吓，使他们视慈善为畏途，全体裹足不前！

有志者事竟成。它的意思是：有志气的人，事情终能成功。这条格言，不知害了多少人！受害者如果要一齐吐苦水的话，长江、黄河之后，一定会出现一条苦江，其浩浩荡荡之势，还有可能在长江、黄河之上。

要让这条格言没有忽悠的话，我们的上千所高等学府，全部要成为北大、清华，最好每个县都有一所北大、清华。这是对莘莘学子而言的。对做文学梦的人来说，要准备千万顶文学大师的帽子，以供文学青年们选用。对欲经商办企业的朋友们来说，那又得准备千万顶跨国公司董事长的帽子，让他们过一过当大企业家的瘾。至于是不是名副其实，那是过后再考虑的事，先救急要紧。

天才是一份灵感加九十九份汗水。这句由某大科学家创造的格言，流毒甚广，害人不浅。在我们这个社会，竞争不可谓不激烈，愿意挥汗如雨而出人头地的人，比比皆是。如果照这句格言说得那样，那牛顿、爱因斯坦可能就不止一个两个，而是成千上万，多如蚂蚁或者路边的小草。这句话应该倒过来说，“天才是九十九份灵感加一份汗水”才是。

如果要让这条格言完全正确的话，只有一个办法，就是借助现代最尖端的生殖科学技术，在每一个地球人的大脑里一一植入牛顿或者爱因斯坦的无与伦比的基因。

失败乃成功之母。这句格言也严谨不到哪里去。莱特兄弟最初造飞机失败，它确实成了成功之母。我国古代绑在土制火箭上欲上天的人的行为，也勉强可以说是成功之母。但现代这里那里报道的农民造飞机失败的新闻，还说它是成功之母，就有些滑稽了，他们的行为，顶多能博人一笑而已。我们连航天飞机都能造了，难道还要从农民造飞机失败的行为中寻找什么灵感不成吗？显然不可能。至于有现代人再把自己绑在土制火箭上欲上天，那不但毫无参考价值，而且，会被人自然而然想到那人是不是从精神病院里深更半夜爬墙出来的。

拯救这条格言，是必须把每一个失败者的行为，都提到一个相当的高度，使他们的行为，能对当代科学有所帮助，比如造飞碟等人类还没有什么先例的东西。

只要有恒心，铁棒磨成针。这又是一句家喻户晓的格言。这格言也是一条有破绽的格言。一、它本身就很荒诞。铁棒能磨成针吗？就是你能活万万岁，就是你拥有一块比铁还硬的磨棒石，你也可能完不成这个过分艰巨的任务。何况人只能活几十岁，连铁棒的一层皮恐怕也磨不掉。二、它的喻意也很荒谬，跟前面已被鄙人批得体无完肤的“有志者事竟成”大同小异。

欲使这条格言无懈可击，办法之一是广泛发动科学家尤其是金属冶炼方面的科学家，尽快制造出一种只比粉笔硬那么一点的铁来，这样的铁棒磨起来得心应手，要磨成针就不是什么难事了。

最佳广告

最佳猴儿广告——《西游记》
最佳狮子广告——《狮子王》
最佳老虎广告——《武松打虎》
最佳鲨鱼广告——《老人与海》
最佳蛇广告——《捕蛇者说》
最佳驴子广告——《黔之驴》
最佳狐狸广告——《狐假虎威》
最佳房地产广告——《巴黎圣母院》
最佳城市下水道广告——《悲惨世界》
最佳帝王广告——《三国演义》
最佳王后广告——《埃及艳后》
最佳王子广告——《哈姆雷特》
最佳将帅广告——《杨家将》
最佳士兵广告——《拯救大兵瑞恩》
最佳从军者广告——《新婚别》
最佳烧炭者广告——《卖炭翁》

最佳流氓广告——《红与黑》
最佳美女广告——《安娜·卡列尼娜》
最佳歌女广告——《琵琶行》
最佳爱情广告——《长恨歌》
最佳山水广告——《水浒传》
最佳山峰广告——《乞力马扎罗的雪》
最佳河流广告——《静静的顿河》
最佳飞机广告——《空军一号》
最佳列车广告——《东方快车谋杀案》
最佳家族兴衰广告——《红楼梦》
最佳神仙广告——《封神演义》
最佳鬼怪广告——《聊斋志异》
最佳宴席广告——《鸿门宴》

古代美男粉丝多

掷果盈车

要说史上第一美男，西晋的潘安当仁不让。《金瓶梅》里王婆总结完美男人五项指标，第一条就是要有潘安一样的美貌。潘安的粉丝团大概是中国历史上最早的追星团体了。一天，潘安拿着弹弓坐车到洛阳城外游玩，结果秒杀沿途众女子，从妙龄少女到中老年妇女一律通吃。大家追着车往里面扔水果。潘安到家时，车里堆满了水果。

被眼光杀死的人

卫玠亦是西晋人，著名清谈名士和玄理学家。历史上形容卫美男：丰神秀异，美得有灵气，而且是个跟林黛玉有一拼的病美人。可怜他死时只 27 岁，且是这绝色惹的祸。卫玠太美了，每次出门都会造成交通堵塞。于是他爹说："儿啊，你还是在家歇着吧。"但总待在家里当宅男也不是办法，有事的时候还得出去。一次出去，出事了。这次卫玠有事去下都，那里的老百姓一听说长得极漂亮的卫玠来了，倾巢出动强势围观，里三层外三层，围得水泄不通。卫玠被骚扰了很长一段时间。结果，原本身体就很孱弱的卫玠体不堪劳，回家后竟一病不起，驾鹤西去了，成了史上唯一一个被眼光杀死的人。

侧帽风流

独孤信为北朝人，是个大帅哥。他当秦州刺史时，有一天外出打猎，玩得太贪忘了时间，结果回来时已经是日落时分。眼看着城门就快关了，独孤信那个急啊，快马加鞭飞驰而来，连帽子歪了都来不及正过来。落霞之中，一个翩翩少年打马而过，鲜衣怒马，冠帽微斜，好不潇洒。路边的人震惊了！第二天，全城老少，只要带帽子的，全都学独孤信，故意歪着。独孤信就这样引领了历史上第一次有记载的男人着装时尚潮流。

士兵不忍杀的美男

韩子高，南北朝时人，生自江浙，自小就在水乡长大。江南养人，一不小心就养出了这么一个颜如玉的后生。战火连天，十五六岁的韩子高四处流亡。一次，抱头乱窜竟窜到战场上了。士兵甲杀人杀得正兴起，看见韩子高想也不想挥刀就砍。可眼睛刚扫到韩子高脸上，士兵甲一哆嗦，啊，这是哪冒出来的美男！眼看着要挥下去的大刀愣是给停在了半空里。他晃晃脑袋跟吓得魂飞魄散的韩子高说："小弟，这里太危险，你怎么可以一个人跑出来！"大哥护你出战场！美得连战场上的士兵都不忍心杀，数遍天下美男也就这一个了。

周郎顾曲

三国时的周瑜，要风度有风度，要品德有品德，偏偏还受老天爷眷顾，长了一张俊美无比的脸。周瑜平时没事喜欢搞搞音乐，自小便很精通这些。粉丝姑娘们对他芳心暗许，常常以音乐投其所好。一天，周瑜又听见有人弹琴，一首小曲婉转流利，听得周瑜心中很是舒畅，点点头就预备离开。可是忽然之间，突然走了个调，虽说这点失误很微小，追求完美的周瑜还是微皱起眉头，停下脚步，回头去寻那弹曲的姑娘，以便切磋。姑娘于是有幸与周瑜相会。此乃姑娘巧妙地设的一个局。正所谓"曲有误，周郎顾"。

唯美之死

死对于每个人来说，都有份，而死法大都大同小异，没有什么特别之处。也有个别人，死得非常的唯美，令人感慨唏嘘。我们来看下面的例子：

楚霸王项羽被围困在一个叫垓下的地方。晚上，听到刘邦的汉军四面都在唱楚歌，项羽大惊失色，以为刘邦已把整个楚地都占领了。项羽再也睡不着了，在帐中借酒浇愁。美人儿虞姬伺候一旁，一匹叫作骓的骏马就在帐外。项羽悲从中来，慷慨高歌："力拔山兮气盖世，时不利兮骓不逝，骓不逝兮可奈何，虞兮虞兮奈若何！"美人儿和随从跟着唱，一连唱了几遍，唱得泪如雨下。虞姬随后拔出剑来，轻轻往脖子上那么一抹，一段美丽轰然倒下。

项羽翻身上马，率领一干人，杀向刘邦阵营。一把剑在项羽手上上下翻飞，所向披靡。待杀到乌江边上，乌江亭长说："我这里有一条船，你快过去吧，江东虽小，地方千里，众数十万人，亦足王也。"项王笑着说："天要亡我，我不能过河。当初，我率领八千江东弟子西征，现在没有一人回来，纵然江东父兄可怜我，我有何面目见他们？"于是，项羽把坐下的千里马赠给了这个有情有义的亭长。随后，又返回去冲入敌阵，一人杀了汉军数百人，项羽身上也受了十余处伤。后来，项羽在敌阵中见到了一位熟人，于是对他说："你不是老朋友马童吗？我听说刘邦用重金收买我的头，现在我就把头给你了。"说完，拔出剑来，自刎而死。

阿基米德之死，与项羽之死一样的唯美。

大科学家阿基米德年老的时候，他的祖国叙拉古国和罗马之间发生了战争。他义不容辞地站了出来。罗马军队乘着张帆的战舰，耀武扬威地驶向叙拉古港口。阿基米德让妇女和孩子们每人都拿着家中的镜子来到海岸边，让镜子对准强烈的阳光，集中照射到敌人的主帆上。千百面镜子的反光聚焦在船帆的一点上，船帆立即燃烧了起来，火势趁着风力，越来越旺。罗马人不知底细，以为阿基米德发明了什么新式武器。慌张地退却了。

后来，强大的罗马军队终于攻进了叙拉古城，

战争失败后，阿基米德对现实采取了超然漠视的态度，专心致力于数学问题的研究。一天，他坐在残缺的石墙旁边，在沙地上画着几何图形。一个罗马士兵命令阿基米德离开。他毫不在乎地一扬手说："别把我的圆弄坏了。"罗马士兵勃然大怒，刺死了这位伟大的科学家。

《红楼梦》里的尤三姐，也死得很是唯美。这位美人儿的情人湘莲来了。湘莲对贾家人很是失望，称除了门口那一对石狮子，没有一个干净的。贾琏追问起他和尤三姐成亲之事，湘莲支支吾吾，说要到外面去说，屋里说话不方便。他们说话时，尤三姐在内房里。尤三姐好容易等了他来，今忽见反悔，便知他在贾府中听了什么话来，把自己也当作淫奔无耻之流，不屑为妻。今若容他出去和贾琏说退亲，料那贾琏也没有什么办法。就是争辩起来，自己也无趣。一听贾琏要同湘莲出去，连忙摘下定情剑来，将一股雌锋隐在肘后，泪涟涟从内房里走出来说："你们也不必出去再议，还你的定礼！"左手将剑并鞘送给湘莲，右手回肘，往颈上一横。写到这里，曹雪芹叹曰"可怜：揉碎桃花红满地，玉山倾倒再难扶！"

我们再来看汉武帝宠妃李夫人之死。李夫人的美有诗为证："北方有佳人，绝世

而独立。一顾倾人城，再顾倾人国。”李夫人备受宠幸，可惜红颜薄命，病入膏肓，眼看就要一命呜呼。汉武帝跑去看她，李夫人却以被子掩面，死也不肯跟汉武帝打照面。李夫人事后一番解释，方令大家豁然开朗。李夫人说：“武帝喜欢我的美丽，我若这样满脸憔悴地见他，必然坏了好印象。”李夫人果然聪明绝顶。她死后，武帝对她思念得刻骨铭心。

许多人对生存方式，可能有一定的讲究，有些还非常讲究，但对于死亡，往往显得很仓促，很无奈，毫无美感可言。这是人性的弱点。死得唯美，这是人面对命运的大智大勇，是对芸芸众生惯常行为的反动，仿佛悬崖峭壁一点红。唯美之死，类似于波德莱尔笔下的恶之华。明艳的花，散发着木乃伊的香味！

美人救英雄

英雄救美，是个颇有魅力的话题，但听得太多，也会耳朵起茧子的，就如燕窝、鲍鱼吃多了同样反胃一样。因此，我今日反其道而行之，讲几段美人救英雄的故事，给读者朋友提提神。

娥皇、女英是远古时帝尧的闺女。帝尧为了选接班人，忍痛将两个宝贝女儿嫁给舜，到他身边做卧底，以考察他的道德品质和能力。

当时，舜的家庭背景比较复杂，他的老爹瞽叟是个瞎子，而且耳根子软，很怕老婆。不幸的是，舜的亲娘死得早，老爹又娶了个后老婆，生了两个弟妹。在这样的家庭里，做个好儿媳是个很有挑战性的工作。但两位美人从来不以出身高贵而耍脾气，对舜成分复杂、关系微妙的一家老小，伺候得很周到。

舜的后妈心很毒，总想把舜害死，好把家产全夺过来，给她的儿子象。昏聩的老爹竟然积极地参与了家庭阴谋活动。作为儿媳，娥皇、女英虽心知肚明，可害怕把矛盾激化，只好暗地里保护丈夫。

一次，瞽叟要舜上房顶用泥土修补谷仓，两位美人说一定要带上两个斗笠。等舜刚爬上房顶，瞽叟和象就立马抽走梯子，放火焚烧。这时，舜就用两个斗笠保护自己，像长了翅膀一样从房上跳下来，毫发未损。

又有一次，瞽叟又叫来舜挖井，可等舜挖到深处时，老爹和兄弟又立马取土填井，要把他活埋了。幸运的是，这个阴谋早被两位夫人探知，提前让舜在水井的侧壁凿出一条暗道，才捡了一条性命。

舜在娥皇、女英的帮助下，逃过了一劫又一劫，后来终于登上了帝位，成就了一番宏图大业。

失败的勾践为报仇雪耻，在越国境内征求绝色美人，最后寻得了西施。

毕竟是小山村的姑娘，纵是有国色天香，可在礼仪、歌舞、谈吐等方面还有很大的不足。于是，勾践派人强化训练西施，经过三年的精心包装，终于将一个乡下姑娘打造成一件报仇复国的美丽武器。

三年功成，越王勾践将这件特别的礼物送给了吴王夫差。西施果真把夫差迷得神魂颠倒。她用高超的手腕和绝世的美色，糊弄夫差，离间吴王君臣关系，逼死伍子胥，把吴国搞得一团糟，到头来，终于实现了复国的梦想。

这位浣纱的美女，搞垮吴国，出色地替国家完成了卧底任务后，便复归旧情人范蠡，同泛五湖而去。

蔡锷生于湖南省邵阳市郊蒋河桥乡蔡锷村，1903 年自费考入东京陆军士官学校。其时他与蒋百里、张孝准三人，有“中国士官三杰”之称。1911 年应云贵总督李经羲之邀，蔡锷入滇供职。同年，旨在推翻清皇朝的武昌起义爆发，蔡锷在云南发动起义，被举为都督。

1913 年袁世凯当政以后，蔡坚持主张民主共和，致力南北统一，遭到袁世凯猜忌，为削去其兵权，将他调往北京，委以虚职，形同软禁。8 月，筹安会成立，袁氏复辟帝制阴谋彻底暴露。

蔡锷与云南都督唐继尧信使往返，密电联络，准备反袁，同时做出种种假象迷惑袁世凯。他把自己装扮成一个浪荡之徒，打麻将、吃花酒、逛妓院，与云吉班的妓女小凤仙整日厮混。蔡锷家在棉花胡同，妻子、母亲都在身边，对他逃出北京十分不利。他有意利用和小凤仙的关系，制造家庭不和的舆论，甚至请袁世凯的亲信为自己找房子，声称要“金屋藏娇”。同时，他还经常公开和妻子吵架，妻子趁势带着母亲回了湖南。袁世凯得知情况，觉得蔡锷堕落成性，昏然无能，实在不足为虑，戏称他为风流将军。

小凤仙借掌班过生日那天人多杂乱的机会，先是有意把窗帘挑起，让外面可以看见蔡锷在屋里的情况。蔡锷装作去厕所，衣服、怀表都没拿，使监视的人以为他不会走远。此时小凤仙让人把卷帘放下，外面无法判断蔡锷是否还在屋里。蔡锷就此从容逃往天津。

随即，在孙中山、黄兴等革命党人的帮助下，东渡日本，然后经上海赴香港，经越南，而辗转入滇，途中多次摆脱袁世凯派出的刺客的追杀。12 月 12 日，袁世凯称帝，改用“洪宪”年号。蔡锷等宣布云南独立，通电全国，武装讨袁。蔡锷为护国军第一军总司令。部队举兵入川。蔡锷身先士卒，指挥若定，给袁军主力以重创。此后，袁世凯不得不宣布取消帝制，忧郁而死。

美人救英雄，比之于英雄救美人，更有一种特殊的魅力在。历史上美人救英雄的故事，远远不止这些，但我不想担搁读者朋友太多宝贵的时间，就此句号伺候。

名人蠢事

秦始皇统一全国后，头脑发热，竟想把皇家禁苑扩大到东至河南灵宝市的函谷关，西到陕西宝鸡市的陈仓，贯穿整个秦岭北麓八百里秦川，里面放养麋鹿以供射猎。由于秦始皇刚愎自用，在朝的大臣们无人敢谏。这时，有一个聪明伶俐的艺人，正话反说劝道："这太好了，这么大的园林延伸到函谷关，如果敌人从东方来的话，只要放开禁苑中的麋鹿，让它们用角抵挡敌人就行了。"秦始皇听出了话中话，打消了这个狂妄的念头。

文起八代之衰的唐代大文学家韩愈，晚年娶年轻貌美的小妾，服用硫黄壮阳，不幸中毒，才 56 岁就一命呜呼。

嗜酒的陶渊明有五个儿子，智力均不如常人。据现在医学家推断，他的五个儿子智商低明显是生育期饮酒过度所致。如果先生泉下有知，不知作何感想?

1945 年 4 月 14 日，四星上将巴顿应邀参加莱茵河大桥落成典礼，剪彩仪式上，普兰克少将递过一把剪刀请他剪彩。巴顿十分不满："你把我当成什么人了，裁缝师傅吗? 他妈的，给我拿把刺刀来！"随从参谋立即递上一把刺刀，这位名噪一时的将军硬是用刺刀完成了剪彩仪式。

名人与悍妻

古希腊的苏格拉底老婆是个母老虎，动不动就开骂。有一天，苏格拉底刚一进家门，老婆就莫名其妙对他唠叨不休，接着就是破口大骂，言语不堪入耳。苏格拉底已习惯这一切了，于是就坐在一边抽起烟来。老婆看到他对自己不理不睬的，火冒三丈，气不打一处来，端起一盆子水就是迎头一泼，顿时苏格拉底全身湿淋淋的。旁边的邻居很惊讶。苏格拉底不紧不慢地说："我知道，雷电之后就会有倾盆大雨的。"

苏格拉底对娶了悍妻之事自我解嘲说："擅长马术的人总要挑烈马骑，骑惯了烈马，驾驭其他的马就不在话下了。我如果能忍受得了这样女人的话，恐怕天下就再也没有难于相处的人了。"

林肯的夫人玛丽·托德不但脾气暴躁，而且喜怒无常，对别人十分挑剔。婚前，她常拿服侍她的女仆当出气筒，婚后，林肯就变成她的"箭靶子"。每当林肯出现在她面前时，她就会喋喋不休。她对林肯身上的每一个部位都看不顺眼，嫌林肯的头长得太小，手脚长得太大，鼻梁不直，下颚突出，看上去像只猩猩。她最看不顺眼的是林肯走路的姿势，她认为林肯走起路来脚提得太低，没有气派，活像个印第安人。她成天逼着林肯在房间里学她的步法，一定要他在走路时先将脚趾着地。这种步法是她幼年时从贵族女子学校中学来的。

林肯对人不摆架子，当总统后，喜欢人们叫他“林肯先生”，而不要称他为“总统先生”。玛丽·托德则不然，她既傲慢又爱虚荣，非要所有的人都称他俩为“总统先生”和“总统夫人”。有一次，一位跟随林肯多年的老仆人当着玛丽·托德的面叫了一声“林肯先生”，她就马上发了脾气，跳起来指着这个老仆人的鼻子骂他是“无法无天的蠢虫”。从此后，再也没有人敢称呼林肯为“林肯先生”了。

一位跟随林肯多年的工作人员在他的回忆录中写道：“林肯夫人出名的尖叫声不但传遍了白宫，有时甚至隔着马路传到了白宫对面的老百姓家里，其中常常还夹杂着摔东西的声音。”

悍妻锤炼了林肯，使他达到了“泰山崩于前而色不变”的境界。

在美国，“林肯夫人”差不多成了悍妇的同义词！

俄国大文豪托尔斯泰晚年乐善好施，然而妻子却一如既往地挥金如土，追求虚荣奢侈，结交社会名流，渴望沾丈夫的光。她对丈夫的慷慨和善行十分恼火，托尔斯泰要放弃他的任何版税，她却要把丈夫所写的著作都变成金钱。

一旦托尔斯泰严词反对，她立即发狂咆哮，在地上打滚，甚至拿起鸦片要吞下肚，声言自杀，或跑到井边作跳井状威胁丈夫。

1910 年 10 月，在一个风雪之夜，82 岁的托尔斯泰终于摆脱了妻子强加的精神枷锁，独自离家出走了。11 天后，他染上肺炎死在一个车站上。

托尔斯泰临终的请求是：不要让我的妻子到我面前来！

第五辑　渴望被骂

渴望被骂

我的骨头够贱的了，近一段时期以来，渴望被骂的欲望日益强烈。当然，我不是无目的地渴望被人臭骂一顿，比如说，在大街上，无端端地被某个素昧平生的泼皮无赖脏兮兮地吼一通。

我的被骂，是有一定的条件的。

首先，我对骂我的人，选择非常苛刻。我的选择，可以不仅仅局限于文坛，如果外国的国家元首对我唾沫横飞，我会把快要老朽的巴掌拍得山呼海啸。如果我是一个亿万富翁的话，我一定会付给他们一个车皮的口舌费，只可惜我现在还没有发达，没有这个能力。就算他们骂我是一种长期投资吧，我到了有能力付酬的时候，决不食言。

除了对骂者有严格的要求之外，对被骂的环境，我也有同样苛刻的条件。我不希望在荒郊野岭一对一地被某个人痛骂，而希望在电视上、报纸上、杂志上、网络上等等这些可能引起热闹的地方与骂家一齐亮相。如果能在白宫、白金汉宫、克里姆林宫等地方与骂家不期而遇，那就太妙了，不过，一定要有狗仔队在场才好，不然，也没有多大的意思。如果骂家是一个运动员的话，我劝他最好到珠穆朗玛峰上去骂我，那是世界的制高点，他这一骂，全地球村保准家喻户晓。当然，如果不进行策划的话，这一绝佳的场面也可能白白浪费掉。我是什么样的人呀，我会白白浪费掉这一千载难逢的机会吗？我会通知世界上各大电视台、电台、报纸、网站，通通地先期在珠峰安营扎寨，做好一切报道准备，而后，才示意对手巧舌如簧开骂。

有人说，按你的要求，那些骂你的人，很可能与你无一面之交，对你一点也不了解，怎么开骂？说得也有道理。那就先自我曝光提示提示吧：骂家可以骂我的文章懒婆娘的裹脚布，又长又臭，或者错别字连篇，连小学生都嗤之以鼻。甚至可以说它是空气污染的发祥地，把大量的糟粕当成了精华，通过白底黑字泛滥成灾，其罪行罄竹难书。也可以不拘泥于文章，骂我比阿尔巴贡还阿尔巴贡，一只虾米可以下三口饭，一盆洗脸水可以洗 365 天。可以骂我一双眼睛色迷迷的，常常在街头酒吧狗哥似的到处搜索，以猎艳作为最大的乐趣。还可以说我总是想当出头鸟，对总统、首相一类的职务，垂涎三尺，还鹦鹉学舌似的盗用拿破仑的话，说什么不想当将军的士兵不是好士兵。还可以说为了苟延残喘，延年益寿，嗜大蒜如命，口臭得一句话出口，就如火焰喷射器，方圆十里的人都会被熏倒。还有，可以说我卫生习惯还停留在刀耕火种的原始时代，晚上不洗脸洗脚便霸占了半边被窝。如果说这还不够的话，可以通过热线与我联系，我可以向骂家提供更多的我的种种劣迹。我的热线电话号码是七七八八二百五。

我渴望被骂，说穿了是渴望被名人们骂。此事我一点儿底也没有，因为我的良好的愿望，不一定能成为美好的现实。当然，我已经说了，我可以就敏感的银子问题大言不惭地频频许愿。但有些名人是能够视金钱如粪土的。那么，我可以改变策略，先肆无忌惮地大骂名人，把他们汗牛充栋的隐私，通通地搬到光天化日之下来曝晒，以激起对方的无比愤怒，然后坐下来欣赏他无与伦比的骂功。如果他还如老僧坐禅一般，我就死了马了。不过，我早有思想准备，胜败乃兵家常事，东方不亮西方亮，我找别的名人去，我就不相信名人会铁板一块。

有好事者可能要问，被骂的感觉到底如何？你就不感到是被侮辱吗？你就一点儿也不愤怒吗？我告诉你吧：骂声在我听来，那可是世界上最美最美的音乐，胜过施特劳斯的《蓝色多瑙河》。听骂声，如沐春风，飘飘欲仙。倒是我到目前为止，听不到一点美妙的骂声，一直在寂寞的深渊里挣扎，其无边的痛苦实在难为外人道！

我如此地渴望被名人们骂，不是没有缘由的。想知道缘由吗？如果想知道，可以拨打我的热线。为什么不直接告诉广大读者呢？我不是在卖关子，而是想附带就此赚一笔。我已与有关单位联系好了，读者每拨打一次我的电话，我就可以获得若干银子。有人也许要发问：你这对有经济实力的读者来说，可能算不了什么，但对那些求知欲极强而又无经济实力的人来说，就有些不公平了。

渴望被盗版

见一些码字者对盗版恨得咬牙切齿，我十二分的不理解。如果盗版者对我的作品垂涎三尺频频盗版的话，我不但不会火冒三丈，而且会高兴得手舞足蹈。

我渴望被盗版，不是渴望被盗版圈里的虾兵虾将们盗版，而是渴望被盗版圈里的巨鲸、恐龙看中，甚至渴望被洋盗版大师们相中。我渴望被盗版，是因为我独具慧眼，发现了一个颠扑不破的真理，那就是：被盗者一盗就红！当然，小盗只能小红，大盗才能大红。这也是我欣赏巨鲸、恐龙，欣赏洋盗版大师的秘密之所在。

对于盗版者们至今也没有把我当成奋斗目标，我一直耿耿于怀。我知道，他们是嫌我没有什么名气，盗版没有什么油水，有可能赔了夫人又折兵。真是一群鼠目寸光的家伙！他们怎么就没有看到，我的作品里要枕头有枕头，要拳头有拳头，要美女有美女，要美男有美男，要寻欢作乐有寻欢作乐，要男盗女娼有男盗女娼。一切畅销作品应当具备的流行元素，我这里一应俱全。我之所以现在还没有畅销全球，不是作品不够等级，而是机会没有到。如果盗版者能在这关键时刻助我一臂之力，我立即就会大红大紫，比易中天还易中天，比于丹还于丹，甚至火得连易中天和于丹都妒火中烧。有眼光有魄力的盗版者，应该能盯上我这块未来的肥肉的。在我还未红之际，就把我作为盗版目标，对盗版者来说，至少有二点好处：一是先走一步，抢得夺取一块大肥肉的先机；二是我可以与这些盗版者签订合同，以后我的一系列畅销作品，他们愿意盗多少就盗多少，我决不找麻烦也不要求分成。而其他与我没有什么瓜葛的盗版者，我纵然不保留兴师问罪的权力，分成的权力恐怕不能完全放弃。我这么一说，一些犹犹豫豫的盗版者，应该是可能动心了！

上面光说了盗版者的好处，对自己的好处只字未提。俗话说，无利不起早。其实，我也有我的小九九，那就是如前面所说，对于一个码字者来说，不但一盗就红，而且大盗大红！从理论上说，盗版者越多，损失越大，但越盗越红，使我有机会从出版社那里拿到更多的版税。这个道理看似很复杂，其实很简单。那就是蛋糕做大了，总量上去了，我得到的会更多，这叫作双赢。由此，我想到当下的许多码字者，他们疯狂地反盗版，只有两种可能：一是他们貌似巴尔扎克貌似莎士比亚，其实是一群弱智儿童；二是他们确实很巴尔扎克很莎士比亚，只是为了遮人耳目施放烟幕，得了便宜还卖乖，果如此，品质就大大地成问题了！

有盗版者也许要问，“你的书在哪里，什么书名？这些基本信息都不知道，我们怎么盗呀！”提出这个弱智问题的，恐怕是得吃些高丽参大补一下脑子了。现代社会，资讯这么发达，你不可以通过百度等到互联网上搜索一下呀！我的一本本的书，正在互联网上焦急地等待盗版呢！如果你硬是一根筋，要我亲自把一块块砖头交到你手上，委托你免费盗版，我也乐意，无非是麻烦一点儿而已，而且又多了盗版的朋友，何乐而不为？

最爱你的是明星

在这个世界上，若说最爱你的人是父母，是兄弟姐妹，或者亲朋好友，你可能会点头如捣蒜。若说最爱你的是明星，可能引来舆论大哗。我说最爱你的人是明星而非父母兄弟，绝对是高山上滚石头，石（实）打石（实）。

假如你正当男性激素达到峰值的年龄，你对二八姝丽的渴望远远胜过对任何金银珠宝的渴望，而身边的女性，你感觉到不是嫌你没钱就是嫌你没有房子、车子，或者嫌你没有社会地位。美女的眼睛，你感觉到更是好像生在头顶上一样，见了你连正眼也不瞧一眼。是不是她们把你和社会上的瘪三视为一路货色，不得而知。就在你愤怒得恨不得把地球扔出太阳系的时候，美女明星恰到好处地适时出现了。她们在电视上，或者报刊杂志上大张旗鼓地宣传自己的择偶标准。她们的标准谦虚得连武大郎都跃跃欲试：无非是人要善良，要能疼人，要感情专一，等等，普通得就如庄稼人地里的萝卜、白菜。根本不提什么脸蛋、什么三围四围、什么海拔，什么肌肉是否发达，更不提金钱之类俗不可耐的东西。好像这些女明星的择偶标准，就是冲着你而来的。一两个女明星这么喋喋不休，你可能还有些犹豫，怀疑她们是在作秀，这样说的女明星多了，包括一些港台秀色可餐的大牌女明星也纷纷瞎掺和，慢慢地，你不但信了，而且确信了。你虽然因为没有人牵线等原因，与某某女明星失之交臂，但你对身边的目标信心大增，青春勃发，雄赳赳气昂昂地冲入爱情的原野，攻城略地，而且十有八九满载而归！女明星的爱情宣言是否属实你不敢说，因为你没有向她们发起过哪怕半次像样的冲锋。但女明星们给予你的温暖和信心，确实使你受伤的心由寒风凛冽而春意盎然！洞房花烛夜，你第一个要感恩的，就是女明星。

假如你病了，关爱你的明星简直多如牛毛。你不但能得到女明星的垂青，也能得到男明星们的垂青。如果你青春年少，明星们很可能看出了你 30 岁的人，却有一颗 60 岁的心脏。他们一再提醒你，你已岌岌可危，得赶快吃他们为你专门推荐的某某药品。如果你得了肾结石，他们会十分体贴地告诉你，这是小菜一碟，到他们推荐的医院去，比治感冒麻烦不到哪里去。如果你年纪大了，走路有些力不从心，某大牌演员会亲切地嘱咐你，某某钙片是货真价实的灵丹妙药。如果你患了妇科病，你也不要有半点担忧。到某某医院逛一趟，难言之隐，统统了之。如果你的孩子感冒发烧了，请千万不要乱吃药，明星隆重推荐的退烧药，才是轰动全世界的仙丹，包你药到病除。如果你患了所谓的不治之症，他们也有的是办法。到某某医院去，那里的医生人人妙手回春。当然，明星们并不是一一登门解民于倒悬，而更多的是借助于媒体为大家出谋划策，嘘寒问暖，指点迷津。

女性爱美丽，明星们可没有忘记为女性服务的崇高职责。乳房是女性最重要的标志之一，明星们自然不会放过这样重要的目标。“做女人挺好”，“没有什么大不了的”。在推荐药品、器械的同时，这些等而上之的绝妙好词，大摇大摆地通过各种媒体，潮水一样涌入人们的视线。从中可以看出，明星们对胸部相对平原的女性，充满了同情。明星们恨不得全中国的年轻女性，都胸怀两座珠穆朗玛峰。明星们对乳房文化的开发，完全达到了世界级的水平。说不定在性文化十分开放的西方，其乳房文化在中国面前，还自愧弗如呢！

中国是一个特别重视后代智力投资的国家，明星们也没有忘记帮大家一把。他们推荐的增智奶粉或者药品，能成就你朝思暮想的天大的愿望。你想孩子做牛顿吗？你想孩子做爱因斯坦吗？你想孩子做杨振宁、李政道吗？只要你们舍得本钱，把他们推荐的什么当大米一样吃得威风凛凛，保准你孩子智商一路飚升，高得脱离地球轨道，让牛顿等望尘莫及。保准你孩子将来的成就，辉煌得让爱因斯坦不得不害上红眼病！

房地产商三张牌

房地产商是最叱咤风云的一群，在中国豪富榜的前沿，到处是他们魅力四射充满金钱气味的身影。许多房地产商确实不同凡响，他们在经营上，精明得令人瞠目结舌。通过长期艰苦卓绝的研究，我发现，许多房地产商手上有无往而不胜的三张牌。

第一张牌：山水牌。

山水牌可谓大大小小各类房地产商的随身惯用武器，除了那些智商出现返祖现象的角色之外，谁都能把这种武器玩得得心应手。运用这个武器，可谓抓住了买房者的一根致命的软肋，那就是都市人被长年累月困在钢筋混凝土之间，久违了令人心旷神怡的山山水水，心里憋得慌，哪怕是一滴水、一片树叶，也能激起他们无限的向往。有山有水的住宅，多掏些钱，绝对心甘情愿。

但由于受自然条件的限制，真正有山有水的住宅，可谓凤毛麟角。但这难不倒绝顶聪明的房地产商们，他们可以通过丰富的想象，把空间距离大大地缩短。一座湖泊一条河流一座大山，离房地产项目十里八里，没有关系，那当然地就在房地产项目的旁边，权当只有咫尺之遥！房地产项目就以某山某水命名，什么什么湖畔小区，什么什么河畔小区，什么什么青山小区，一个个雄赳赳气昂昂如雨后春笋应运而生。对于一些胆识过人的房地产商来说，就是湖泊、河流、大山离房地产项目更远一些，也颇有心计地把它纳入自己的房地产项目的周边，点石成金。

一些房地产商，还一个劲儿抱怨黄山、泰山为什么没有长脚，不能随着他们的项目任意移动，像仆人一样紧随不舍。如果阿尔卑斯山和富士山及尼亚加拉大瀑布能够背回中国安放在他们的房地产项目周边的话，他们绝对不会放弃这个机会。就是两山一瀑把他们压得粉身碎骨，他们也在所不辞。有山有水的住宅，价格会飚升，而有名山名水的住宅，价格更会如高射炮出膛，岂不快哉！

第二张牌：文化牌。

文化，成了国人的一件外套，谁都想把这件外套牢牢地套在自己的身上。如果文化的内涵是名牌学校一类的文化设施，那就更妙了！古语曰：“近朱者赤，近墨者黑。”孟母三迁居所的故事，尽人皆知。名校对子孙后代大大有利，趋之若鹜一点也不奇怪！谁叫国人都望子成龙望眼欲穿呢！

附近有一所名牌小学，那可称得上是一宝，这个卖点一定不能疏忽。相隔十里八里没有什么关系，如果坐汽车，也不过十分钟左右的时间，如果乘航天飞机，那就是秒把钟的距离而已，时间到了可以忽略不计的地步。如果不是一所名牌小学而是一所名牌中学，那就更值得炫耀了。如果是一所名牌大学，那不大张旗鼓地放肆炒作的话，就是极大的资源浪费，简直就是暴殄天物了！

他们对北大、清华、国家大剧院不在身边而扼腕叹息，更为哈佛、牛津、悉尼歌剧院不是自己的邻居而耿耿于怀！如果能用一亿元的庞大的红包贿赂哈佛、牛津的校长或者悉尼歌剧院的院长，让他们把学校或歌剧院迁到自己的地盘附近，他们会毫不犹豫地去行贿。有这点支出，来日赚回来的利润当以十倍百倍千倍计！

第三张牌：身份牌。

许多房地产商都喜欢打这张牌。他们惯常的手法是，宣称他们的房地产项目，绝对顶级，是专为成功人士而量身定做的。似乎一买了他们的房，就是当然的成功人士了，而如果不买他们的房的话，你就是当地首富，也断然算不得成功人士！

这张牌的要害是抓住了国人好面子的弱点。谁不愿做成功人士？谁不愿别人认可自己为成功人士？那些银行按揭按得气喘吁吁的主，也在心理上得到了极大的安慰。至于你是不是货真价实的成功人士，旁人哪有心思去追根刨底。

既然是为成功人士量身定做的住宅，那价格定得钻石一些，也就在情理之中了！这是房地产商热衷于打身份牌的雄心壮志所在！

炮制房奴

什么叫房奴？望文生义，房子的奴隶是也。对房奴的解释，一般专指：贷款买房月供占到了其收入的50%以上，他们在享受自有住房的同时，生活质量却大为下降，不敢轻易换工作，不敢娱乐、旅游，害怕银行涨息，担心生病、失业，更没时间好好享受生活。笔者认为，还应加上那些为买房而向亲朋好友四处文明敲诈勒索，债台高筑者。

时下，房奴的队伍越来越汹涌澎湃。面对这一特殊的景观，笑得肚皮作剧烈波浪式运动的当然是王健林、潘石屹之类富得流油的房地产商。我并不是房地产商的御用师爷，但我趋炎附势惯了，加之智商高得惊心动魄，遇上可以一展才华的机会，还是忍不住要迫不及待地献计献策。天生一副奴才嘴脸！放眼中国的房地产市场，我觉得要尽快炮制更多的房奴，有以下几个锦囊可供房地产大亨们使用。

一曰猛刮奢侈消费风。对于住房消费者来说，二三十平方米是住，一二百平方米也是住；简陋的平房是住，洋房、别墅也是住。如果不在消费者中打击阿尔巴贡式的消费方式，绝大多数人都对二三十平方米的住房心往神驰，对简陋的平房心往神驰，那我们蒸蒸日上的房地产市场，就有可能像放了水的猪尿泡一样，萎缩得惨不忍睹。房地产商应该用广而告之等形式，坚强地倡导：明天的幸福生活，今天就可以过！让千千万万傻瓜，糊里糊涂地没有任何担忧地去消费明天。并搬出繁荣富强的美利坚模式供他们好好学习，天天向上。奢侈消费风一旦越刮越猛，房地产商张开血盆大口吃钞票都吃不行，太过贪婪者，有可能被钞票活活噎死。那不是我杀人于无形，我可不愿承当刑事责任，甚至连一点点民事责任都懒得承当。噎死就白噎死了，噎不死那是你洪福齐天。

二曰挑动攀比心理。攀比心理不但我们堂堂中华民族有，洋人也有，但我们的攀比心理，洋人不可同日而语。我们的房地产商，应该像战略军事家一样，用一切手段挑动国人在住房上的攀比心理。你人均住三四十平方米，而我人均只住一二十平方米，那可是忍无可忍的事。男子汉大丈夫，女子汉大丈夫，面子往哪儿搁？你住洋房、别墅，而我苟且在简陋的平房里，对不起自己更对不起列祖列宗！你是什么我也是什么，你是什么什么我也是什么什么，凭什么你住得花团锦簇而我住得窝窝囊囊？你也是人我也是人，凭什么你就处处占尽春光而我就像霜打的茄子？豁出去了，哥们！房地产商要的就是这个效果。他们如果看到神州大地上，许许多多人为房子而摆出一副决斗的架式，会高兴得狂笑不止，众多房地产商的狂笑风雷激荡，有可能把三峡笑成恐怖谷！

三曰放肆涨价。价格最好涨得连太空人都心惊胆战。有人可能会说，你价格涨得太离谱，不是会赶走许许多多囊中比较羞涩的同胞吗，这不像是生意人的招数，而是外行得很。其实高招往往是有些离谱甚至非常非常离谱的。放肆涨价其实是有坚硬的道理的。因为你一涨价，人家欲买房者就会闻出一种气味来，这就是房地产市场大有可为，只要一买房，看着看着就会升值，而且会像阿丽雅娜火箭一样价格一路飚升。许许多多人在让财富神话般增值的欲望的驱使下，在高价位上潮水般涌向烈火熊熊的房地产市场。而这样，高价位上的房地产市场在疯了的候补房奴的追捧下，不但不会门前车马稀，而且会更加烈火熊熊。更加烈火熊熊的房地产市场，又传递出更强的牛市信号，足以引发更大的抢购热潮。这样循环往复，房地产市场会热得像火山喷发。有人在增值心理的驱使下，买了一套买两套，买了两套买三套，抑或买了平房买洋房，买了洋房买别墅。至于钱从何处来，天知道，反正不是打劫来的。

以上三个锦囊，是本人的杰出贡献，为了尽快地造福于广大的房地产商，不打算申请专利了，现公布于众，供房地产商无偿使用。我们的房地产商，只使用其中的一项两项，就可以收获得盆满钵满。如果三管齐下，收获会丰富得让人喘不过气来！那些有本钱做房奴的，统统都被一网打尽去做房奴，那些本钱不够的，也钻山打洞创造条件欲做房奴。对此，最大的受益者当然是房地产商。不过银行也算一个小小的受益者，找银行贷款按揭买房的多了，银行可以贪婪地吃利息。至于房奴们是否水深火热，房地产商没有义务去访贫问苦。房地产商要的是这样一种效果，那就是，那些条件暂不够的人，恨不得扒下身上的皮来送到当铺里去作抵押，一圆房奴梦！如果卖器官不是法律禁止的话，他们就是把自己的肾割下一只肝割下一块来拍卖，也在所不辞。

博士烧饼店

我武大的烧饼从大宋皇朝一直卖到今天，目下虽然开了一家颇具规模的烧饼店，但生意终是不够耀武扬威。经过长达365天的冥思苦想，终于脑袋开了窍，找到了大展宏图的灵感——办博士烧饼店，正式店员全部博士的干活！

有人可能会不屑一顾，认为我是癞蛤蟆想吃天鹅肉。想我武大，身长不足四尺，店面不过几间，哪有本事请得动堂堂大博士！可是，诸位别忘了，我这些年生意相当火爆，银两赚了上千万。俗话说，人靠钱壮胆，有了钱，我就能玩的就是心跳。有钱能使鬼推磨，我就不信我武大玩不转这个把戏。

博士虽然有清高的资本，但在钱大人面前，不得不矮三分。我在人才招聘会上一打出“五十万年薪聘博士”的牌子，立即博士涌来如过江之鲫。害得我私下里昂首挺胸，似乎比我那高大英俊的武二还伟岸了许多。在我那如花似玉的潘小姐面前，也一扫自卑心结，迅速崛起！

有人可能会以为我袋子里有几个钱，头脑发热烧包了。绝不是那么回事。这是一场高级策划，我如果拿一麻袋票子去媒体上打广告，恐怕吆喝不了几声，但这么一来，便掀起了轩然大波。前不久，某地一所按摩院临时请了几个博士、教授客串按摩，立即便被媒体紧紧盯上，闹得满世界沸沸扬扬。我这里使的是同样的套路，不过比他们更有创意！

我并不满足于这苦苦经营的几间门面。肯德基不就是几只鸡，麦当劳不就是几根马铃薯条吗，凭什么它们在世界上横冲竖闯如入无人之境，而我的有着悠久历史的武氏烧饼为何就不能风靡海内外呢？有了众多博士撑门面，我的武氏烧饼就有了响当当的文化含量，它就不仅仅是蓝领阶层的专利了，不再是仅仅用来填饱肚子的俗物了。这种博士都乐意制作叫卖的烧饼，可是营养丰富含有多种人体所必须的维生素。吃多了细面精米的白领，多吃武氏烧饼，不但可以满足营养需要，而且可以强身健体。武氏烧饼愿意为人类做出更大的贡献，替全人类的白领源源不断地提供特别健康的食粮。

等我坐上了武氏烧饼跨国公司董事长、首席执行官的位置，不把何九叔一类乡里鳖骇个半死才怪呢。到那时，我要雇更多博士，连扫地刷马桶等临聘人员也统统博士的干活。

退一步说，就是我的公司没有立即发达起来，为中国的烧饼事业做出巨大贡献，我也功不可没。首先，表现在我对人才的高度尊重，有可能加速文明的进程。如果人人都像我这样尊重人才，那这个世界早就文质彬彬文明有加了。更为可喜的是，我为中国的人才找到了一条康庄大道。现在不是说人才难以找到出路吗，如果像我等烧饼店都能为博士找到立足之地，那人才还愁没有机会找到容身之处吗？

哪个嚼舌根的说我在糟蹋人才？我五十万年薪难道还对不住一位博士吗？有本事的，你们也拿出五十万年薪来看看。学非所用，真是笑话，一群博士能振兴一个产业，难道还是学非所用吗？

与注水肉制造者友好商榷

注水猪肉制造者神出鬼没，多少年来一直在各大农贸市场兴风作浪。想孙悟空一样一金箍棒把你们打入十八层地狱，接近于痴心妄想。圣人教导我们，堵塞不如疏导。特别开窍的我，忧国忧民，想出了一个折中的办法，就是与你们友好商榷，建议在制造注水肉时，发善心网开一面甚至做得花团锦簇。下面，就是我提出商榷的部分精华，陈列出来，盼能促成好事。

我首先建议你们，不要光图方便，顺手牵羊用门前臭水沟里的水往猪肚子里灌。制造注水肉的最原始的办法，就是用一根小塑料管子，一头插入猪的胃即肚子里，一头连着一个盛水的漏斗。漏斗挂高一些，水便源源不断地往猪的肚子里灌。不一会儿，水便通过消化器官跑进猪的全身，成为猪肉里彻头彻尾的阶级异己分子。那臭水沟里的水，是污染的大本营，城里人这样的注水肉吃多了，各种各样的疑难杂症会应运而生，纷纷去挑战医院里医生的智力。不但会把城里人害惨了，还连带把医生一起也害惨了。做这样的事，将来你们生出孩子来，是会没有屁眼儿的。望你们千万不要图方便而伤天害理！

我其次建议你们，也不要弄附近池塘里的水注水。那池塘里的水，虽然比之于臭水沟里的水，提高了点档次，但还是不卫生得很，其间的大肠杆菌等，浓得化不开。城里人吃了这样的注水肉，体质不够强大者，有可能一泻千里，一夜之间，从杨贵妃泻成赵飞燕。那样折磨城里人，你们于心何忍？

我的另一个建议是，你们注水用的水，最好是可以与城里人使用的自来水相媲美的井水。那样，城里人吃了你的注水肉，胜似闲庭信步，什么不良反应也没有。此为皆大欢喜之事，你们卖了注水肉，多赚了一些白花花的银子，他们吃了注水肉，在没有任何不良反应的同时，因为肉缩水，进入体内的肉少了一些，好处多多。现在流行的健康观点，在进食不能太少的前提下，忍住嘴馋，肉吃得少一些，人会更健康一些。看来，你们还歪打正着，做了一件善事。这样想来，你们奔赴较远的地方挑一担井水做注水之用，也没有白白地浪费感情了！如果你们本来就是大善人，还可以在注水的操作上更上一层楼，那就是：到城里的商场买来桶装矿泉水作为作案原料。那样的水进入城里人的菜锅，有百益无一害！城里人如果知道了你们的善举，一定会为你们烧高香，祝你们长命百岁！

还有一个锦上添花的建议你们可以考虑做，那就是往自来水或者矿泉水里放一点糖。这个想法缘于近年来洋人首先提出来，一些烧包的国人也遥相呼应的动物福利问题。那就是在宰杀动物时，尽量减轻它们的痛苦。猪在短时间内吞下二三十斤水，会很痛苦的，你们若在水里放一点糖，猪在吞下水的时候，不但痛苦会减轻，还可能油然而生一定程度的幸福感！如果你们买不起糖或者还没有慷慨到愿意为此买糖的程度，那买点成本更低的糖精也行，那不要几个小钱的。而你们缩水了的善意，仍然会令猪们感动。并不过量的糖精，对人体应该是无害的，并不过量的糖，那就更不用说了。因之，城里人就是知道你们在水里做了手脚，也不会投反对票，欣赏者也会不乏其人！

亲爱的注水者们，如果你们能接受我的关于井水的方案，也算我没有白费口舌。倘若能接受我的矿泉水及糖类的方案，那我会骄傲得像一只公鸡，要不相信自己的三寸不烂之舌能敌百万雄兵都难。哈哈！

假如物种相继灭绝

春秋时，杞国有个人，一天到晚都在担心天会掉下来，自己会无处安生。这是成语“杞人忧天”所讲故事的梗概。这位可爱的有科学家头脑的杞人，不但没有得到人们的普遍的尊重，而且，成了世世代代人们的笑料，真是可悲之极。

今天，有人提出物种可能灭绝，人类有可能遭受灭顶之灾时，一些具有一定的科学知识的人，不会像人们笑杞人一样笑他神经病。但那些虽然生活在科学的时代，享受着科学带来的便利，却对科学一窍不通的人，还有可能笑出眼泪来。

其实，不管是杞人担心天会掉下来还是现代人担心物种灭绝，都有一定的道理，前者此处暂且不论，关于后者，已有很多科学文献证明了这一点。地球在数十亿年的历史中，已经遭受了多次物种灭绝的大劫难。当然，前面的大劫难，并不是人类之过，因为那时还没有人类这一物种。但这一次可能面临的大劫难，人类有不可推卸的责任。因为那是由于人类的过于贪婪造成的。人们枪杀棒打动物，以满足口腹之欲，不少动物被我们彻底地吃进了历史博物馆。人们砍伐森林，践踏草木，以满足居住的欲望乃至及时行乐，万千植物成了地球上的亡魂。人们林立烟囱以追求丰厚的利润，而众多的动植物则在滚滚浓烟中口痛苦地挣扎着，甚至在做最后的诀别。人类的贪婪，已使地球满目疮痍，物种灭绝的速度较之没有人为破坏的自然灭绝速度，加快了千万倍。而据科学分析，一旦地球上的物种灭绝到一定的程度，人类的末日也就到了。

我们可以想象一下物种灭绝到一定的程度时，人类所处的尴尬地位。

假如地球上的植物大都灭绝了，人类赖以生存的氧气便大大地成了问题。那时，人造氧气技术纵然发达，氧气也可能要论升买卖了，并且可能比现在的大米要贵多了，就是不贵，人人背着个大氧气包，也会不堪重负。那时人的形象，将臃肿得跟登月人没有多少的区别了。如果这样，人们还有什么心情去干活儿？

就是有心干活儿，也可能没有什么东西再供人们挥霍了。人们吃到的顶多是一些生长力特别旺盛的沙漠植物，鲜嫩的江南植物，你想都不敢想。至于东坡肉李鸿章杂烩满汉全席湘菜鲁菜豫菜川菜，通通地见鬼去吧。当然，史书中还是记载得明明白白的。不过，不看还不打紧，看了保准你非上火不可，从而对前人嫉妒得不行。还是不看史书过干瘾的好。

没有什么可以吃，也不能就这么等死吧。人是何等聪明的高等动物，合成养料是会做的，而且会做得越来越精，一餐往肚子里丢那么三两颗类似于现在的鱼肝油似的东西，便能解决温饱问题。不过，那就没有了任何吃的乐趣，什么山珍海味，什么食不厌精，通通地都是废话连篇。什么吃文化，简直是沙漠文化！

如果合成装置出了问题，那麻烦可就大了。等那么一天两天还是有这个耐心的，如果等得久了，可就会有些不耐烦了，会饿得发慌。除了药丸没有什么可以解馋的了，那是很麻烦的事。当然，那时已远不是茹毛饮血的时代了，人类已是智慧人类。人类肯定不便把自己的同类捉来当美味佳肴送进肚子里去。那就只有做出自我牺牲，啃自己的肉与骨头来对付令人恐惧的饥荒了。与其就这么死去，还不如少一只胳膊一条腿什么的留在世上。俗语说，宁肯世上挨，不肯土里埋，还是救命要紧呀。当然，这只是一种可能，如果不把自己看得过分文明过分谦谦君子的话，人们可以组成饥饿十字军，横扫那些以肥胖为荣的人群，壮志渴饮匈奴血！

我们都是饮食男女，优先说说饮食未尝不可。但在这个世界上走一遭，还有更多的实际问题需要解决。假如物种相继灭绝了，那世界很可能与现在的月球差不多，那除了吃之外，看的问题也就非常突出了。人的眼睛决不能总是岩石灰和死寂的沙漠吧。如果是那样的话，许多人可能成为精神病患者。不是听说在千里沙漠中行进的列车上，精神病患者会骤然增多吗？这是有一定的科学依据的。物以稀为贵，那时人们可能最为缺乏的就是流水潺潺，鸟语花香；医生开出的最昂贵的处方，不是人参鹿茸，而是“小桥流水人家”或者“有情芍药含春泪，无力蔷薇卧晓枝”了。

看来，假如物种相继灭绝，人类也只有步别的物种的后尘，做一堆古化石了事，不然，烦心的事说不胜说。

神奇药片

对于文明古国来说，孜孜不倦追求精神文明，是情理之中的事。然而，我们付出颇多，收效却远远没有达到预期。有没有一种一劳永逸的办法，使我们不费吹灰之力，便举国上下文质彬彬起来？我坚信办法是有的。

鄙人多年来致力于一种神奇药片的研制。我首先依赖的是祖传秘方，另外，请扁鹊请孙思邈请李时珍做技术指导，还请了青霉素及阿斯匹林的发明者、洋大人弗莱明与霍夫曼加盟。老天不负苦心人，终于获得了巨大的成功。而今，我的神奇药片喷薄而出隆重面世。只要是两脚高等动物的，吃下一片这种神奇药片，不管你前科如何惊心动魄，统统绅士的干活儿。下面，就是我的部分解密的医疗档案。

软化拳脚。我们这个社会，像小鸡公一类动不动就对别人拳脚相加的小混混，多如牛毛。一旦他们吃了我的神奇药片，立即便会花拳绣腿，甚至比花拳绣腿还花拳绣腿，他一拳打在别人的胸口，就如林妹妹风情万种的耍娇一样，对别人来说，不是摧枯拉朽的疯狂攻击，而是一场令人心旷神怡的风花雪月的享受。他的拳脚是送给受者的一担相思豆，受者如张生之于崔莺莺，罗密欧之于朱丽叶，对他念念不忘，以至食人参如吃萝卜！

漂白脏话。脏话是我们这个社会的一道景观，许多人不但不以说脏话为耻，还以能说脏话而沾沾自喜。连电影电视剧都不能免俗，某些正面人物亦脏话滚滚而来，把个好端端的社会搞得臭气熏天。满口脏话的人若吃了我的神奇药片，脏话立即便会被漂白成极为文明的语言，话一出口，人家必定把你当成一个地地道道的绅士。要是人家觉得肉麻，也是情理之中的事。

变草为刀。践踏草坪，是一些都市人的一大乐趣。脚不踏在坚硬的水泥地上而踏在柔软的草地上，那种感觉，确实幸福多了。但踏的人多了，便草将不草了，你无形之中，便成了谋杀草地的刽子手。受害的，是千千万万的市民，当然，也包括你自己。如果吃了我的神奇药片。你再看草地，那就不是草地了。每一片草叶，都是一把指向天空的尖刀。这尖刀阵，你无论如何是不愿闯的，除非你想当英雄想疯了。草地成了尖刀阵，自然生长蓬蓬勃勃，成了人们文明得可以的象征！

抢道生毛。某些都市街道斑马线上，趾高气扬的司机不减速、不避让，脚踩油门，与行人抢道像比赛。这一点，我们与一些文明程度很高的国家比，差距甚大。人家是司机谦恭地礼让行人，我们却适得其反；人家是人本主义，我们是彻头彻尾的车本主义！横蛮的司机吃了我的神奇药片，若继续胡作非为飞扬跋扈，立即便会生出一身长毛来，形同低等动物，直至他老老实实规规矩矩开车，一身给他带来屈辱的长毛才会慢慢退去。当然，如果自我感觉良好，觉得一身毛能为自己御寒产生不可估量的巨大作用，只要虔诚地许一个愿，毛便会保留下来，而且会长得更加茂盛。不过，有此念头的人，恐怕凤毛麟角！

不让座变老。公交车上，某些年轻人不主动为老年人、孕妇等让座，面无表情似发“呆”。这与文明古国应有的风度亦格格不入！吃了我的神奇药片，年轻人都变得像春天一样温和，让座能给他们带来莫大的幸福，一个个争先恐后让座。极个别顽固分子，也会立竿见影受到残酷的惩罚，那就是，会转瞬之间老态龙钟，满口牙齿统统牺牲，活脱脱一个无耻之徒。谁愿意这样英勇无畏地糟蹋自己？

吸烟如吸二氧化碳。公共场所吸烟的现象，仍然存在。吃了我的神奇药片，在公共场所吸烟者，吸烟如吸二氧化碳，不过与吸二氧化碳还是有一定的区别，这就是，它只是使吸烟者极度难受，但并不致命，如果致命的话，我这个发明者就在劫难逃要吃官司了。如此，公共场所就有可能空气新鲜得如大兴安岭原始森林！而吸烟者如果不是在公共场所作案，则不会出现上述异常现象，因为那样，便有可能导致全国无烟，那国库就会羞涩！

我愿将神奇药片，无偿提供给全国同胞。实现全民文明“大跃进”，匹夫有责！如若全民皆食神奇药片，泱泱大国一鹤冲天的文明，定会令老外们把大拇指翘得耸入云霄！

正照风月鉴

《红楼梦》里有一面神奇的镜子，名曰风月宝鉴。这面镜子，反照是一具吓人的骷髅，而正照则是一位亭亭玉立的美女。鄙人对风月宝鉴情有独钟，欲聘请它做观察社会的助手。肉食者们不必担心，我绝对只照正面，如照反面，天打雷劈！谁叫我是一脸慈善大大的良民，一点也不鸡蛋里挑骨头呢！下面，展示一下我用风月宝鉴照耀角角落落的巨大成果，供读者朋友们茶余饭后品尝。

吃虾论头。你下了老美向广岛、长崎丢原子弹那样的决心，到某某饭店酒楼去豪华一回。一斤基围虾端上来了，不是期待中的盘子里的虾堆成南岳衡山，而是稀稀拉拉躺了那么一个排左右。敏感的你马上意识到扣秤了。你可能火冒三丈，欲与老板论理。如果你是少林寺下来的，恨不得把盘子里的基围虾一掌打回大海，老子不劳动牙齿了，干脆做一回慈善大使！其实你完全不必这样，用风月宝鉴一照，积极因素便滚滚而来。现如今，人们不是把明明白白消费喊得山响吗？这是店家在帮助你明明白白消费，虾太多，你能不借助计算器算清每一只虾多少钱吗？虾一少，算起来不是轻轻松松吗？如果你还是心理不平衡，我教你一个好办法，就是不把虾论只数，而是论头数，把虾想象成大象，立即便心满意足了！

卫生菜。时下一些单位已承包了的市场经济的食堂，做出的菜像用洗衣粉反复冲洗过一样，油星子少得可怜。如果你要在找油星子的事儿上得到发现的快乐，最好随手带上一块放大镜，不然，找不到油星子不要成霜打的茄子。对此，你不必急急忙忙怒火万丈，以致铸成大错。你拿风月宝鉴正面一照，一点也不困难地照出了不同凡响的积极意义。少油星子并不是老板特别吝啬，而是考虑到食用者的身体健康。现在高血脂、高血压、肥胖层出不穷。而油脂是高血脂、高血压、肥胖的罪魁祸首。有了毫不犹豫歧视油脂的卫生菜，会给许许多多人带来福音，救他们于水火。老板们用心良苦，胜过大慈大悲的观音菩萨！

天价商品。目下，动辄上千上万元的烟酒、服饰、珠宝等，看得人深仇大恨。其实你不必抱怨你一年的工资，可能还不够到商场里潇洒一回。这些商品，本来就不是为你我这些普普通通的工薪阶层人士准备的，那是大款大腕儿们的专利。他们愿意把金钱当什么纸一样消费，你又有什么办法呢？当然，你可以尽情地嘲笑他们脑壳是豆腐渣铸造而成的，比大熊猫还要笨得可爱。大款大腕儿们的一窝蜂高消费，于社会益处多多。消费刺激生产，这是人人皆懂的道理。大款大腕儿们如牛似马拉动国民经济快速奔跑，美事一桩！如果你穷光蛋一个，非要佯装大款大腕儿，跟天价商品决斗，倾家荡产可就怪不得别人了。当然，你过瘾之后，还有一条康庄大道可走，那就是吃低保，在我们这样一个文明古国，下定决心想饿死都没门！

门票最贵。有报道说，我国的风景名胜区的门票，是全世界最贵的。一个工资不高的国家，景点门票成了世界之最，确实太出类拔萃了。这对平民百姓，也似乎有些不公平。但此举同样有着十分重要的现实意义，那就是保护文物、景点。现在，一些风景名胜区已不堪重负。大力提高门票价格，目的连大猩猩都一目了然，那就是为了抑制参观人数，把人为破坏降低到最低程度。这样的英明决策，我们不举双手赞成，那就显得我们太有负于高等动物的光荣称号了。至于有人说那是为了千方百计敛财，只把他当成痴人说梦好了！

明星狂做广告。近来明星广告确实有些如狼似虎，尤其是电视荧屏上，明星如某某般漫天飞舞。从一般人的思维角度思考，必然会谴责声不断，说什么瞎子见钱眼开；刘姥姥进大观园，信口开河；职业道德让狗叼了去；等等等等。其实，虽然某些明星广告有值得诟病之处，但积极意义也有一箩筐。一是破除了明星的神秘感。

明星频频在千万台电视机里与百姓打成一片，你与他们混得比邻居还熟，邻居有时三五天还打不了一个照面！见明星简直就如见阿狗阿猫一样方便，每天一打开电视，他们就乖乖地来到你的身边。再则，可以大大地满足追星族的愿望，借助电视，不用出门，就可以把全世界的明星一网打尽，省得满世界东奔西跑，耗力又耗钱，一把辛酸泪！

这次正照风月鉴节目，至此大江截流。如果读者朋友驱赶我继续狗尾续貂，再赤膊上阵不迟！

给炫富者的道歉信

亲爱的炫富者：

你们好！我向你们道歉来了。

我的脑子就一块豆腐，猪见了我，都很趾高气扬的，加之见识少得可怜，我的奢侈品知识几乎等于零。你们就是奢侈得前无古人，我都会把你们看成与体面的乞丐没有多少区别的。我的眼睛不是用来观察事物的，而是配相的，有眼睛，表示我还像个人，不是别的什么乌七八糟的物件，但并不表示我具有起码的观察能力。

你们的座驾，据说价格动辄数百万数千万，整个就是一座移动的都市别墅。而在我看来，它跟拖拉机没有多少区别，唯一的区别是多了一个花里胡哨的外壳而已，十万八万人民币便能搞定的。真是太委屈你们了。

你们身上的服装，也很是不同凡响，据说动辄上万上十万。上千的服装，在我等眼里，已豪华得上了天了，而在你们眼里，那是垃圾，连正眼都不瞧一眼的。要让你们产生惊艳感的，估计要上百万一套的服装，与黛安娜王妃相得益彰的。不过，我的眼光浅薄得很，你们穿着这样的服装在我的眼前晃来晃去，我连看蚂蚁打架的兴奋感都没有，因为我根本就看不出什么道道来。我觉得，你们的服装，与三五十元一套的地摊货没有太大的区别，有点什么区别，也仅仅是熨斗多熨了几下，笔挺一些而已。那多费了点电罢了，不值几个钱的。我有那个雅兴，也能轻而易举做到的，只是我不愿意折腾自己，自由散漫惯了。要是我知道你们身上披着的是比虎皮还虎气的玩意儿，下巴骨都有可能惊掉的。

你们的手提包，据说价格也同样惊世骇俗，几万十几万才起步，若镶上几颗宝石什么的，上百万那是家常便饭。好像你们手上提着的，不是手提包，而是一麻袋钞票。提一麻袋钞票炫富，那很费劲的，且太土豪，提个包当然洋气多了也轻松多了。可惜将价格上百万的手提包与几十元一只的地摊手提包放在一起，我一点孙悟空的火眼金睛也没有，张冠李戴认错的可能性倒是大得很。

你们手指上的钻戒，也文章大大的有。据说戴几十万人民币的钻戒，那不令人羡慕的，戴上千万的钻戒，其间的宝石，大如樱桃，那才有骄傲如公鸡的资本。不过，我就是看到了你们在我面前有意晃动手指上的超豪华钻戒，也会平静如秋水的，因为我根本感觉不出来超豪华钻戒与几元钱一只的玩具钻戒的差别在哪里。也就是说，你们在对牛弹琴。

你们腕上的手表，也是炫富的一个传统的重点。戴价值数百万的手表者，有的是。戴一只手表，约等于戴上十只黄金手铐。当然，如果是银手铐的话，就约等于戴上上百只了。如果真的戴上上百只银手铐的话，那会把手腕折腾成粉碎性骨折的。话扯远了。告诉你们吧，我的手表认知，也是婴儿级水平，看不出高低贵贱的。如果用手表向我炫富，你们会因为我的无动于衷而急成心肌梗塞的。那太危险太划不来了。

要啰唆还可以啰唆一大堆，这里就放过你们，不再啰唆了。

鉴于此，我想绅士一把，向你们鞠躬致以深深的歉意。本来我想把自己鞠躬鞠成一张射大雕的弓，那样，才能充分表达我的歉意，但无奈年岁不饶人，我的脊椎骨硬如钢铁，不堪折腾。

你们可能会想，我一个人奢侈品知识匮乏，无关大局，用不着理睬的。如果你们这样想的话，那就大错特错了。因为，我不是一个人在无知，如我一样对奢侈品无知者，多如牛毛。请注意，问题相当严重。

改造我们的办法应该是有的，如你们拿出一些经费来举办一些奢侈品知识培训班。但我等大多都有个毛病，一听课就打瞌睡，呼噜震天响，效果大打折扣的。

你们也有可能想到打电视广告。但这个东东效果也不一定好，因为我等大多都有一个很没有教养的习惯，就是一逢广告便换台，碰上有好的电视剧不想换台的，便借机上厕所，对广告可谓油盐不进。

那就寡妇死了独生子，没指望了吗？不是的，办法还是有的。我建议：你们可以在轿车、服装、手提包上印上品牌名称并标出价格。你们也可能会说，那上面有商标呀。商标那家伙，我们弄不懂。钻戒和手表一类奢侈品，印字不方便，可考虑在上面挂一个标签，同样标出名称与价格来。一定要标上价格，光是名称，我们会一头雾水的。还有，像我等老眼昏花的无知者不少，请也照顾到我们，把字印得醒目一些。拜托了，谢谢！

祝

炫富成功！

一名奢侈品知识匮乏者

猴年马月狗日

怎么证明你是好人

在熟人社会里，谁是好人谁是坏人，一目了然。如过去的乡下，人人都熟识，要假冒伪劣难于上青天。但在现代社会里，尤其是现代都市里，许多时候，我们都处在陌生社会中，比如在街头，在公共汽车上，在火车上，在车站码头，在商场，在电影院，在公园，在医院，等等。在这些场合，人们之间的关系陌生化，谁是好人谁是坏人识别起来就特别费劲了。不信，我们来看看。

要证明自己是好人，你也许首先想到的是拿出身份证或者工作证来，证明你来自某某地方、某某单位，不是坏人。但旁人马上就会质疑，怀疑你的身份证与工作证是假的。因为现在造假已到了出神入化的地步，造一张假身份证一张假工作证，比吃一只蛋饺还容易。再者，就是即使你的身份证是真的，也不能保证你是好人，因为杀人狂也有身份证。身份证只能证明你是中华人民共和国的公民而不是阿狗阿猫而已。

你也许会想到一句谚语："路遥知马力，日久见人心。"意思就是时间能证明一切。时间确实能证明一切。在熟人社会里，这是颠扑不破的真理，但在现代陌生社会里，人们来去匆匆，擦肩而过，待在一起的时间快则一眨眼的工夫，慢的也不过几分钟几小时，根本谈不上日久，何以能见到人心？所以这一条等于白费口舌。

你也许会想到，可以用起誓的方式告诉别人，自己是好人。这方法也早就过时了。目下，口是心非的人多的去了。而且，骗子们更喜欢玩信誓旦旦。反正说不怎么怎么便天打雷劈者，不可能天打雷劈，他们无所顾忌。人们在吃过亏之后，再也不相信信誓旦旦了。而且到了这样的程度，你越是信誓旦旦，人家越怀疑你可能是猪鼻子里插葱，装象。

你也许会想到，警察能证明你是好人。因为人人都知道，坏人怕警察，而好人是不怕警察的。这多少有些道理。但你在做某个事情想证明自己是好人的时候，不可能保证有警察在你的身边。你又不是总统、首相，连部长都不是，身边怎么可能有警察跟着？还有，你就是不怕警察，有人也会怀疑你故作镇定，是在做戏。

你也许会想到，公众人物能证明你是好人。如果公众人物出面说你是好人的话，人们一定不会怀疑的，因为公众人物在说你是好人时，是包含了信誉担保的，他不敢乱开口的，假使乱开口的话，下次就没有人再相信他了。不过，这事儿也缺乏可操作性。一是你要确认自己是好人时，你认识的公众人物在你身边的可能性太小。你又不是亿万豪富，哪个公众人物愿围着你转，闻你的屁臭？再者，就是碰巧有公众人物在你的身边，他们也不一定施以援手，因为也可能你认识他而他不认识你，他们对你不熟，是不会冒险为你证明的。

你也许还不死心，想到当场用一些英雄行为来证明自己是好人，比如说与危害人民群众的持刀歹徒做殊死搏斗，比如说勇接坠楼的小孩，等等。这事的可操作性也太小。因为其一，当场发生非常事件的可能性，微乎其微。其二，你的胆子小如粟米，即使非常事件如愿发生了，你恐怕也没有挺身而出的勇气，临阵退缩，反而露出了你的猥琐尾巴。

有人鉴于当下陌生人社会里要证明自己是好人很困难，编了个段子，说要证明自己是好人也不难，只要把自己的名字改成“好人”就可以了。这纯粹是调侃。

看来，在当下的陌生社会里，想要证明自己是好人，还真不容易！一不小心，你就成了别人的怀疑对象。比如说，在车站上车时，你想给大嫂抱孩子，人家立即想到你可能是人贩子，肾上腺素突然汹涌澎湃，对你怒目而视；你想给老大爷提包，老大爷如遇洪水猛兽，断然拒绝。

好人难以证明自己是好人，关键是坏人作祟，鱼龙混杂，几粒老鼠屎坏了一锅汤。

呜呼哀哉！

造假就造原子弹

我是一条龙而不是一只虫，就是造假也怀有鸿鹄之志，起点肯定比那些乌合之众威武千百倍。如果我去造假，对于假酒假烟假表假名牌服装假钻石假钞票，等等等等，我嗤之以鼻，这都是一些老掉牙的常规把戏，是个两脚高等动物都能玩。我要玩就玩大的，要玩就玩惊险刺激的。

我的设想是：一不做，二不休，造假就造原子弹，把地球吓成一个丑陋的西红柿。造假就造原子弹，并不是我一时心血来潮，而是老奸巨滑加老谋深算，如此，好处多多。

首先，可大赚一笔。

原子弹可是个稀罕的东西，我不能像农贸市场卖萝卜白菜一样三几捆票子就把它贱卖了。应充分发挥想象力，把价格定得耸入云天。一千万美金行不行？不行，太没有经济头脑了。一亿美金行不行？不行，还是太老土。十亿美金行不行？这还算有点靠谱，但还不是最高价。

你以为原子弹是好造的呀，有些国家，费了九牛二虎之力，仍然力不从心。对于地球上绝大多数国家来说，买是获得原子弹的唯一捷径。那么，他们举全国之力买原子弹，也在情理之中了。而卖家独此一家，因此只要我把卖原子弹的钓鱼线一甩出去，咬钩的绝对如过江之鲫。我不进一步强烈地哄抬市价，那是我有一颗如我佛如来的悲悯之心。

我一口气卖它几百上千颗原子弹，立马便成为不可一世的世界首富。拥有巨额财富的比尔·盖茨先生与我试比高，用小巫见大巫来形容，还嫌不够深刻。因为他的财富与我暴敛的财富相比，一个是喜马拉雅山，另一个则只是永州之野的小山丘。比尔·盖茨见了我，就如同小学生见到了大师一样，肯定会局促得坐立不安。

其次，可名扬全球。

地球上出了个卖原子弹的，在资讯如此发达的社会，消息一定会不胫而走，瞬间传遍全球。我的知名度，立即会如雷贯耳。至于是好名声还是坏名声，实践雄辩地证明，那无关紧要。

我是一个特别具有经济头脑的人，会充分利用知名度，又赚取一堆票子的。

对于雪片一样飞来的演讲邀请，我不会轻易拒绝。不过，在出场费上，我会得寸进尺寸土不让。据说明星学者某某的演讲出场费是 12 万元，他只是中国的明星学者，而我是世界级的明星，按逻辑推理，报酬应该是他的十倍百倍才是。

对世界五百强尤其是可口可乐这样的大牌公司邀请我拍广告，我是不会不理的。不过，价格我会灵活掌握。我是独一无二的广告载体，狮子大开口在情理之中，没有 8 位数的天价，要请动我，难于上青天。对于接拍广告，我一点也不愁无人上门，比诸葛亮隐居隆中时还心中有底。

我还可以利用无与伦比的知名度开公司，我的跨国公司，要遍布五湖四海，连南极北极都不放过。我的公司，不是一台两台印钞机，而是 N 台组合印钞机，连美利坚合众国都自愧弗如，连华尔街都会拜倒在我的臭脚丫下。

还有一个好处，那就是做一桩天大的善事。

因为我的原子弹是假的，当然不会爆炸如广岛如长崎了。这样，万一谁敢冒天下之大不韪使用原子弹，而供货商正好是我，那哑弹的可能性是百分之百，成百上千万的生灵，会因我的壮举而幸免于难。俗话说，救人一命，胜造七级浮屠。我一不小心，便救了那么多的人，一想到此，便足以手舞足蹈。失信之事与之相比，简直不值一谈！

当然，要造以假乱真的假原子弹，也不是那么容易的事。为此，我会高价挖几个从事过原子弹制造的高级人才来主持工作的。别人肯出百万元年薪聘他们，我出手就是千万元。俗话说，钓麻蜩还要一个絮毛砣，为了宏大的事业，出点血，那是眼光！我坚信，杰出人才灵魂未必都用杰出的洗涤剂杰出地洗涤过，一尘不染，遇着金山绕道走，肯定会有投怀送抱的。

三大时间劫匪

电视是一大时间劫匪。他有鱼龙混杂的丰富的资讯，如果你与他称兄道弟打得火热的话，那么，你的大脑便成了太平洋，你掌握的资讯，有可能超越总统、首相。电视人是天底下最最热情的人，他们不仅把资讯弄得海量，其他方面的东东，也丰富得不得了。你迷肥皂剧，电视人便会一次次撒资数百万上千万元买来最吸引眼球的长篇电视连续剧播放，好像他们才是马云似的。你迷购物，折扣了得的家用电器、和田玉什么的，会把你的心挠得痒痒的。你迷体育，全世界竞技体育的精华，尽在体育频道中。他们恨不得把科比把梅西捉了来供你瞻仰。你抑郁或者准备抑郁了，想寻个乐子平复一下糟糕的心情，各种各样的搞笑节目，殷情地供你消遣。大腕儿小腕儿争先恐后跑来伺候你。 若按电视人的意愿，他们恨不得把你绑在沙发里。你所有的空余时间，都应该是他们的，谁也别想与他们争抢。你若在一定程度上遂了他们的意，长此以往，很可能成为一粒沙发里的土豆，圆滚圆滚的，比猪八戒更可爱。

不过，还真有与电视抢观众的，那就是后出世的弟弟电脑。这个劳什子，不但具有电视的绝大部分功能，还有电视远远不及的地方。他的资讯更加海量，当然也更加鱼龙混杂。他的臭豆腐一样广受欢迎的八卦新闻，更比电视多若干若干倍，弄得看者蜂拥而至津津乐道。凿穿道德底线的屡禁不绝的黄色网站，也给某些高级动物苍蝇逐臭提供了场所。更绝的杀手锏，还是电脑没完没了的游戏。一般人喜欢玩的扑克、纸牌、麻将、象棋等有的是。那些多如牛毛的网络游戏，简单的，复杂的，应有尽有，成了成千上万青少年的最爱。“网瘾”这个新名词，主要说的就是青少年没日没夜地玩网游，其他一切靠边站。电视造就了一大批沙发里的土豆，而电脑也不甘落后，造就了更多的颈椎病患者，肥了医院。许多人一天到晚坐在电脑桌前，脖子长时间地长颈鹿一样僵硬在电脑屏幕前，不受损，除非是金刚石的，但那有可能吗？电脑作为时间劫匪，比他的先出世的哥哥更胜一筹。

三兄弟中的弟弟手机，虽然出生更晚，但作为时间劫匪，这个后起之秀大有后来居上之势。手机抢占时间，可以说无孔不入。一台手机便是一台微型移动电脑。上班时，人们对看电视，玩电脑，还是有所顾忌的，因为目标太过显眼，怕被逮着。而手机的隐蔽性便好了许多许多，抢占坐班时间一点也不费劲。人们坐班之外的点点滴滴空闲时间，手机更是使出了浑身解数，一点也不愿他人染指。你等公交车等火车等飞机玩手机，你坐公交车坐轿车坐长途汽车坐火车玩手机。汽车路上塞车了，你本来应该烦躁不安的，但一台手机便把你迷住了，让你波澜不惊，比吃镇定剂还管用。还有，吃饭时，把手机摆在桌上，欣赏心仪的视频什么的。出恭时，手机也派上了用场，使你在从事这项枯燥的运动时，也心旷神怡，不知不觉便完成了使命。尤其是在便秘时，手机不但能大大减轻你的痛苦，还能在心理压力减少的情况下，较快地一解难言之隐。你上床睡觉前的一把时间，也往往成了手机的战利品，他是夫妻之间最强悍的第三者。手机这个劫匪，功夫果然更孙悟空！

不经意间的伤害

生活中不经意间的伤害，比比皆是。举例来说吧。

一人请相好的同事吃饭。席间无拘无束，很是融洽。酒至半酣，一名同事可能被酒精武装了，兴致勃勃地说："这酒不过瘾，我家有瓶茅台，拿过来大家过过瘾。"其实，饭桌上的酒也很不错了，是泸州老窖，只比茅台、五粮液矮那么一点点。这人与请客者是邻居，门对门。请客者的脸色立即便由红变绿了，他在心里说："你小子这不是嫌我的酒不够档次，明目张胆地在众人面前扫我的面子吗？在我面前装阔算什么狠，有狠到马云到李嘉诚面前装阔去。"同时他也恨自己为什么舍不得那几个钱，不买茅台。若忍痛买了茅台，这小子也便没有了侮辱自己的借口。此时，请客者情绪一落千丈，连把自己宰了的心情都有了。这人说着，便起身准备去自己家拿茅台。好在旁边有没有被酒精骚扰糊涂的同事一把把他扯住了，说这酒很好，很对胃口，拿什么狗屁茅台。这是明显地在缓和矛盾，不愧为情商巨高的家伙。一场不愉快才开头便鸣金收兵，没有再汹涌澎湃地恶化下去。

有人住带花园的别墅，并在花园里种了各色蔬菜，满园都是劳动果实。一条条的丝瓜，一根根的黄瓜，一个个的西红柿，一树树的辣椒，一棵棵的白菜，煞是醉人。主人被冲昏了头脑，情不自禁地在同学圈晒出了自己花园里的一张张果蔬照片，且都是以别墅为背景的。主人的本意，是想让同学们分享他的快乐，但效果却适得其反，很多同学看了不舒服，有些甚至很不舒服。因为同学中，住别墅的终究很少，大部分的，也就有能力买个一般般的普通住宅。还有一小部分，一家几口挤在只有跳蚤才觉得宽敞的住宅里。要想他们对你的别墅菜园津津乐道，那简直难于上青天。他们中，必定有受到极大的伤害接近于心肌梗塞而咬牙切齿的。你有钱，你住你的别墅，这没有错，你在别墅花园里种菜大有收获，你喜悦，这也没有错，而你把相关的照片晒到同学圈里去，这就是欠思量了。仇富是人的本能之一。你这不是拿红布逗弄发怒的公牛一样激怒他们吗？你的伤害在前，他们的仇富情绪在后，光批评他们，有失公允。尽管你的伤害是不经意间发生的，但那不是该原谅你的理由。

再举一个不经意间伤害的例子吧。有个名校毕业多年但事业平平的人，总喜欢在同事中不时谈论自己的学校与同学，不是学校怎么了就是同学怎么了。这人智商高那是肯定的，不然考不上名校，但情商就很成问题了，别说高，就是拼不拼得赢狗狗都很难说。狗狗还有不少取宠之术，他却于此道一窍不通。要知道，旁人中，除了少数名校生外，大多是普通高校出身，不少还是专科生，有些甚至连专科的门都没有进过，只在职校旅游了一趟。你喋喋不休地秀名校标榜名校出身，不是打他们的脸又是什么？他们中一些尖刻者说不定在心里骂道：什么东西，有本事拿出些名校生的本事来秀秀呀？毕业几十年了，还靠名校替自己涂脂抹粉，羞不羞人呀？

可悲的是，多少年来，他一点点也没有发现很多旁人对他的这一嗜好不但不欣赏，还相当地反感。倒是一些出身名校但极少在人前提名校的人，别人很自然地敬他几分，觉得他谦虚。如果这人有成就，别人还会友好地送上感叹：不愧为名校生，就是不一样。

你不经意间伤害了别人，反过来也很可能会伤害到自己。

一个人要立志向君子看齐，一辈子不做不经意间伤害他人的事，恐怕是挟泰山以超北海的事，但留意一些，尽量少做不经意间伤害他人的事，不是太难的。

教养有时也伤人

世间事物，常有正反两面，就如《红楼梦》里的风月宝鉴，一面是美女，一面是骷髅。教养这玩意儿，也存在两面性，其正面，给人温暖，使人如沐春风。不过这话，人们已说了千千万万，我如果再在这里接着老生常谈，便涉嫌向读者倾倒文字垃圾了。我虽平庸，但还没有平庸到如此程度。今天我要向大家展示的，是教养的反面，看看它会不会也有什么不堪的东西？果然地，洞察秋毫的我发现了某些蛛丝马迹，概括起来说，就是教养有时也伤人。

譬如说，同一个寝室的大学生，有来自城市的也有来自农村的，一些来自城市的，从小受到良好的教育，包括教养，而农村特别是偏远乡村的，则没有这个条件，于是，教养的差别便很明显了。一些城市的学生对人彬彬有礼，说话不起高腔，关门轻手轻脚，吃饭时不吧唧吧唧发出噪音，等等，而一些来自乡村的学生，则相反，而由于长期以来形成了习惯，一时有心改都难以迅速改过来。也是的，俗话说，积习难改嘛。这样，这类学生，便不由自主地生出些自卑来，很沮丧的。他们恨不得把自己的皮扒了，换一副有教养的城市孩子的皮囊。

一些错过了接受良好教养教育的人，在人生较晚时，一旦发现自己的某种不是，悔恨交加。如有一位同事，赴宴的机会不少，但他从来就不知道举杯敬酒时，还有讲究，一直以来，敬酒时的动作幅度都很豪爽，酒杯举得高高的。很后来了，他偶尔在一篇谈礼仪的文章中看到，对尊者敬酒，举杯时，酒杯应该比被敬酒者低。知道这个道理后，他后悔得不得了。他恨自己没有早早地得到这方面的教养训练，他恨自己没有早一点看一看类似的礼仪书，他恨自己有这方面的知识的朋友没有提醒他。朋友没有及时提醒他，也是存有顾虑，怕提醒让他尴尬。他恨不得让自己的人生从头来过，但那是不可能的，只有任悔恨波涛滚滚了。

另有一类人，缺乏必要的教养，但又对各种教养训练很有些畏难情绪。这类人，心里矛盾得就如同一团乱麻。他们并不是不知道有教养的好，但懒散惯了，要他们离开固有的生活模式而进入新的生活模式，那比要孙悟空丢掉金箍棒丢掉手搭凉棚的招式，要猪八戒减肥减去大肚皮还难许多。教养关乎方方面面，要洗心革面让一个缺乏教养的人全面教养起来，确不是一件容易的事。这类人的痛苦，连赵本山都没有办法化解的，吗啡什么的欢乐药就更不济了。

还有一类人，特立独行，他们特别没教养，而且根本就没有用教养武装自己的意识。他们对有教养的人咬牙切齿，觉得是有教养的人伤害了他们。因为如果没有有教养的人的话，大家都像他们一样都没教养，人人都扯平了，那也就显不出他们没有教养了，世界照样太平。他们恨不得把有教养的人都赶到火星上去。对这种人的受伤，同情者不能说没有，但可能还没有出生。

人生最牛是不争

绝大部分人的一生，总是在不停地争呀争，从受孕直争到两眼贴上封条，充满了悲剧色彩。能做到不争，那应该是最牛的人生了。如果可以从头再来的话，我极愿一试。

生命的起点，便是上亿的精子展开激烈的竞争，去追求一个可以成为胚胎的卵子，其成功的概率，也就是亿分之一之二。这恐怕是地球上录取率最低的考试了。前途虽然渺茫，但争总比不争强，因为争的话，从理论上讲，还有一丝希望在，不争的话，就寡妇死了独生子，没有指望了。于是，汹涌澎湃的精子，一拨又一拨顽强地冲锋陷阵，很悲壮很励志的。如果我是一枚精子的话，我愿意放弃这种残酷的竞争。人生充满了烦恼，一辈子都是艰难，不到人世间走一遭，也不是一件特别冤的事，从某种意义上看，说不定还是一件明智的事。再者，不争，显出了一种境界，我很可能便成为第一个把机会让给别的精子的精子，特别地富有牺牲精神。一不小心，便捞着了一个天下第一，也算天下第一精了。我的生命，虽然接近于没有长度，但宽度则宽如太平洋，这也是一种巨大的安慰。还有，我不争，不一定机会就不是我的。也许，上天见怜，偏让我与卵子结合了，我成了一个胚胎。

现今一成了胚胎，便很可能是人生苦难的开始。你必须天天听你根本不懂感到莫名其妙的音乐，什么莫扎特，什么施特劳斯，吵死人了。你还必须天天听那些老掉牙的狼和小羊的故事、狐狸列那的故事。还有，听唐诗听宋词。你还在肚子里，便开始了疯狂的竞争，爹妈恨不得你一出世，便是音乐家便是作家便是诗人。我若成了胚胎，便会强烈地暗示父母，这样无休无止地烦我的话，我便预备流产，让他们竹篮打水一场空。具体是在他们让我听这听那时，我在腹中剧烈地骚动，骚动到他们感到恐惧的地步，而他们没有让我听这听那时，我则相当地听话相当地温柔。

这样一来二往，他们就是傻子，也能理解我的苦心的。我是这样想的，让别的孩子都因胎教而成为神童，唯有我一个人是傻子，这样，我便奇货可居如大熊猫，会受到社会的追捧，比千千万万的聪明人日子过得更惬意。

孩子到了上幼儿园上小学上中学的年龄，更争得一塌糊涂空前惨烈。沉重的学业，把孩子们富于创造的天性，压榨得一滴不剩。还有各种各样的培训班也来凑热闹。孩子们一天到晚喘不过气来，疲于应付，还哪有时间来奇思妙想。就是他们中有几个潜在的爱因斯坦，也天网恢恢，疏而不漏，被一一扼杀在摇篮里了。若是我，则最不愿意受那个束缚。我想逃课就逃课，至于在课堂上天马行空胡思乱想，那更是家常便饭。上不上优质幼儿园无所谓，上不上名牌小学中学无所谓。那份人生的快乐在我的手上，我不愿按部就班，把快乐轻易就丢失了。说不定我独往独来，倒还成就了自己。只有初中文凭的华罗庚成了中国现代数学鼻祖，只有小学文凭的沈从文成了离诺贝尔奖最近的中国作家。没有乖乖地进入中国教育最能把天才整成傻瓜的模子，或许倒还歪打正着，使我成了个人模狗样的人物。

上大学的竞争，更是到了刀光剑影的地步，竞争只差没有白刀子进红刀子出了。我是不会去蹚这趟浑水的。我想好了，早早地去创业，做一不学无术的大款。当然，能创造发明，我也会当仁不让的。没有大学文凭的爱迪生，是我顶礼膜拜的偶像。果如是，到时我发了，会派人民币去驱赶无数的学士、硕士、博士为我做苦力为我创造可观的财富。

大学毕业，远不是争的结束，而是新一轮更残酷的争斗。许许多多大学毕业生，削尖脑袋往热门行业钻。如果我不幸进了大学，毕业了是不会与别人抢饭碗的。我可以如北大毕业的陆步轩一样去卖猪肉，甚至比他更大胆，去卖红薯。乐得一个自在，没有人一天到晚来死死地管着我，使我不得开心颜！说不定老天垂青的话，我也有可能把自己卖成猪肉大王或者红薯大王，与卖水的首富宗庆后试比高。就是暴发不起来，也是一个逍遥自在的五柳庄庄主。

许多人一辈子过得差不多了，便又忧虑起来，思谋着人生的最后一搏，那就是争一块墓地。能豪华一点，当然是觉得有面子的事儿。要我来做这个选择的话，则又是持不争的态度。我是宁可空葬、水葬、树葬，而不选择霸占一块墓地的。我这样选择，也是深思熟虑的。选择墓地葬，虽然有个入土为安的安慰，但实际上却并不是那么回事。因为选择墓葬的人太多了，积累到一定的时候，死人与活人争地的矛盾便会激烈起来，便会为活人所诟病。为活人所诟病，这本是一件窝心的事，但事情远未结束，还有可能雪上加霜，那便是矛盾激发到难以调和的程度，平坟的可能性极大，那可是一件很受辱的事！选择空葬、水葬、树葬，不但远离了这些是非，还以地球为墓地，不是墓葬，远胜于墓葬。

人生最牛是不争。不争，既跳出了苦海，又捡了一箩筐快活！

但愿别人都无私

但愿别人都无私。别人都无私，那我就爽了。

别人都无私，商场上就难见硝烟弥漫了。因为你死我活的竞争，无非是为了一个私字，为了自己荷包里多几个小钱或者大钱。如此，连李嘉诚见了，都会汗颜得只恨无地洞可钻的。他老人家虽然经商得颇为文明，但离无私还有十万八千里。这样，我这个游离于无私之外的另类，若经商的话，便有机可乘了。我可以甩开膀子肆无忌惮地竞争，而我的潜在竞争对手，一个个毫无私心，根本就没有与我玩玩的心思，早早都会退出竞争。我会在没有任何竞争压力的良好环境下与商业对象谈判。而我的商业对象，也十分君子，绝不会与我锱铢必较的，反之，给我大开方便之门的可能性倒是非常之大。我则自私得恨不得把对方的短裤都剥下来。经商氛围如此之好，我就是成不了比尔・盖茨，成为马云，应当是坛子里摸乌龟的事，除非我吃多了核桃，把大脑补坏了。

别人都无私，也不会争先恐后地娶美女了。碰上什么娶什么，是再平常不过的事儿了。不少特别无私者，还有可能一个劲地争着娶丑女。所有的丑女，有可能被一扫而光。那可真是丑女之幸了。丑女们给男性评分，统统十分的干活。偶然有个给九点九分的，那是眼光长远，为了防止男人骄傲。在这样的社会里，特别有爱美之心的我，什么惊天动地的绯闻都有可能制造出来。我如果想娶某某的话，不费吹灰之力。因为在情场上，只有我自私地不遗余力，别人都因无私而疲软得一塌糊涂。我没有半个情场竞争对手。

别人都无私，那他们不管生多大的病，都不会争着去看权威大夫了。原先忙得不可开交连拉小便的时间都挤不出来的权威大夫，会闲得手与脑袋一齐发痒的。这下，我便又有机可乘了，就是一个伤风感冒，也必得去照顾权威大夫。对自己的贵体厚爱几层，肯定有益于延年益寿。别人傻逼让别人傻逼去吧，我可是灵泛得乐当饭吃的。

别人都无私，高考时便不会千军万马往北大、清华涌了。北大、清华有可能门庭冷落车马稀。这可让我捡篓子了。我就是高考考得焦炭一样，也不愁进不了北大、清华，除非我一时时髦倒立起来用脚指头思考，也赶潮流对北大、清华嗤之以鼻，才有可能与北大、清华失之交臂。

但愿别人都如愿以偿

就我而言，但愿别人都如愿以偿。不过，这与善良无关，并不是我善良得汹涌澎湃，而是另有不可告人的小算盘。

这个世界上，没有人不希望自己外貌出类拔萃的。如果别人都能如愿以偿的话，那满世界女的都是西施男的都是潘安了，唯独本老汉是一个丑陋不堪的孤本。这于我不是太不公平太悲哀了吗？否。根据鲁迅先生的奇货可居定律——物以稀为贵，于我不但不是悲哀，而且，还是无比幸福的事。因为那样一来，满世界都是俊男美女，人人都相互之间看厌了，产生了严重的审美疲劳，只有我这个丑八怪，堪比大熊猫，对全世界的人都产生了强烈的新鲜感。这样，闻名全球的耐克、可口可乐、三星等产业巨头，必然找我而不是找哪个俊男美女做广告。大批大批白花花的银子，浩浩荡荡地涌进了我的口袋，引无数俊男美女竞折腰。我既然成了最为耀眼的明星，那交友也是有讲究的，我不会碰上随便哪个俊男美女便交朋友的，交政界的朋友，一定要选潘基文、奥巴马级别的；交商界的朋友，一定要选比尔·盖茨、巴菲特级别的；交学界的朋友，一定要交爱因斯坦、霍金级别的。不仅能显出我不同凡响的档次，而且，这是最牛的人脉，说不定什么时候能派上用场的，就是我用不上，儿孙有可能用得上的。

这个世界上，没有人是不希望自己富可敌国的。如果别人都能如愿以偿的话，那满世界都是大富翁了，本老汉便是世界上唯一一个穷光蛋。穷光蛋也不必急，发财的机会会像天上掉馅饼一样降临的。那是因为，除我之外，人人都富可敌国了，那谁都不把金钱当一回事了，视金钱为粪土者，多如过江之鲫，富翁们行善以得到心灵的满足的渠道，便彻底堵塞了，人们会心急火燎地把我这个唯一可以对之行善的目标挖掘出来的。不必我开尊口，金银财宝便会从四面八方冰雹一样无休止地砸过来。我就是租用洞庭湖做金库，都有可能捉襟见肘的。到头来，我这个天下唯一的穷光蛋，一不小心，便有可能成为富人中的领袖。古人所说的曲径通幽，不知与此有没有一点关联。

如果别人都能如愿以偿的话，那满世界的人都住别墅了。住杜甫草堂的，很可能就只有本老汉了。本老汉对此也不会感到不公平的。因为，草堂里蕴含着巨大的商机！无数住厌了别墅的人，会对我的草堂心往神驰。我会抓住机会，适时地向他们推出草堂旅游项目的。不过，收钱我绝不会手软。我要按七星级宾馆的总统套间收费的。姜太公钓鱼，愿者上钩。你嫌贵了不来，自然有别的人争着来，完全不愁客人的，排队只差没有排到月球上去了。我数百元大钞数到手抽筋。

如果别人都能如愿以偿的话，那除我之外的所有人，都有可能以虫草、鲍鱼、人参、燕窝等为主食了，只有本老汉仍然天天萝卜、白菜度日。这初看起来对我也很不人道，但我愿意。不是我脑子木马了，而是另有机巧。因为虫草、鲍鱼、人参、燕窝等，终有吃腻了的一天，到时，许许多多人会厌倦虫草、鲍鱼、人参、燕窝等，而对我的萝卜、白菜一见倾心，希望以物易物。那时，恐怕只有我一人种萝卜、白菜了。我不会傻到拿很多萝卜、白菜换一点点的虫草、鲍鱼、人参、燕窝等的，我要一两对一两，一斤对一斤。他们开始时可能有些抵触情绪，但熬久了憋不住了，便会乖乖地从了我制订的霸王条款。我会因此而赚得心花怒放的。

看来，但愿别人都能如愿以偿，于我还真是个钻石点子！

放肆表彰不文明行为

都市里的不文明行为不少。挖空心思总结，发现最杰出的有以下十项：

1. 乱闯红灯；2. 随地吐痰；3. 脏话连篇；4. 乱丢纸屑；5. 破坏公物；6. 公共场合大声喧哗；7. 公共场所吸烟；8. 乱涂乱画，乱刻乱贴；9. 排队加塞；10. 开车随意变道加剧塞车，等等。

这些不文明行为，在一定程度上严重损害了国人的形象。我们曾想了各种各样的办法予以整治，以期迅速提升国人的形象，但收效甚微。

我反思，不是不文明行为特别顽固，就如癌症、艾滋病一样，而是我们的整治思路牛头不对马嘴。我们过往的整治思路，都是从谴责的路径切入的。这不能说不是一种方式，但他太常规了，很容易产生抗药性的。事实上，已产生了强烈的抗药性。对不文明者来说，外界的批评，几乎通通成了耳旁风，进不了油盐的。

那么，就寡妇死了独生子，没有指望了吗？回答是否定的。我们可以反弹琵琶，从固有的谴责疗法来一个背道而驰，转向崭新的表彰疗法。

所谓表彰疗法，就是对不文明行为，不但不予以严肃的谴责，而且，不遗余力大张旗鼓地放肆进行表彰，使不文明行为的佼佼者家喻户晓。

具体可以这样操作：

每年选定一座城市里的 100 名不文明的佼佼者进行表彰，号称“不文明百佳”。其中的状元、榜眼、探花，更应该突出表彰。

表彰会应该特别隆重。地点应该选在庄严的市政府礼堂，主持人应该是市长而不是一个中不溜秋的普通官员。各大媒体的记者应该悉数到场，电视直播，报纸发头版头条。受表彰的百佳，除了披红挂彩在媒体上体面地亮相外，还要每人来一段时髦的获奖感言，做到在媒体上既有崇高的形象，又有悦耳动听的声音。其中的状元、榜眼、探花，还要开特号小灶，单独做电视、报纸专访。

这些，偏向于精神的奖励。物质奖励当然也不能忽略的。应该给每位百佳人士百万大奖，其中的状元、榜眼、探花，分别奖一千万、六百万、三百万。奖得太吝啬了，没有多少刺激，效果自然大打折扣，那就辜负了这一天才的策划。

读到此，许多读者可能要迫不及待地问：“百佳的评选如何操作？”

请不要性急，我自有办法。我们可以在城市的所有角落密集地装上摄像头，某些不宜大声喧哗的公共场合，还可以配以录音装置。当然，摄像头不是目下普通的摄像头，而是能精确地辨别人的最先进的摄像头。一切数据都通过计算机自动生成和统计汇总，客观公正得无以复加，没有人可以做任何手脚的。除非他是超级电脑黑客。

这奖得虽然惊天动地，但人都是看重脸皮的，就是脸皮再厚，厚如城墙，也不会对不文明百佳趋之若鹜的。倒是很可能出现这样的现象，为了不上百佳榜尤其是成为状元、榜眼、探花，人们会对自己的行为严加约束。荣誉感特别强烈的，甚至有可能对自己的亲人都横加干涉，使自己与亲人的一举一动，都特别绅士或者接近于特别绅士。如此，社会上绝大部分不文明现象，很可能迅速绝迹，成为光荣的历史。

我的处方简直妙不可言！自作多情欣赏一番，亦在情理之中。你说是吗？

应对“垃圾人”

“垃圾人”这一概念，出自美国心理学家大卫·波莱提出的“垃圾车法则”。他认为，许多人就像垃圾车，内心塞满负面情绪。当他们身上的负能量不断堆积，就需要找个地方倾倒，如果不巧被我们碰上了，这些负面情绪就有可能像炸药包一样被引爆。

我们的生活中，可能缺这缺那，但从来不缺垃圾人。所以，如何应对垃圾人，就显得很重要了。可惜，我们常常对此认识不够。

垃圾人的表现，多种多样。如你开车在路上，一辆车斜插到你的前面，左也堵着你，右也堵着你，明显地是在戏弄你。这样的事例酿成的悲剧，前向曾有报道。还有，你在做某事时排着队，有人硬生生地插到你前面。更有你没惹人，人家无端端地便惹上你了，等等。

其实，不但今人，古人也常常遇到垃圾人。齐相国晏婴奉命出使楚国。楚灵王听说齐使为相国晏婴后，对左右说：“晏婴身高不足五尺，但是却以贤名闻于诸侯，寡人以为楚强齐弱，应该好好羞辱齐国一番，以扬楚国之威！”并依大臣之计，作了部署。晏婴身着朝衣，乘车来到了楚国都城东门，见城门未开，便命人唤门。守门人早已得了上头的吩咐，指着旁边的小门说：“相国还是从这狗洞中进出吧！这洞口宽敞有余，足够你出入，又何必费事打开城门从门而入呢？”韩信年轻时还遇到过比这更垃圾的人。淮阴宰杀牲口的市场中，有个年轻人对韩信不屑一顾，说韩信虽然又高又大，喜欢带刀佩剑，其实内心很怯懦。一次，他当着众人的面侮辱韩信说：“你要不怕死，就拿剑刺我；如果怕死，就从我裤裆下面钻过去。”

应对垃圾人，人们可能首先想到的是三十六计，走为上，即惹不起躲得起。否则，很可能祸及自身。

不过，这个方法也有局限的，那就是有时可以躲，有时遇上了垃圾人，躲是躲不过的，那样的话，就应采用忍的办法了。如开车的例子，你可以放慢车的速度，让垃圾人在前面耀武扬威地玩车，待玩得没味了，自然会离开的。如插队的例子，为了宁人息事，就让他插队算了，再多等一个人，又不会等死人的。倒是太较真，触怒了垃圾人，极有可能酿成血案。忍得一时之气而避免了悲剧的发生，也不算吃亏的。古人韩信的忍，达到了极致。他看着对方把自己逼进了死角，没有暴跳如雷，冷静地想了想，最终俯下身子从垃圾人的裤裆下钻了过去。整个市场的人都笑话韩信，认为他胆小。但他不以为意。怀有鸿鹄之志的人，不屑于与垃圾人斗气，稀里糊涂葬送了自己。

应对垃圾人，在忍的基础上，若能进一步在心理上进行调频，那就棋高一着了。心理调频之一，便是想着这是为垃圾人好。没有酿成激烈的冲突，垃圾人便少了一次可能犯下事甚至大事的危险。若犯下大事，人有可能便毁了。心理调频之二，便是想着放垃圾人一马，把修理的机会让给能轻松降伏垃圾人的人。心理调适之三，便是想着以此助长垃圾人的嚣张的气焰，待他到了更飞扬跋扈的地步时，监狱会热情地请他进去享受的。这一想法似乎很阴毒，但对付垃圾人，没有人会埋汰你的。

比之于心理调频更痛快淋漓的，便是运用上等的智慧，击垮垃圾人。晏婴就是其中杰出的代表。晏婴听罢守门人侮辱的话，笑了一笑，说道："这可是狗进出的门，又不是人进出的门，出使狗国的人从狗门出入，出使人国的人从人门出入。我不知道自己是来到了人国还是狗国？我想楚国不会是一个狗国吧？"守门人将晏婴的话传给了楚灵王。楚灵王听罢，感到来者不善，沉思片刻，无可奈何的吩咐打开城门，让晏婴堂堂正正地进入了楚都。

误国的"大象式习惯"

大象小的时候，马戏团驯它，把它拴在一个桩子上。为了把小象训好，饲养员特别注意绳子一定要牢，无论小象怎么挣扎，都无法挣开。连续很长一段时间，当每次努力都以失败而告终之后，小象就会认为无论付出何种努力，都无法改变现状。慢慢地，小象就养成了一种习惯，只要被拴在桩子上，它就再也不挣扎了，甚至连起码的尝试都不做。

这一习惯会一直伴随大象的终生。我们经常会看到，马戏团拴大象时只用一个很简单的桩子，绳子也很细。大象应该会很轻松把绳子扯断，甚至连桩子拔走，可是，极少有大象这么干——它们已经习惯被拴着了，而且以往的经验告诉它，挣扎也没用。

这种连续遭受失败后，即使最终自己拥有了可以改变的力量，也懵懂不知，放弃任何尝试的念头的行为，笔者将它称之为“大象式习惯”。

动物行为学家做了不少实验，发现不只大象这样，其他不少动物也有类似行为。

其实，“大象式习惯”，是完全可以破解的，其关键，就是装备突破意识。下面，给读者朋友讲一个来自动物界的有趣的例子。

香港海洋公园里有一条大鲸鱼，虽然重达 8600 公斤，庞然大物也，却能跃出水面 6.6 米。

面对这条创造奇迹的鲸鱼，有人向训练师请教训练的秘诀。训练师说，在最初开始训练时，我们会先把绳子放在水面之下，使鲸鱼不得不从绳子上方通过，每通过一次，鲸鱼就能得到奖励。渐渐地，我们会把绳子提高，只不过每次提高的幅度都很小，大约只有两厘米，这样鲸鱼不需花费多大的力气就有可能跃过去，并获得奖励。于是，这条常常受到奖励的鲸鱼，便很乐意地接受下一次训练。随着时间的推移，鲸鱼跃过的高度逐渐上升，最后竟然达到了 6.6 米。

训练师最后总结道：他们训练鲸鱼成功的诀窍，是在突破意识的指引下，每次让它进步一点点。正是这微不足道的一点点积累起来，天长日久，便创造了惊人的奇迹。

科学界的例子更是不胜枚举。

古代大学者亚里士多德曾断言；物体从高空落下的快慢，同物体的重量成正比，重者下降的速度快，轻者下降的速度慢。在科学家伽利略之前，人们对这个论断从未提出过异议。没有受“大象式习惯”困扰、突破意识爆棚的伽利略，通过精心设计的实验，一举推翻了亚里士多德的观点，得出结论：在真空中，物体下降的速度与重量无关。这就是著名的自由落体定律。

“大象式习惯”，害莫大焉。笔者每一个细胞都是狂热的爱国者，特著一小文大声疾呼，企望“大象式习惯”立即萎缩成芝麻，彻底地无关大局，则国家之幸也!

四大药丸救人于水火

我是中药制药界独一无二的奇葩，经过千锤百炼，终于研制出四大药丸，救人于水火。

运动药丸。大部分现代都市人，都已告别温饱问题，嘴巴可以在美食领域里横冲直闯，连历代帝王都望尘莫及。然而，宠嘴巴却带来了一个烦人的现代病，那就是赘肉汹涌澎湃越来越胖百病丛生。当然，治理的办法还是有的，那就是运动。只要持之以恒地运动，嘴巴就是再劳模，一天二十四小时不停地操劳，也绝对没有什么事的。但持之以恒对许多现代人来说，难于上青天。他们中的一些人宁肯做有可能短命的沙发里的土豆，也不肯运动运动。某些成功人士突然心血来潮，办一张健身卡，但去了三两回健身俱乐部，便兴味索然，健身卡被判了无期徒刑，臭在抽屉里。好了，现在有了我的运动药丸，你就是一动不动，只要一天吃一粒，等于大汗淋漓地踢一场足球或者跑一个马拉松。不过，服药者必须注意，如果你与肥胖风马牛不相及，一天只吃半粒也许便可以了。倘若为了保险而吃一粒或更多，长此以往，有可能把自己吃成鸡毛蒜皮，一遇风便会飞起来，背井离乡的。另外，我的运动药丸一上市，所有的体育器材企业都有可能轰隆隆倒闭。所有的医院也有望门可罗雀。这里，预先提醒一下，望他们早做打算，到时别怪我没发预警。

万能解毒药丸。现代都市人的吃食，虽然丰富得要命，但潜藏的危险，也很要命，那就是各种各样的食材中，毒素比比皆是。什么重金属什么农药残留什么三聚氰胺什么苏丹红什么硫黄什么福尔马林，等等等等，应有尽有，服务极其周到。都市人差不多是被毒物包围着，不草木皆兵都不可能。哪天突然来个因毒而生的癌症什么的死了，死了都不知道怎么死的。我研制的万能解毒药丸，正好解都市人于倒悬。一天一粒万能解毒药丸，什么样的毒都于你如浮云。就是砒霜就是鹤顶红，也如吃秦国大米一样安全。不尽如此，毒药还将转化为补品，胜过人参胜过鹿茸，越吃越红光满面越神采奕奕。有了我的万能解毒药丸，国家数以亿万计的巨额专项治理费可以立马省下来了。那贡献，比得十项八项诺贝尔奖更棒。我就是国家的头号英雄。

聪明药丸。我研制的聪明药丸名副其实，不像某个什么桃做广告，期期艾艾，欲言又止，一看就没有多少底气。现代人欲使自己的孩子更聪明，可谓挖空心思。孩子还在肚子里，便胎教得不赢。什么莫扎特什么斯特劳斯什么柴可夫斯基，狂轰滥炸，胎儿在子宫里吐成黄河长江也在所不辞 。孩子一出子宫，第一时间便被关进了早教的笼子里。上学了，什么兴趣班什么培训班什么补习班，上得孩子瞌睡虫流出来一丈长也咬紧牙关不肯轻易罢手。为的是让孩子考个好大学，有个好前程。生怕稍一松手，孩子便有可能掉入万丈深渊。可怜天下父母心。有了我的聪明药丸，这一切郁结都迎刃而解。孩子一天吃一粒我的聪明药丸，便能智商爆表，连牛顿、爱因斯坦都敢藐视。到时全国的重点大学容不下太多的孩子，就让孩子潮水般冲向美国冲向英国冲向加拿大冲向澳大利亚。让哈佛黄皮肤泛滥成灾，一个洋学生也挤不进去，直接叫中国哈佛得了。

后悔药丸。现代社会惊涛骇浪，后悔者多如牛毛。有后悔买错了股的，有后悔入错了行的；有后悔执意去创业而破了产的；有后悔商业路子有误而损失惨重的；有后悔高考选错了学校的。但在此以前，世上尚没有后悔药可吃。我的后悔药丸一问世，可谓救他们于水火。

广大消费者注意了，四大救人于水火的药丸明天将上市，各大药店均有售。本来，我可以把药价定得猛虎一样，赚他个天翻地覆，在财富上与比尔·盖茨一决雌雄。但我本善良，拯救人的责任感战胜了雄心，价格定得凡吃得起萝卜白菜者均吃得起我的药丸。这样还吃不起者，我将考虑适当地免费发放。阿弥陀佛！

临危不乱先生

临危不乱先生人如其名，很多逸事煞是有趣，现顺手牵羊挑几则把玩，给读者朋友提提神。

一日，临危不乱先生在街巷僻静处碰上了打劫者。打劫者用手枪凶狠地对着他，让他把袋子里的钱包立即拿出来。临危不乱先生不信任地看了一眼打劫者的手枪，质问道："你的枪是不是假的？"打劫者说："别啰嗦。"临危不乱先生说："你敢朝天打一枪试试，证明不是假的吗？"打劫者明显地有些心虚，虚张声势地说"再啰嗦，小心一枪打死你！"临危不乱先生看出了打劫者的不自信，进一步咄咄逼人地说："肯定是假枪，肯定是！"打劫者持假枪抢劫的新闻他看多了，多了个心眼。打劫者以为被识破了，仓皇收起假枪，逃之夭夭。

临危不乱先生被疯狗咬了，到卫生防疫站去打狂犬病疫苗。医生给开了处方，拿了药。药是国产的。临危不乱先生很是不放心，他又回去问开处方的医生，有没有进口的狂犬病疫苗？硬是换了进口的狂犬病疫苗，才打了针。钱不是问题，打个放心，保住小命要紧。

临危不乱先生傍晚从一十字路口经过，绿灯亮了，这才过马路。不想侧面一辆面包车闯红灯，呼啸而来。在就要撞上他的瞬间，临危不乱先生发现了危险，但他在这一刻，想到的不是避让，而是睁大眼睛看清对方的车牌号。一瞬间的事，避让是绝对避让不及了，但看一眼车牌号的时间还是有的。肇事车肇事后，溜之大吉。这类肇事司机驾车逃逸的事，已屡见不鲜了。他被好心人救起送往医院治疗。凭着他记住的车牌号，公安部门轻而易举便破了案。

临危不乱先生所住的高楼发生火灾，他被困在30层的高楼上等待救援。消防云梯车疾驰而来，伸出长长的云梯，将最前端的救援斗伸到了窗前。救援斗内的消防战士示意临危不乱先生快快爬窗过去。可临危不乱先生没有慌慌张张爬进救援斗，而是不急不躁地问消防战士，云梯会不会有质量问题？万一云梯断裂了，会摔得粉身碎骨的。消防战士惊奇于他的过分冷静，以为他大脑因烟熏严重缺氧，不由分说，把犹犹豫豫的他硬生生拽进了救援斗。

临危不乱先生肾结石病突发，痛得在床上打滚。家人拨打 120，叫来了救护车。他被抬上救护车时，对身旁的老婆说："注意看看救护车司机与医生的证件！"接着又补充说："小心救护车把我拖到不该去的医院！"已急得六神无主的老婆为了平复他的心情，只得鸡啄米一样点头。

临危不乱先生肾结石需开刀。上了手术台，他忐忑不安地问医生，麻醉药会不会失效，手术刀会不会突然折断？医生忙作一团，没工夫理睬他。他急了，阿 Q 般老练地威胁说："我有后台的！"其实他有鬼后台，虚张声势而已。这时麻药起作用了，他被麻翻了，丧失了怀疑的能力。

老年痴呆怎就这样难

我熬到这把年纪，有资格老年痴呆了。不过，有资格老年痴呆是一回事，能不能如愿以偿老年痴呆，又是一回事。纵观我的现状，就是我想老年痴呆想疯了，恐怕也很难老年痴呆，因为我需要动脑筋的地方太多了，脑子时时都箭在弦上，这样的脑子，能轻易地说痴呆就痴呆了吗?

菜市场各种蔬菜应有尽有，要随便塞满一篮子菜，不费吹灰之力的。但是个人都不会这样漫不经心的。我进入菜市场，警惕得如同进入硝烟弥漫的战场，脑子如电子计算机一样飞速地运转。什么菜是农药残留大王，坚决不买。就是分文不花送给我，我也会嗤之以鼻的。我把自己与家人的小命看得重于泰山。还有，什么干辣椒有可能是硫黄熏过的？什么泡发的海鲜有可能下了福尔马林？什么猪肉有可能与瘦肉精为伍？等等等等，对此，我都得多长一个心眼。我得用脑子买菜才是，这比学生在课堂里听课，更容易激活优秀的脑细胞淘汰落后的脑细胞的。

到超市买东西，也无时无刻不在用脑子。商品是不是转基因的？是不是快过期了？是不是放了添加剂的？我都得一一细细考察，比某些走马观花式的轻轻松松的考察，不知脑子辛苦到哪里去了。

在街头不时碰上个摆摊乞讨的，我也得动动脑子，想一想那纸上写的悲惨遭遇是真还是假，好决定是捐还是不捐。万一乞讨者是真的遇上大麻烦了，我不捐，于心不忍。但万一对方是假的，我不经脑子慷慨地捐了，那不但没有达到帮助弱者的目的，还助长了诈骗行为，不利于社会和谐。捐还是不捐，有时还真成了一个哈姆雷特式的难解的问题，挺骚扰脑子的。

在家看电视，应该是可以放松脑子什么也不用想的时候了。否！举个例子来说吧，看那些说得天花乱坠的养生类节目，就一点也不省心的。你得判断他真实的成分有多少，吹得还有没有边。如果你大脑照单全收统统都信了，那你很可能已是一个成熟的老年痴呆患者了。为了增强判断力，武装大脑，我还做了有心人，专门买了一些医药方面的书，包括大部头的《本草纲目》来啃。这样用功地啃来啃去，逼得大脑超负荷运转，就是快要晋升为老年痴呆的脑细胞，都会今年二十，明年十八。

在家看电视得用脑，那不看电视时安逸多了吧？非也。我可以用钢筋水泥把自己与世界暂时隔开，但隔不断的还有神通广大的手机、座机。各种各样的骗子，早已对我虎视眈眈，花样翻新的千奇百怪的诈骗电话，不时袭击着我，逼着我通过互联网与其他各种渠道，了解骗子的各种骗术，包括最新的骗术，以便在骗子的轮番慰问之下，尽量应对自如。不过，我不能保证能永远立于不败之地，因为骗子大多是高智商，骗术层出不穷，有些骗术，含金量特别高，就是电子计算机识别起来都有困难的，我的大脑不是电子计算机，是肉做的，不可能马没有失蹄的。从防老年痴呆这个角度看，我倒是要给骗子送锦旗才是了。

如此看来，我心血来潮想试试老年痴呆的味，很难如愿的。

某些骚扰如人参

人们一般都不喜欢骚扰，躲之犹恐不及。而老汉我却逆潮流而动，特喜欢各种各样的骚扰。何也？皆因骚扰常常能增强我的尊严感。

美女对帅哥，门当户对，欣赏是再正常不过了，对大款，也毫不吝啬她们的秋波，就是大款长得跟加西莫多一样惊世骇俗，她们也满不在乎，一副大无畏的样子。但美女也是人，也不能免俗，对于像我这样的三无人员：一无显赫的社会地位，二无堆积如山的财富，三无光鲜的外表长得惭愧连嘲笑大猩猩的自信都没有的人，美女们见了，不屑一顾甚至嗤之以鼻，都在情理之中。因之，在当下的现实生活中，我连一根头发的艳遇也没有领教过，挺悲催的。而电视里推销各种各样商品的美女们，则与社会上的美女简直有天壤之别，她们对大款与卑微的我，都一视同仁，该亲切一样地亲切，该嗲一样地嗲，该明送秋波一样地明送秋波。她们很淑女的，没有把人分成三六九等，把我划为等而下之，让我颜面尽失，大大增强了我的尊严感。这些，令我感激涕零。我因而从来没有像很多人一样，把电视里美女们的推销广告当成是骚扰，大为恼火。到是看电视节目时，就是节目再精彩，也不时盼着有美女们出来骚扰一下甚至几下。那份美滋滋的感觉，难与君说。不光如此，美女们推荐的商品，我也爱屋及乌，特别乐于采购。就是美女们向我等推荐瘦肉精猪肉，我也有可能会把自己权当老年痴呆血脉偾张地热捧的。不过，美女们没那个胆量将道德与法律统统玩弄于股掌之上的。我的勇敢，也没奈何只能止步于纸上谈兵。

我的手机，也时常接到如人们所说的众多的骚扰短信与电话。对于那些诈骗短信电话之类，我也认同，觉得那是十足的骚扰，甚至比骚扰更凶猛。但其中很大一部分短信与电话，许多人把他们划入骚扰的范畴，我严重地不敢苟同。比如说，那些高档楼盘的销售短信与电话；那些奢侈品店的邀买短信与电话；那些银行信贷短信与电话；等等等等，那对我来说，不是什么骚扰，而是一副副心灵安慰剂。因为对方起码没有歧视本老汉，是把我当一个不差钱的人物看了，我的存在感在这些短信与电话中得到了很好的体现，脸上当然有光。如果一段时间没有接到这类短信与电话，我到是心中不免有些失落，怀疑自己是不是被社会遗忘了？有如此高屋建瓴的认识，我当然不会对打来的电话暴徒一样粗暴地立即掐断，而是彬彬有礼地回答对方，说我考虑考虑再说，不伤对方也不伤自己。因为一口答应了，没有这个实力；一口粗暴地回绝，则显得自己特没有绅士风度，同时，也断了这根鼓励我的线，我还等着他们继续给我发短信打电话呢。

每天傍晚到街头散步，不时会遇到一些发广告传单的青年男女。按一般人的判断，这也应该归入骚扰者一类。因此，不少路人在发广告传单者亲热地贴上来递过传单时，没有半点礼貌地伸出手接过来的意思，视而不见，扬长而去，剩下发传单者尴尬在那里。我注意了一下，发传单者也不是盲目地见人就发，而是见来人近了，迅速做出判断，向目标人选靠近递上广告传单的。这说明，他向你递广告传单，在一定程度上还是对你的器重，也即在他们的眼里，你至少不是轻于鸿毛，至于是不是重于泰山，那就很难说了。我的思想境界不同凡响，对递过来的广告传单，便不会反感，总是礼貌地接了。不但接了，也不会像许多人一样，接了后马上把传单丢进附近的垃圾箱。我觉得那样处理过于轻佻，而是带回去，研究一二。如果哪次我路过发广告传单者身旁，他没有给我递过来广告传单，我到是有一种惘然若失的感觉。连一个发广告传单的小青年对你都看不上眼，那太损尊严了！

某些所谓骚扰，在我，不是垃圾而是人参。

第六辑　天才与疾病

天才与疾病

精神病学家认为，躁郁症发生的兴奋和压抑，迫使病人面对更广泛的情绪感受，他们比常人拥有更丰富多变的经历。也就是说，在疾病发作中，会产生能量爆发，但对身体的损害也是显而易见的。

大作曲家舒曼 1840 年写了 24 首曲子，相当于他前 8 年作品的总和。这是因为这一年里，他完全处于狂躁状态。他的多产在以后几年里突然刹车，直到 1844 年都没有写出过作品，并企图自杀。后来舒曼逐渐恢复了创作。在 1849 年的狂躁发作期间，他创下了一年创作 27 部乐曲的纪录。

躁郁症不独独对舒曼特别关照，世界科技史上头号种子选手牛顿亦不能幸免。牛顿在写出了巨著《自然哲学之数学原理》一书后，精神便有些恍惚了。他的一些朋友看看不对劲儿，忙替他安排一些社交活动，以转移其注意力。牛顿后来代表剑桥大学当选为国会议员。据说他当议员完全是聋子的耳朵——摆设。因为习惯于用笔发言的牛顿，嘴巴就像上了一把锁。一次，他破天荒地站了起来，早就想聆听他老人家布道的议员们立即停止了吵吵闹闹，议会大厅鸦雀无声。你道这老哥说了什么？他来了一句："请把窗户关好！"便又旁若无人地坐了下去。可能他感到有些凉意了吧？弄得那些期望值过高的虔诚的议员们大眼瞪小眼。

那个把耳朵割下来送给情人的凡·高，活脱脱一个绘画奇才，又活脱脱一个疯子。还有那个以描写硬汉子著称的海明威，最后将猎枪枪管放进嘴里当巧克力吃，结果把脑袋打成了山顶洞人。他亦是一个躁郁症患者。作家惠特曼、爱伦·坡，政治家邱吉尔，跟牛顿跟海明威亦同病相怜。

人的精神领域，是一个深不可测的的海洋。

不久前，英国《精神病理学》杂志发表了著名心理学家波斯特博士的研究成果，他研究的对象涉及人类历史上颇有影响的 300 个人物。这些人物分别是各学科领域里的顶级大腕儿。研究发现，天才和精神病恰如一对孪生兄弟，天才中多有精神躁郁症。

研究结果表明，政治家中有17%的人患有精神病，科学家中有18%，思想家中有26%，作曲家中有31%，画家中有37%，小说家中有46%。

另一位著名的心理学家说;“天才是人类中稀有的极端的变种。在这种变种中，可以看到精神生活的极不稳定和过敏性，或者对精神病缺乏抵抗能力。”

巴尔扎克说过如下形象的话：

“天才就是人类的病态，就如珍珠是贝的病态一样。”

躁郁症包括高度的欣快感，极度旺盛的体力和精力。这跟有关药物和酒精所导致的结果没有什么差别。在狂躁状态中，失常的病人会感到自己屹立于世，对生命充满激情。

难怪天才中多精神病，难怪精神病人中多天才！

几年前，普林斯顿大学华裔科学家钱卓创造了一种转基因鼠，他的做法是在一些老鼠中加入一个额外的聪明基因NR2B，把这种老鼠和一般老鼠做对照实验表明，在6项行为学指标方面，转基因鼠都要比普通老鼠优异，尤其是在学习和记忆力方面，转基因鼠大大超过了普通老鼠。

有人预测，如果把这样的手段运用到人的身上，就可能使人更聪明。看来，聪明基因可能为人类带来福音了。

不过，我们别高兴得太早了。最近的研究表明，转基因鼠变得聪明以后，也付出了非常痛苦的代价——对长期的慢性疼痛变得很敏感。因为体内转入了NR2B基因，这个基因能控制一个叫作NMDA的受体，后者能激活神经，帮助记忆和学习，使老鼠变得更加聪明。但是由于NMDA受体的作用，也使得老鼠的神经对长期的慢性疼痛难以忍受，换句话说，聪明鼠对疼痛和伤害有更好的记忆力。

上帝看来是位热衷于综合平衡的大玩家，他把聪明和痛苦放在一个盘子里，而把平庸和快乐放在另一个盘子里，让红尘中人各有所得。当然，还有第三种第四种拼盘，即聪明加快乐与平庸加痛苦。那就看运气了，诸位各安天命好了！

康熙那厮选御稻

康熙那厮精力过剩，在驾驭五湖四海的同时，游山玩水，吟出黄狗身上白，白狗身上肿之类的打油诗万余首。他简直就是一条可乐诗生产线。不仅仅如此，康熙居然还对科学产生了兴趣。

大约在平定天下之后，他一时对种稻情有独钟。

此时，他不但限制和削弱了辅政大臣的权力，将气焰嚣张的鳌拜等革职拘禁，直至处死，而且平定了吴三桂为首的三藩王叛乱，天下一统，春风得意，看来从此可以优哉游哉了。

皇家禁地丰泽园中，有水田数区，布玉田种谷，岁至9月，始刈割登场。一日，风流倜傥的康熙在一班随从的簇拥之下，到丰泽园潇洒来了。时方6月下旬，谷穗方颖。康熙端的眼尖，桂圆眼一扫，心头蓦然一动。你瞧他看见什么了？原来，他看到了一株稻子，高出众稻之上，实已坚好。

“这株稻子很不一般，割了做种，看第二年是否成熟早，产量高？说不定可以育出好种来。”康熙开了圣口。

小的们立即屁颠颠地执行圣旨。

此种第二年种下去，果然又早熟，且穗大粒大，康熙喜不自禁，命再用作种子。从此生生不已，岁取千百，内膳所进，皆此米也。其米色红而粒长，气香而味腴，以其生自苑田，故名御稻米。

这种御稻推广到江浙一带，“令民种植”，产量米质均大大高于当时种植的一般水稻。

御稻的单株选择是成功的。这比现代选种史上维尔莫林在1856年开始的甜菜单株选择要早一百多年。

康熙在选御稻之前，便有过类似的经历。其时，乌喇人发现“在树孔中忽生白粟一科”，不同于一般的粟子，后用这棵粟子播种，选育出了味既甘美，性复柔和的优良品种。康熙获悉后，兴致颇高，叫人在山庄里进行试验。果然发现这种良种“茎、干、叶、穗较他种倍大，熟亦先时，”而且用来做食品，“洁白如糯米，而细腻香滑殆过之”。

龙颜即时胜似馋嘴猫！

以上两件事，记载在古籍《康熙几暇格物编》中。这是中国育种史上关于单株选择的最早的记录之一。

康熙对科技确有不小的热情。他对他那个时代风起云涌的西洋科学，也不是一概视若洪水猛兽。既传教又传播西洋科技的传教士汤若望、张诚、白晋等在他的王朝里，就过得比较滋润。

那么，可不可以说，康熙就是一个科学化了的好皇帝了。非也非也。不是康熙做得太不到位，而是生不逢时。周瑜一声长叹：“既生瑜，何生亮！”康熙若泉下有知，说不定也会有同样的感慨。康熙1661年登基，那时，他还是一个浑身乳臭未干的8岁稚童。而就在这前后，欧洲诞生了一位旷世天才牛顿。

牛顿1665年从剑桥大学毕业，当时伦敦正闹瘟疫，他回故乡伍尔索普躲避，在他母亲的农场里度过了两年。这两年，是牛顿确立他无与伦比的天才地位的时期，也是人类文明史上最为激动人心的时刻。1665年初，他发明了二项式定理，同年11月，发明了微分运算；1666年1月，研究颜色理论，5月着手研究积分运算，同年，从开普勒第三定律推出行星维持轨道运行所需要的力与他们到旋转中心的距离成平方反比关系。

这些研究中的任何一项，均足以让人名垂青史。

过后，这位科学疯子又大发雄威，完成了一系列惊天动地的科学大发现。假如没有牛大哥，假如没有牛大哥之前的哥白尼、开普勒、伽利略，以及他同时代的莱布尼兹等如雷贯耳的大腕儿，选种御稻的康熙，可能会博得美名。但是，在那个科技轰轰烈烈的时代，康熙在货比货之后，便显得渺小如纳米了。

以上是把康熙放在普通一兵的角度上来论斤两的。如果从最高决策者的角度来考察，便觉得康熙不但不能得勋章，而且简直就是千古罪人！这并非刘姥姥进大观园，信口开河，而是有史为证的。清灭明后，对东南沿海商品经济比较发达的地区实行大规模破坏，严重摧残了原本十分脆弱的资本主义萌芽；康熙时，为打压汉族知识分子，大兴文字狱，杀头充军，令知识阶层不寒而栗；还有自以为聪明地闭关锁国，凡此种种，弄得中国科学技术一败涂地，科学生态环境日趋恶化。

这个马背驮来的阿哥，对体力的崇拜远远胜过对大脑的敬畏。皇宫在京都很大很大，而与地球相比，又显得那么渺小。不过，乾清宫里的霸王康熙，却感觉良好地在方砖地上踱着方步，打着满汉全席嗝，不知有西，无论牛顿。历史最是无情，康熙被小的这么一摆弄，本来可以弄个与牛顿有些瓜葛的浑名如马顿驴顿猪顿什么的把玩把玩，而今，看来只能鼠顿虱顿的干活了。

康熙的科学，可能还停留在口腹之欲上，而那个该死的牛顿，以及牛顿们，已是天马行空，玩弄宇宙于魔掌之中了。如果当时让我们敬爱的康熙去做科技的话，说不定还有为牛顿提鞋的资格，而作为一代统治者，他可能只有一跪千年，向国人谢罪的份儿了。

逃学的爱因斯坦

爱因斯坦出生的时候，母亲觉得他有些不正常：脑袋特别大，形状也有些奇怪。他三岁了还没有学会说话，以至父母生怕他智力迟钝。

爱因斯坦的孩提时代，德国一些学校的规定十分严格，谁违犯了规矩，就会受到惩罚，老师用一根木棒打手腕或小腿。老师总是让学生一遍又一遍地死记硬背，考试时，只要能将学过的东西熟背出来就万事大吉了。孩子们学到的，除了复述生吞活剥的东西之外，什么也学不到。

爱因斯坦对这种沉闷的学校生活充满了厌倦。他除了数学、物理出类拔萃外，其他课程可以说一塌糊涂。教他拉丁文的老师对他厌恶之极，在课堂上骂他说：“爱因斯坦，你咯个鬼样子，何事成得了器！”

一天，父亲下班回来，给他带回了一个奇妙的小东西——一只小罗盘。父亲向孩子兴奋地讲解罗盘的功能：无论你怎样转动它，其中一根针始终指向北方。而一旦知道了北方，南方、东方、西方的方位也就都知道了。小爱因斯坦瞪大了眼睛听得聚精会神，还向父亲提出了不少问题。父亲告诉他，罗盘针始终指向北方，是因为它被磁力引向北极。事实上，地球本身就是一块巨大的磁铁。

当爱因斯坦在学校里感到厌烦时，他往往会走神，一会儿想到他的罗盘，一会儿又想到磁铁的奥秘，还有其他许许多多他一时搞不懂的东西。这个时候，他的脸上会露出傻傻的笑容来。这种白日梦让他体会到了一种快乐。

一次，在一堂很枯燥的课上，爱因斯坦照样地走神，自顾自地傻笑着。

老师被他的举动激怒了，涨红着脸说："爱因斯坦，你笑什么笑！"

"我没有笑你啊。"爱因斯坦辩解。

"你还狡辩！"老师火冒三丈，"哪有这样不尊重老师的！有你这样的学生，真是做老师的耻辱。"

爱因斯坦感到委屈。接下来的一段时间，他和老师的关系越来越坏，闹起了对立情绪。有时，老师讲错了，他会立即抓住错误，公之于众，让老师十分恼火。他成了老师的眼中钉，肉中刺。老师不时找他的碴儿。

爱因斯坦对这座学校已彻底失望，他想到了逃学。其时，他的父母为办工厂，已赴意大利。

爱因斯坦心怀鬼胎地去看他的家庭医生。他向家庭医生述说，自己夜里失眠、心烦、头痛、手心出汗、焦虑不安。他知道，这是典型的神经衰弱症状。家庭医生没有怀疑其中有诈，答应给学校写一封信，请求学校允许爱因斯坦请假治疗神经衰弱。家庭医生开出的处方就是让爱因斯坦旅行到意大利去与家人团聚。

爱因斯坦拿着这封信，兴奋地飞快来到学校，把信交给了校长。校长看完了信，冷笑了一声，说："你不用请假了，学校已决定让你退学。"

犹如一瓢冷水从头淋到脚，爱因斯坦浑身发冷。挖空心思搞来的请假信已经没有什么用途了，他被校方一脚踹出了校门。

爱因斯坦去了意大利和亲人团聚，后来又独自去了瑞士，在那里上了另一所学校。那是一所教学风气比较自由的学校。小爱因斯坦渐渐安下心来。

以毒攻毒

在灿烂的祖国医学里，有一种以毒攻毒治病方法。公元4世纪初，晋代葛洪曾著有《肘后方》一书，在这部书的卷七里，记有治疗狂犬病的方子，即人被狂犬咬伤以后，把咬人的那只狂犬杀掉，把犬脑贴在被咬的伤口上，以防治狂犬病。狂犬的脑中含有大量狂犬病病毒，这是被现代医学证明了的。利用毒素以增强身体抗病能力的想法，虽然在操作方法上还存在问题，但是就它的思想来看，可以说是狂犬病预防接种的先驱。

天花这种病大约从公元 1 世纪的东汉就传入我国，因为是从俘虏中传来的，所以又叫“虏疮”，以后中医书中有不少天花的别称，如豌豆疮、斑豆疮、天行豆疮等。这种病到了公元 15 世纪的明清时期，由于交通比以前发达，所以流行很厉害，帝王将相也不能幸免。清帝福临就是患天花死去的。号称雄才大略的康熙，也是天花面前的胆小鬼。因怕天花传染，他老人家竟不敢去看重病卧床的父亲。亲骨肉不亲骨肉，还是自己的小命当紧！

对付天花，我们的先人积累了丰富的经验。他们发明了预防的方法——人痘接种法。种人痘的方法究竟什么时候发明的，传说不一。据确实可靠的记载，我国种痘法的发明大约在公元 16 世纪下半叶。康熙十二年（1673），清政府曾专差迎请江西省痘医张琰，为清王子和贵族种痘。据张琰在他的《种痘新书》中说：“种痘者八九千人，其莫救者，二三十人耳。”种痘最初为痘衣法，即用天花痘浆染衣，使小孩穿着，可发轻症，以预防天花。

后来，又发明了痘浆法、旱苗法、水苗法。痘浆法是用棉花蘸染痘浆的疮液，塞入被接种的儿童的鼻孔里，使他感染。旱苗法是把痘痂阴干研细，用银管吹到被接种的儿童的鼻孔里。水苗法是把痘痂研细并用水调匀，用棉花蘸染，塞到儿童的鼻孔里。

这里的水苗法，相对而言比较先进。

我国的种痘法，传入了外国。1796 年，英国种人痘医生琴纳接种牛痘预防天花试验成功。这种更为先进的方法，后为我国引进。

唐代超级文霸柳宗元写了篇别具一格的杂文，题目叫《捕蛇者说》，里面讲到，我省永州的山野里出产一种奇异的蛇，身上黑底白花。它触着草木，草木就全部枯死，咬了人，没有药可以医治。然而捉到把它晾干作为药物，可以治好麻风、手足弯曲、脖子肿和恶疮，除去失掉机能的死肉，杀死危害人体的寄生虫。因为这种蛇以毒攻毒，效果特别好，太医狐假虎威用皇帝的命令征集这种蛇。

哈尔滨医科大学很早便开始了砒霜治癌的探索。哈医大曾派医生张亭栋等到民间去寻访古方，发现了一种治顽固性皮肤病的秘方，其成分是砒霜。他们先将这种药外用于皮肤癌的治疗。后来，他们又试探着将砒霜用于治疗其他癌，先是口服给药，发现毒副反应比较严重，继而改为静脉注射，歪打正着，在剂量严格控制的情况下，安全多了，且对某些白血病（俗称血癌）有相当满意的疗效。

疼痛

什么叫疼痛？依据祖国医学理论，身体内外产生一种难以忍受的苦楚叫痛，并且伴有部分酸感叫疼。西医理论认为，发生于神经末梢和刺激传导系统的病理性异常反应到脑而引起的感觉叫疼痛。

在人的皮肤上，每平方厘米就有100个至200个痛觉点，它们是神经网络里的哨兵，会及时向中枢神经报告来自体外的各种刺激。中枢神经便会根据它们报告的情况，迅速做出相应的反应。例如，当我们身体的某一部分被刀砍了一下，痛楚立即就会产生，有时会发出痛苦的呻吟。

在我们的生命里，没有经受疼痛的折磨的人，恐怕没有，疼痛几乎伴随人的一生。伤害和疾病无不表现为各种各样的疼痛。

临床上看到很多慢性和顽固性疼痛病人，长期为减轻痛苦，到处寻医，辗转各大医院，花了钱，受了累，疼痛却大多没有得到根治。疼痛，真是一个令人讨厌的东西，因之许多人把没有疼痛作为健康的最重要的标志，而病人也将康复首先归于疼痛症状的消失。

在许多的人想象里，没有了疼痛的人生，将是何等飘飘欲仙！但是，人们的想象是彻底地错了，如果没有了疼痛的感觉，人将更加痛苦。

一个小女孩，自降生以后，因为没有疼痛的感觉而陷入了多灾多难之中。一次她不小心把手放在火炉之上，皮肤烧得冒烟了也没有察觉。就因为没有了疼痛的感觉，小女孩多次被烧伤、烫伤、割伤、擦伤、咬伤和跌伤。国内外的一些资料表明，无痛儿很少能活到成年，伤残和死亡时时威胁着他们。从那些可怜的孩子身上，揭示出一个道理，疼痛，并非像人们想象的那样十恶不赦，它虽然折磨着千千万万的人，给人类带来了许多的苦难，但疼痛也对人类的生存起着不可替代的保护作用。

疼痛不仅提醒我们什么时候受伤了，同时会阻止我们受更大的伤害。无痛者常使自己丧失警觉，使伤害进一步扩大。有一位哲人说，如果说疼痛是一种危险的信号的话，那么无痛就是一种无信号的危险。痛感的存在 对于一个人是一种幸运，是上帝赐予的一件特殊的礼物。举例来说，如果一个人没有了疼痛的感觉，那么他喝开水的时候，都得先拿温度计来测量一下水温，在那种情景之下，要避免伤害，生活将变得相当的麻烦。

除了先天性的无痛孩之外，麻风病、神经紊乱、脊髓受伤等病人也因缺乏痛感而经常处于危险之中。

有人说，如果我手里握有权力，能够使肉体的疼痛从世界上消失，我也不会运用这种权力。

动物能思维吗

在关于人的定义中，有一句这样的话：“人是会思维的动物。”并强调这是人区别于其他动物的重要标志之一。果真除了人之外，就没有了会思维的动物了吗？随着科学家们对动物进一步的研究，这个结论已开始产生动摇。

我们来看几个例子。

一位科学家常带一群狗过河，其中有一条卷毛狗。一天，这条狗晚来了一会儿，主人带着其他几条狗已到了河的对岸。由于河相当宽阔，而狗又不喜欢嬉水，因此它显得很不高兴，在河边来回奔跑，发出绝望的吠叫声。正在这里，另一只满载乘客的渡船又要离岸了，长卷毛狗突然灵机一动，跳进了船舱，脚不沾水到了对岸，赶上了主人。以后，它又在相似的境况下，多次如法炮制，追上了主人。

显然，这只狗在采取这一行动之前，是有一定的思维活动存在的，狗在心里想了些什么呢？它是不是在想，我的主人已经过河，这只船也准备过去，因此假如我跳进这船，也许会赶上主人。这是一种有些人性化的推理，卷毛狗这样思维的可能性很大。

一头大象被驱使着用象鼻举起各种物体，如一捆捆衣服、树干、沉重的铁块等。人们注意到，大象逐渐了解了要求它举起的物体的性质，从而将轻的物体迅速地抛向空中，对重的物体，则尝试着缓慢地举起，对锋利的东西则表现出谨慎的行为。因此，观察者得出结论，大象能再认诸如硬、尖锐、重量等特性。这表明，大象已能在一个物体的视觉印象和触觉印象之间形成了明确的联想。

某人习惯于在严寒的日子里用面包屑来喂鸟。一只猫钻了这个空子，它得以不时地来一个突然袭击，逮一只鸟当作美餐享用。于是，喂鸟的活动难以继续下去，猫儿失去了极好的机会。不过，猫可不是马大哈，它有它的高招儿。那只猫居然自己动起手来，在草坪上撒上面包屑，引诱鸟儿上钩。而猫则埋伏在灌木丛中，作虎视眈眈状。猫在这里可以说是用够了机巧，比之人，也不怎么逊色了。

一项研究表明，公鸡是会欺骗的。如果公鸡在地上发现一些谷粒，首先会大叫以引起母鸡的注意，但如果此时附近有另一只公鸡，它就会保持安静以防止抢食发生。

有研究表明，灵长类动物有能力通过已学懂的语言表达自己的意思。黑猩猩坎兹就是一个极好的例证。

佐治亚大学的休・萨维奇教授经过多年努力，终于教会坎兹通过电脑屏幕上的闪光图画识别物体、动作和位置等。在教授用这种方法教坎兹的母亲时，小家伙已经学会了用相同的图画进行沟通，并索要食物和玩具。于是，教授将全部精力用在坎兹的身上，发现这只小猩猩会自学，如果教它简单的语法，坎兹便能用这些单词造句，使用的语法结构相当于一个两岁小孩所掌握的。事实上，坎兹已经拥有了较大的词汇量了。

猴子也是一种聪明的动物，人们利用南美卷尾猴来帮助那些行动不便、生活不能自理的人。24 岁的四肢瘫痪的病人克里斯托夫从 1995 年开始就与一只雌性卷尾猴生活在一起。这只可爱的小家伙，可以替主人翻开报纸，从冰箱里取出苹果，甚至会放录像带。

许多研究表明：动物语言的核心之一就是智商的运用，它们通过不断丰富自己以达到生存、保护和繁衍后代的目的。当面对某些问题时，它们能够处理大脑中的信息。

然而比之于人，其他的动物在思维方面还是差距多多！人是这个星球上不可动摇的主宰，人是万物之王。不过，人也不能过分地乐观。亿万年前，恐龙曾是这个星球上无其他动物可敌的巨无霸。而后一场突如其来的灾难，恐龙遭遇了灭顶之灾。那时，人还可能不如现在的某些动物的进化程度。那时谁能想到，沧海桑田，人居然一路蹒跚着走来，成了无可替代的老大。以智商而论，人是应该有远见的。我们要学会与周围的动物世界和谐相处，给自己留一点后路。赶尽杀绝，无限制地积累仇恨，那是在为我们的子孙后代挖掘坟墓。

花儿的智慧

电影《冰山上的来客》里有一首很煽情的歌曲，叫作《花儿为什么这样红》，歌曲中对花儿为什么这样红的回答是抒情的、浪漫的，带有强烈的社会色彩。从科学的角度来考察这个问题，那就复杂多了。

对植物们来说，开花是一个颇为耗费的过程，但虫媒植物们却总要争先恐后地开出色泽艳丽、气味芳香的花儿来。对万紫千红的各色花朵，我们可以从基因的角度来解释：这是植物为了适应大自然，千万年来修炼的结果。它们的基因里已有精心打扮自己的色彩遗传密码。这话说得有道理，但还没有说透。它们以色彩和芳香引诱蜂儿蝶儿前来亲热，同时，还煞费苦心地奉上甜美可口的花蜜，为的是什么？你以为植物们都是些乐善好施的大慈大悲的观音菩萨吗？你错了。其实，植物们多是些自私的东西。它们的善举，实在只是一些副产品，其真正的目的只有一个，就是传宗接代。昆虫从花朵中寻求快乐，获取食物，同时为植物授粉。哪株植物的花朵对昆虫的吸引力大，该植物的传宗接代能力就越强。

花儿争奇斗艳，实在只是一种生存的智慧而已，并非它们对人类的曲意奉承。人类得到的只是一种意外的收获，有些近乎不义之财。植物们当然不会太计较，它们的目的达到了，能获得更多的怜爱和捧场，总不是坏事啊！

说植物们懂经济学，可能是牵强附会，但说它们的生存过程存在许多符合经济学原理的东西，一点也不为过。它们的生存智慧，是千万年来的生活积累，而我们的所谓经济学，不过才几百上千年的历史，孰先孰后，一目了然。只能说，我们的一些经济学观点，与植物的生存智慧偶合罢了！

神秘的防卫

美国科学家最近发现了辣椒辣的原因：那是辣椒为了保护自己的种子不被哺乳动物吃掉。

辣椒中含有一种称为辣椒素的物质，能够刺激皮肤和舌头上感觉痛和热的区域，使大脑产生灼热疼痛的感觉。科学家对生长在亚利桑那洲南部沙漠地带的一种野生辣椒进行研究，观察哪些动物以辣椒为食。结果发现，生活在附近的沙漠鼠类等小型哺乳动物根本不碰这种辛辣食物。吃辣椒似乎是鸟类的专利。实验表明，辣椒果实被小型哺乳动物吃掉，种子经消化排出后，几乎不能再发芽。而鸟类的消化系统基本不对辣椒种子造成伤害。

专家推测，只对哺乳动物起辣的作用的辣椒，可能是辣椒在漫长的进化过程中针对哺乳动物和鸟类不同的消化系统发展出的生存策略。辣椒素刺激哺乳动物的味蕾，使它们感觉不适，不再以辣椒为食。这可以保护辣椒种子免于被破坏。而鸟类不伤害种子，还能将种子撒播到广大的地区，这对辣椒的生存很有利。

驼刺合欢树长得高高的，但它还是躲不过长颈鹿那长长的脖子。长颈鹿身高可达 5.8 米。于是，合欢树便在叶子间长出数厘米长形如钢针一般的刺来。长颈鹿对付的办法也绝，它的舌头、食道和胃壁长出厚厚的一层皮，以避免伤害。你长你的刺，我照样吃得津津有味。这个回合没占到太大便宜的合欢树又出绝招：它的一些刺从小红萝卜那么大的球体里伸出来，球形假花挥发出迷人的香气，引来了蚂蚁。蚂蚁发现空球体居住很来劲，于是筑巢留了下来。这样它们就成了合欢树的保镖。长颈鹿十分惧怕蚂蚁，对这种奇特的蚂蚁合欢，躲之犹恐不及。

非洲有一种叫马尔台尼亚的草，它的果的两头尖利，生满针刺，被称作“恶魔角”。“恶魔角”真是了不得，它能杀死大型哺乳动物。这种果实成熟后落入草中，当鹿来吃草时，果实就会刺入鹿的鼻孔。鹿疼痛难忍，直至发狂而死。

欧洲阿尔卑斯山上的落叶松，也不是一个弱者。它幼时的嫩芽被羊吃掉后，就在原来的地方长出一簇针刺。于是，新芽就在针刺的保护下很快地长出来，一直长到羊吃不到它时，才抽出平常的枝条来。

植物的防卫招数形形色色，远不止上面提到的这些，但对于植物防卫机理，科学家们到目前为止还知之甚少。植物不像动物，它没有神经系统，没有意识活动，它们的防卫行为颇为神秘。从以上的事例来看，有些是在长期的进化过程中逐渐形成的，如辣椒之辣；有些如欧洲落叶松，它的随机应变的能力，不知是怎么形成的，在遭受危险后，又是怎么传递信息，马上作出反应的？迷确实很多，而且有些高深莫测。但科学家对其秘密的破译，也出现了一线希望，因为现在我们已经可以从基因层面上来对植物作出分析。植物防卫机理的破译，当是十分有趣的，其价值自不待言。

由植物的防卫，我们不难想象，自然界一切有生命的东西，都有它们独特的生存方式。存在即合理，只是人类这个号称地球上最聪明的动物，还不够聪明罢了。我们实在不该妄自尊大。